西行　わが心の行方

一　八角九重塔の下

京の都の二條あたりで東へ鴨川を越えた岡崎の地に、朱色に塗られた巨大な塔が、黄金の水煙を掲げて聳えてゐた。八角で九重の屋根を持ち、高さ八十一メートル、現存する最も高い東寺の五重塔を二十四メートルも上回る。

その塔のある法勝寺《ほふしようじ》を初めとして、最勝寺、尊勝寺などと勝の一字を持つ六つの寺院に、さらに幾つもの巨大寺院が甍《いらか》を並べ、その内には大小さまざまな、新奇、異様な姿の仏像も欠けることなく、ぎつしりと詰め込まれてゐた。その様子は、現在の三十三間堂を考へればよからう。横幅百余メートルの御堂に千手観音を初め風神雷神の像などが千体を越えて立ち並んでゐるが、これと同じ造り同じ規模の建物が、そこには二棟もあつた。

一方、都の南正面、羅生門を出て作道《つくりみち》を三キロほど下つた、鴨川と桂川の合流点を控へた鳥羽には、池を掘り、小山を築き、船遊び用の御所と寺院を組み合はせた複合的な、これまたとんでもない規模の離宮が営まれてゐた。その内の一つは、宇治の平等院をそつくりそのまま、ただし規模を拡大して建築中であつた。

京域内を東と南に外れた地域での、まさしく夕ガが外れたといふよりほかない規模の、恐ろしく壮麗な建築群の造営は、白河院に始まり、孫の鳥羽院によつて引き継がれてゐた。

なにがかうした事態をもたらしたのだらう。まづは平安時代を通して豊かな蓄積があつたこと、そして、摂関体制が崩れ、院政の主の放恣を許容する状況が生まれたことと、末法意識の深まりがあつた。釈迦が没して二千年、永承七年（一〇五二）に末法の時代が到来したと、院を初め多くの人々は受け止めてゐたのだ。

さうして、一旦始まつた大規模な逸脱が、平安王朝そのものを掘り崩す方向へと突き進み、一時代の夕映えを華麗に繰り広げつつあつた……。

これらの建築群は早々にほとんどが失はれ、踵《きびす》を接して武士の時代が到来したことによつて、その特異さについて十分に考察されずに来たやうに思はれるが、どうであらう。多分、この院政期とも呼ばれる時期にこそ、平安王朝が爛熟《らんじゆく》の上にも爛熟し、その精華が凝縮されもすれば、次の武士の時代の内包するものがはつきりと見てとれるのではないか。

さういふ大きな渦のただ中を、独自な姿勢を貫いて生きたのが、西行《さいぎやう》であつた。そして、この列島に生き死にして来てゐるわれわれの心底に、いまなほよく届くものを差し出してゐると思はれるのである。

＊

西行、俗名佐藤義清《のりきよ》が生を受けたのは、末世が到来して六十六年の元永元年（一一一八）、白河院の院政、鳥羽天皇の下であつた。

平将門《まさかど》の乱の平定に功のあつた鎮守府《ちんじゆふ》将軍藤原秀郷《ひでさと》を祖とし、代々都で検非違使《けびゐし》を勤め、左衛門尉《さゑもんのじよう》なり内舎人《うどねり》として任官、父佐藤康清《やすきよ》もまた検非違使となり、白河院の北面を勤めてゐた。すなはち、平安王朝の都における重代の武官の家柄であつた。彼らは、後世の武士と違ひ、武芸に秀でてゐるだけでなく、凛々《りり》しくも美々しい衣装に身を包み、貴人の警護に当たれば、盛大な儀式の進行を実質的に司り、官位は低いが、都人の注目を集める存在であつた。

祖父の季清《するきよ》は、検非違使の先例故実を扱つた書『清獬眼抄《せいかいがんせう》』（鎌倉初期成立）引用の文書「佐藤判官季清書」の筆者と考へられてをり、その方面に詳しい、模範ともなるべき人物であつたと思はれる。

母は中務省《なかつかさしやう》の大蔵省・内蔵寮《くられう》などの出納をつかさどる役・監物《けんもつ》の源清経《きよつね》の娘であつた。ただし清経は、美濃の宿青墓《あをはか》の遊女で今様《いまやう》の名手目井《めゐ》と親しみ、同棲、その養女乙前《おとまへ》を一緒に京へ連れて来て、親王時代の後白河天皇の今様の師としたことで知られる。清経自身、今様に巧みで、乙前を初め遊女たちを教へ、その活動範囲は、青墓にとどまらず、東の墨俣《すのまた》、西は江口、神崎《かんざき》などの遊里に及んだ。加へて、蹴鞠《けまり》の技、故事来歴に精通、遊芸全般にわたつて卓越した、類例のない人物であつた。

このやうな対極的と言つてもよい二人の祖父から、宮廷人としての知識と教養を受け継ぎ、和歌や管弦についても必要とされる大凡《おほよそ》を身につけ、武官として育つた。ただし、父康清は義清が三歳の保安元年（一一二〇）以降、記録から見えなくなるので、若くして解官されたか死去したと思はれる。このことが義清の任官を難しくしたやうである。

十二歳になつた大治四年（一一二九）、白河院が薨《こう》じ、孫の鳥羽院が跡を継いだ。天皇の位には鳥羽の息崇徳《すとく》があつて、変はらなかつた。

天承二年（一一三二）正月、十五歳になると、佐藤家では加冠の儀を執り行ひ、成人、正式に名を佐藤義清とし、二十日、朝廷に内舎人への任官を申請した。そのために絹二千匹の代価を用意した。

当時、官に就くためには、代価を差し出さなくてはならなかつた。いまの考へ方から言へば、売官制といふことにならうが、先祖代々の官職を受け継ぐのにも、かういふ手順が必要であつた。父康清の場合も、祖父の季清が、堀河天皇発願の尊勝寺造営の一部を担当した功を息子に譲つて退いたのを受け、任官した。これを「成功《じやうごう》」と言ふ。それに代へて、絹二千匹といふわけであつた。

しかし、この申請は受け入れられなかつた。義清自身が強く希望したわけでなかつただらうが、父の跡を早く継がねばと思つてゐたはずだから、挫折感を味はつたらう。

この後、代々仕へて来てゐる徳大寺家の権中納言藤原実能《さねよし》の家人となり、随身《ずいしん》役を勤めた。

実能は藤原公実《きんざね》の四男で、鳥羽院中宮の美貌を謳はれた待賢門院璋子《たいけんもんゐんたまこ》の実の兄である。そして、門院の別当を勤めてゐたから、待賢門院やその子の崇徳天皇の許へ赴くことが多く、その供として義清はそれらの女房たちと近づくことから、徐々に世界が広がつて行つたやうである。

まだ十五、六の初々しい、体格優れ眉目秀麗、それでゐて、父や祖父の薫陶を受け、都の武士として故実を心得、立ち居振る舞ひ正しい、ただし、堅苦しくなく遊芸にも嗜《たしな》みのある伸びやかな若者に、年上の女房たちが無防備に親しんだのは、想像に難くない。

そして、待賢門院そのひとの気配を、身近かに感じる機会があつたかもしれない。まだ三十代の半ば、麗しさはやや翳《かげ》りを見せてゐたとはいへ、陰影を帯びて却つて魅力を加へてゐたのではないか。

この時代、宮廷内の男女の係りやうは、今日の常識と異なつて、かなり垣根が低かつた。それに璋子そのひとには奔放なところがあり、入内前には複数の若者と係はりを持つたのは確実である。そして、周りには才色兼備の女房たちがひしめいてゐた。さういふところに出入りしたのである。もつぱら御簾《みす》を隔ててであつたが、艶やかで雅《みやび》な存在を幾人となく知りもすれば、思ひがけず御簾の内へ引き入れられるやうなことがあつたかもしれない。

そのため若い義清が璋子に思ひを寄せたとの物語も紡ぎ出された。ただし、すでにこの頃、義清は妻を迎へてゐた。成人すれば、さうするのが習はしであつた。

＊

長承三年（一一三四）一月、待賢門院の三條御所が焼失、風水害が引き続いて起こり、疾病まで流行、春が深まるとともに深刻の度を深めた。折から鳥羽院は、鳥羽離宮の北殿の南に勝光明院《しようくわうみやうゐん》の建造を進めてをり、四月には上棟に漕ぎ着けたが、資材も人手も集まらなくなり、頓挫する事態となつた。

そこで院は、翌長承四年（一一三五）四月に改元し、保延元年とするなど打開を図つたが、それに応へ佐藤家が絹一万匹を献じた。

これにより七月二十八日、義清は兵衛尉《ひやうゑのじよう》に任じられた。先に願つた内舎人より上の、父康清が得てゐた位で、値《あたひ》はその五倍相当だつたといふ。十八歳になつてゐた。

もともと「成功」は、国司などの受領《ずりやう》層を対象にして行はれてゐたが、畿内近国の直接徴収業務に与《あづか》る武士層が富を蓄へ、彼らが担ふやうになつてゐたのである。その代表が平家や源氏であり、佐藤家もその一人であつた。

現に祖父の季清は、白河院の尊勝寺造営の一角を担当したばかりか、自らの本拠地、紀伊国那賀《なが》郡名手《なて》郷（和歌山県紀の川市名手市場付近）に、金堂、多宝塔、経蔵、鐘楼などを備へた寺院の建造を計画、願文を著名な学者大江匡房に依頼したことが確認されてゐる。実際に建造されたかどうかは不明だが、願文が残つてをり、富裕ぶりはすでに広く知られてゐた。

かうして義清は兵衛尉となると、矢を収めた靫《うつぼ》を負ひ、弓を手に馬を御して、御所の警護に当たれば、天皇、院、そして門院の行幸・行啓に従ひ、晴れやかな儀式に侍した。公卿のではなく、歴きとした近衛府の随身となつたのである。

そのなかから選ばれて院の警護に当たるのが北面の武士であつた。諸大夫の家格の者は上北面、侍層は下北面の区別があり、後者は兵衛尉（六位相当）を越えて進むことがないが、佐藤家はこの下北面に属してゐた。

平清盛はその義清と同じ歳で同じく北面の武士であつたが、上北面で、すでに従四位下に叙せられてゐた。

当時、北面の武士の総勢は八十人ほどであつたらしいから、身分差はあつたものの、清盛と言葉を交はすやうなことはあつたらう。

任官して間もなくの作と思はれる歌がある。


伏見過ぎぬ岡屋《をかのや》に猶《なほ》止まらじ日野まで行きて駒試みん　（『山家集』一四三八）

もう伏見を過ぎた。宇治川に面した岡屋へ向け、全力で馬を走らせてゐるが、その岡屋で止まるまい。そこからは北へ転じ、醍醐《だいご》の手前の日野まで行き、この馬の走力、自らの騎乗力を試さう。

颯爽《さつさう》とした若武者ぶりである。晴れて兵衛尉となつた高ぶりを、ぶつけるやうにして、疾走してゐる。この馬は、供与されたのではなく、自ら買ひ求めたものであつたらうから、「駒試み」にも力が入る。さうして自らの馬術の限界にも挑んでゐるのだ。

その自分のうちから真直ぐに出て来た行動を、定型に囚はれず端的に表現する詠みぶりは、後年の西行に繋がると見てよからう。

ところでこの馬を乗り出したのは、どこからであらう。院北面の武士として勤務に就いてゐたとすれば、鳥羽である。そこから伏見は近い。だから一気に走り過ぎ、多分、東山の南端近いあたりを越えようとしてゐたのだ。

*

まだ春も早い薄曇りの日、京都駅の八條口からタクシーに乗つた。

東寺の南門側、九條通を行つて貰ふ。

五重塔を仰ぎ見る。黒ずんで、鋼鉄で出来てゐるかのやうな力強さをもつて、そそり立つてゐる。これに対して八角九重の塔は鮮やかな朱色で、要所に黄金の金具を輝やかせ、より高く聳えてゐた。

東寺の塀が尽きた先、羅生門跡になるが、その正面から南へ折れる。旧千本通だが、ほぼ鳥羽の作道に重なる。

平安京から南、三キロほどの鳥羽の川湊を結ぶ直線の道である。ただし、いまでは車がやうやくすれ違ふことができる幅で、微妙に曲折し、横切る道を越すと、左右に多少ずれる。今出来の道とは明らかに違ふ。

白河院は、鳥羽の開発に着手すると、近臣の公卿を初め、雑人《ざふにん》たちまで移り住まはせ、あたかも都遷《みやこうつ》りのやうな様相を呈したといふが、その住居は、どのあたりであつたらう。

電柱に上鳥羽の町名が見えるやうになつて、道が急に左へ曲がると、正面に寺があつた。袈裟御前《けさごぜん》と遠藤盛遠《もりとほ》由縁の浄禅寺であつた。

盛遠が源渡《みなもとのわたる》の妻袈裟に横恋慕、その寝室に忍び込んで夫の渡と思つて掻き切つたのが、袈裟の首であつたことから、出家して文覚《もんがく》となつたといふ話があるが、その盛遠は鳥羽院と待賢門院の間に生まれた娘上西門院統子《じやうさいもんゐんむねこ》（後白河天皇の姉）の武者所の武士だつたといふ。

後年、その文覚と西行は顔を合はせる。ただし、西行が二十歳ほど上で、それまで会ふことはなかつたやうだが、鳥羽離宮付きの者たちはこの辺りに住んでゐたのかもしれない。

寺の前で、道は逆に西へ振れてから、再び南進する。直線のはずの作道は、ここでズレてゐるのだ。

やがて左側にところどころ空地が見えたが、その向ふは鴨川の堤であつた。ただし、川面は視界に入らない。

と、名神高速道路の下を潜る。早い時期の建設で、高架ではなく土盛りである。潜り抜けたと思ふと、鋭く曲がつて名神高速と並行する幹線道路に出て、そのまま鴨川に架けられた小枝橋にかかる。左横になつた名神高速は、こちらとほぼ同じ高さである。

橋を渡りきらず、橋の上でしばらく信号待ちをする。

鴨川は北東の方角から流れて来て、このあたりで南へゆるく曲がつてゐる。鳥羽離宮が営まれた時代は、かうでなかつた。もつと南、離宮全体の南東の角をかすめて、広大な池に水を供給しつつ、流れてゐたのだ。ところがいまは離宮の北西の一劃《いつくわく》を侵し、その北楼門も北殿の大半も川床にしてしまつた。ここへ来る途、作道が寺の前で西へズレてゐたのも、この流路移動の結果である。

車の正面、かなり先の坂を降りきつたところが交差点で、大型トラックなどが次々と切れ目なく走り過ぎて行くのが見える。京都と大阪を結ぶ国道一号線だ。それに名神高速のインターチェンジが近いため、大型車の交通量が多い。なかなか信号は変はらない。

交差点の向ふ右角に、「城南宮」と看板が出てゐるのが見えた。

平安京が開かれた当初、京全体の鎮護として設けられた社で、離宮が営まれると、その鎮守となつた。以降、位置はほとんど動いてゐないはずである。さうだとすれば、わたしがいま見渡してゐる一帯の半ばは池で、そこに浮かぶ島の北西の先端が交差点の南東角あたりまで伸びて来て、そこに社があつたことになる。

さうと気づくとともに、わたしが今ゐるすぐ左手あたりに、勝光明院があつたことに思ひ至つた。義清が任官するに当たつて「成功」、北面の武士として歩き出す端緒となるとともに、建設が再開された寺だから、彼にしても忘れることはなかつたらう。

信号が変はり、車はそれと反対側へ折れた。

鴨川左岸の堤の上の道である。かつての作道の位置にほぼ重なる。

しかし、その道はすぐ堤から一段下がつた位置へ移り、左側が公園になつた。ひどく広い。鳥羽離宮跡公園である。

公園の南端でタクシーを降りたが、その先も広大な空地で、雑草が生ひ繁つてゐる。白河院が最初に営んだ南殿と証金剛院の跡地である。この先に南門があり、湊があつた。平安朝の後半以降、都の川湊として栄えた。

出仕して間もなく、義清が鳥羽院に歌を奉つたのは、この南殿であつた。

権中納言藤原宗輔《むねすけ》がおびただしい菊を献上、東面の壺庭に隙間なく植ゑ込むと、実能の甥で猶子の公重《きんしげ》が、控へてゐた義清に勧めて、詠ませたのである。


君が住む宿の壺には菊ぞかざる仙《ひじり》の宮とやいふべかるらん　（『山家集』四六六）

菊によつて作りだされた景観を捉へ、離宮を「仙の宮」と見立て、鳥羽院と宗輔をそつなく称へた。宮廷に奉仕する者として、かういふ場にふさはしい対応をするのが必須の資格とされてゐたから、出仕早々その能力を示したのである。公重も喜べば、義清自身も記憶に刻んだのだ。

しかし、眼前の一帯の広さになんとも当てどない気持になり、ぶらぶらと歩く。

公園北端近く、小さな丘があつた。「秋の山」であつた。離宮中央の池の西岸、北殿と南殿の間、やや南殿寄りに位置した築山で、離宮の施設として今に残る唯一のものだ。室町から江戸期の説経や浄瑠璃などでは、大坂から京への途上の風景として、点出されてゐる。

近づくと、意外に木々もまばらで、上へあがることができた。ただし、頂に立つても視野が広がる高さではない。多分、池を掘つた土砂で築かれ、庭園の景観の要のひとつとされたのだ。

＊

タクシーを降りた公園脇の道へ戻ると、鳥羽伏見戦跡の碑が立つてゐた。このあたり、いまでこそ住宅が建ち並ぶが、慶応四年（一八六八）一月、一面の枯れ芦原で、幕府軍と薩長を中心とする軍が衝突したのだ。

鴨川の堤へ上がる。緑の草に覆はれた中、流れがつつましやかに横たはつてゐた。が、この水流は時に激して、豪壮な宮殿を破壊、川床とし、道を押しやり、曲げたのである。

小枝橋の袂《たもと》まで戻り、その下を潜つて向ふ側に出る。そちらの堤に接して三階建の白い箱のやうな建物があり、建材店の看板を挙げてゐた。

地図を取り出して確認すると、その建材店の建物のあたりに、間違ひなく勝光明院があつたのだ。

そちらへ降りる道を探したが、ない。後戻りして小枝橋の上に出て、そこから見ようとしたが、プラスティック製の半透明な遮蔽壁が設置されてゐた。それを透かし透かし見ながら、橋につづく坂道を下つたが、当の建材店も、その前のアスファルト道も、今日風の無表情さを見せてゐるばかりである。なにしろ九百年近い年月が経過してゐるのだ。

鳥羽院はこの勝光明院の建造になみなみならぬ情熱を注いでゐた。仏師や絵師を宇治に派遣、平等院鳳凰堂《ほうわうだう》を詳細にスケッチさせ、徹底的に倣ふとともに、規模を大きくしようとした。じつは白河院も、法勝寺の金堂を建てる際、同じく手本としたらしいが、孫の鳥羽院となると、より徹底してゐて、完成直前に前面の池を掘り広げさせてゐる。だからわたしも先日、わざわざ宇治へ行つて、鳳凰堂の姿を事細かに見て来た。

国道一号線の交差点に出た。

角は全面が透明ガラスの二階建ビルで、薄暗く抑へられた照明のなか、磨き上げられたオートバイが輝きを放つて並んでゐる。信号がなかなか変はらない。走行音が激しく、耳を塞ぎたくなる。

横断に横断を重ねて、やうやく城南宮の看板の出てゐる南東の角に至り、そこから振り返つた。

ここからなら、城南宮のある島の先端から、勝光明院が建つてゐたあたりを眺め渡すことになるはずなのだ。

ところが東西南北と交互に走り過ぎる車は大型車が多く、視界を完全に塞ぐ。たまに小型車や乗用車になつても、その屋根越しに見えるのは雑多な建物や看板ばかり。目印と思つてゐた建材店の看板も確認できない。

なんともやりきれない思ひになつたが、この場所からは間違ひなく丈六の黄金の阿弥陀仏を中央にして、回廊を両側に伸ばした鳳凰の姿さながらの建物が、池の水面に姿を落とし、揺曳《えうえい》してゐる姿とともに、見えたのだ。

さうして西空が赤く染まつて来ると、その反映のなか、喫水線上の建物までが揺らぎ始め、現世と来世の境も越えて、こちらへ迫つて来る……。

義清が任官した翌保延二年（一一三六）の彼岸の三月二十三日、鳥羽院と崇徳天皇が行幸、この勝光明院の落慶法要が盛大に行はれた。義清も扈従《こじゆう》して、この場にゐたに違ひない。さうして入日も近い刻限になると、こちらの釣殿から院と天皇が舟に乗り、ゆるゆると近づいて行つた。宇治でも池を舟で渡つて行くが、ここでもさう計らつたのだ。

　この時代の人々は、西方浄土を彼方に幻視するだけでなく、この世のこの場へと強引に引き寄せようとまでしたのである。白河、鳥羽両院が、大規模な寺院の建造へ駆り立てられたのも、この思ひに拠るところが大きかつた。

　その勝光明院の内部も鳳凰堂に倣つて、周囲の壁には山川を越えて来迎する仏や菩薩が大和絵ふうに描かれ、長押《なげし》の上には雲中供養仏の彫像が配置され、壇上には阿弥陀仏を初め、観音や不動明王、それに愛染明王《あいぜんみやうわう》、大威徳明王《だいゐとくみやうわう》などの像も、据ゑられてゐた。現世においてより大きな力を発揮する明王が、重要な位置を占めるやうになつてゐたのだ。加へて、声明《しやうみやう》に称名念仏や真言も唱へられてゐたかもしれない。なにしろ新しい宗教的成果を貪欲に採り入れる姿勢をとつてゐたのである。

*

　この鳥羽離宮で北面の武士たちが溜まり場にしてゐたのは、城南宮の馬場であつたらう。馬を走らせるだけでなく、弓を射、相撲をとつた。さう考へるまま、入口を探して、塀沿ひを東へ歩いた。ひどく高く、頑丈さうな塀である。

　塀はなかなか尽きない。やがて大通沿ひから後退、小道沿ひを曲折しながら続く。

どうしてなのだらうと、立ち止まつて見渡しながら考へたが、池に浮かぶ島の渚をなぞつてゐるのではないかと思つた。案外、こんなふうにして古い地形が残されてゐることがあるのだ。

この塀の向ひ側一帯が畑で見通せたが、東西に通じた大通沿ひに四、五階建ての派手なビルが幾棟も並んでゐる。連れ込みホテルだつた。名神高速のインターチェンジが近いためらしい。離宮の金剛心院《こんがうしんゐん》があつたあたりになる。

塀がやつと途切れ、回り込むと、東向きに石の鳥居が立ち、城南離宮の扁額《へんがく》が挙がつてゐた。

掃き清められた参道が、西へ戻るかたちで始まる。絵馬舎の前も過ぎて行くと、右手に木の鳥居があり、そのかなり奥に檜皮葺の舞台が見え、奥が本殿であつた。

本殿は古い建築様式を復元したものとのことで、屋根はごく低く、棟を三つ並べたかたちで横幅が広い。そして、奥行きも深く、突き当たり正面の白木の扉の左右には、弓矢を手にした色彩も真新しい随身像が控へてゐた。北面の武士の姿を写してゐるのだ。

この社は今でこそ方除《かたよけ》の神として知られてゐるが、かつては神宮寺で、城南寺とも呼ばれ、九月二十日には御霊会《ごりやうゑ》が盛大に行はれ、天承元年（一一三一）のその日には、鳥羽院が流鏑馬《やぶさめ》を献じてゐる。北面の武士たちが技を競ひ合つたのだ。そのなかでも抜群の手並みを見せ、喝采を浴びたのが、義清であつたらう。

今も不定期ながら、流鏑馬が行はれてゐるとのことなので、馬場を探した。しかし、どこも庭園として整備されてゐて、見当たらない。赤い袴の巫女《みこ》に出会つたので、尋ねると、鳥居横から本殿の右側奥にかけて会場とするとのことであつた。道理で鳥居から本殿まで距離がある。本来の馬場には足りないだらうが、神事としての性格は却つてはつきりする。

＊

大通に戻り、連れ込みホテルの先を東へ歩いた。

この新城南宮道は、平成になつてから拡幅、整備されたやうである。地図で確認すると、金剛心院跡の南端をかすめ、泉殿跡を横切り、成菩提院《じやうぼだいゐん》へと差しかかる。

それぞれに池があり築山があつて、建物があつたのだが、いまやわたしの歩行を阻むものはなにもない。在つたはずのそれらすべてが実体を失つて透明になり、わたし自身、光になつてそれらを通り抜けて行く……、と思ふ。九百年近くの年月が経過した後、再びその時点に立ち戻らうと思ひつつ現地を歩いてゐると、時間や空間意識が捩《よじ》れて、かういふ感覚が生まれることがある。

その成菩提院だが、白河院の墓所である。生存中に自ら指示し、造営した。離宮といひながらも、内には墓所も組み込まれてゐたのだ。強大な権力者が、早くから自らの墓所を建造する例は少なくないが、白河院もさうだつたのである。さうして三重塔をもつてした。塔はもともと釈迦の遺骨を収める仏舎利塔に始まるから、当然といへばさうだが、わが国では珍しい。それも両脇に多宝塔を添へ、全部で三基とし、南側には、自らの三條御所の西の対を移築、中央に阿弥陀仏を南面して据ゑ、左右に同じく阿弥陀を四体づつ置き、九体阿弥陀堂とした。

如何にも八角九重塔を初め、幾基と建てて来たひとらしいが、この御堂の前に座すと、九体の阿弥陀像越しに墓所の塔を拝することになる。阿弥陀像への礼拝が自づと及ぶやうに工夫したのであらう。権力者は死後、自らを神とし、礼拝されるのを求めがちだが、白河院はやや遠慮がちに、阿弥陀像を介してさうなるやうにしたのだ。遺骨がここに納められたのは三周忌の天承元年（一一三二）七月であつた。

さうした経緯を思ひながら歩いてゐて、ふと左手を見ると、狭い駐車場を隔て、玉垣に囲はれたこぢんまりした繁みがあるのに気づいた。

すぐ先が油小路通との交差点だつたので、その角を左へ折れると、玉垣の繁みの正面であつた。細々とした参道が通じ、脇には小さく白河天皇御陵と表示が出てゐる。

いまや九体阿弥陀堂も三重塔も多宝塔もない。縮小に縮小を重ねて、七、八メートル四方の玉垣のなかの小さな土盛となり、南面のはずが東向きに変はつてゐる。そして、油小路通《あぶらのこうぢ》の上には名神高速とはうつて変はつた高さに高速道路が通じてゐて、そこから車の走行音がシャワーのやうに降つて来る。

かうなると誰が思つたらう。参道に踏み込むこともせず、わたしはしばらくその場に立ち尽くした。

二　契りある身

油小路通を横断する。この交差点の少し北、路面を中心にして東殿が在つた。

鳥羽離宮には北殿、南殿、田中殿などがあり、そのなかでは狭いが、南東に隣接して鳥羽院の墓所、安楽寿院《あんらくじゆゐん》があつた。祖父と同じく規模が大きく、やはり三重塔を中心としてゐた。鳥羽院は祖父白河院に対して反撥、怨念を抱いてゐたと説くひとがゐるが、さうであつたなら、このやうに近いところに、よく似たかたちの墓所を自ら定めるはずがない。孫であるものの父堀川天皇が早く没したため、ほとんど父として敬意を抱き、多くを倣ひ、自ら人生を締め括るに際しても、与からうとしたと考へられる。

もつとも模倣に終始したわけではなかつた。例へば自ら院政を開始するに当たつて、白河院が退けた藤原忠実《ただざね》を呼び戻してゐるし、殺生禁断の令を廃し、鷹狩を復活させてゐる。

横断してすぐ左側の辻入口に、「北向山《きたむきざん》不動院」の表示があつた。そこを入つて行くと、境内はさほど広くないものの、かなりの規模の御堂がこちらに背を向けて建つてゐた。間違ひなく北向きで、庫裡《くり》と向き合つてゐる。随分、変則的な配置である。

その本堂正面脇に貧弱な松があり、「鳥羽天皇遺愛の松」と、古びた石柱がやや傾いで立つてゐた。

大治五年（一一三〇）、鳥羽院の勅願により不動尊を本尊として建立、開祖は興教大師（覚《かく》鑁《ばん》）で、皇城鎮護のため北を向いてゐると、寺伝にはある。しかし、実際は鳥羽院の延命祈願のため、久寿年間（一一五四〜五六）に忠実が建てたもので、当時の御所東殿がこの方角にあつたためらしい。以後、倒壊、焼失を繰り返し、正徳二年（一七一二）、東山上皇が寄進したのが現在の建物とのことで、鳥羽院誕生の正月十六日にはいまも「一願の護摩」が焚かれ、参拝者が少なくないといふ。

その本堂の東側から出て、北側の背高な生垣沿ひを行き、切れたところを入る。と、鳥羽天皇御陵の前であつた。東向きで、生垣は御陵横のものだつたのである。

玉垣の中、白砂が均されてゐて、その奥に白漆喰塗の塀に囲はれ、瓦葺宝形造のこぢんまりした御堂がある。ここも三重塔ではなくなつてゐるのだ。規模も形態も縮小してゐる。ただし、白河院ほどではない。

鳥羽院がここを自らの終焉《しゅうえん》の地と定め、まづ阿弥陀仏を三体安置した御堂の建設にかかり、保延三年（一一三七）十月十五日の落慶供養を前にして、下検分のためひそかに訪れてゐる。その際に従つたのが、大納言に進んだ藤原実能《さねよし》と佐藤義清の二人であつた。

……この後おはしますべき所御覧じ始《はじ》めけるそのかみの御供に、右大臣実能、大納言と申しける候はれけり。忍ばせおはしますことにて、また人候《さぶら》はざりけり。その御供に候ひけることの思ひ出でられて

後に引く歌の詞書だが、「後おはしますべき所」とは、言ふまでもなく死後にをられるべき所、墓所の意である。実能は、既述のとほり院の中宮待賢門院の実兄として、古くから親しく仕へ、義清はその随身を勤めて来てゐたから、ごく順当な供奉《ぐぶ》と言へるが、「また人候はざりけり」、他に誰もゐず、二人だけだつたのだ。北面に取り立てる段階で、院の意向が働くのが一般であつたらしいが、内輪な検分行のたつた一人の侍となると、間違ひなく院の意向による。義清自身、院に選ばれたとの思ひを持つたのである。

権力者にとつて死は、すぐれて政治的な問題であり、死を前にした微妙な心の動きも、政治問題化する恐れがある。それだけによほど心許せる者でなくてはならない。義清はまだ二十歳の若年であつたが、武勇に優れ、秘密保持も確かなだけでなく、生死の問題と向き合ひ、すでに多少の研鑽《けんさん》を積み、院が抱く恐れ、不安についても理解力を欠くわけではない、と見られてゐたのであらう。それから十九年後の歌、

今宵こそ思ひ知らるれ浅からぬ君に契《ちぎり》のある身なりけり　(『山家集』七八二)

葬儀の今宵こそ、かいなでの主君と臣下といふ係りにとどまらず、後世に至る深い結び付きがあるのだなと、改めて思ひ出し、深く悼んでをります……。

この「契のある身」の一語はさまざまな解釈が出来さうである。殊に院政期は男色が盛んであつたといふ状況があるが、ここは院の後世に係はる場所、具体的には安楽寿院の一劃の阿弥陀堂へ、選ばれて供奉したことに尽きるだらう。

鳥羽院は、その阿弥陀堂の背後に三重塔を建て、自らの遺体は火葬にせず、柩《ひつぎ》に収めたままその塔内の須弥壇《しゆみだん》に納めることを考へてゐた。白河院もじつは自らの遺体を火葬にせず、塔のうちに葬られることを望んだが、遺体の保全が難しいと説得されて果たせなかつた経緯があつた。それだけに鳥羽院としては、ぜひとも実現したいことであつたらしい。

この遺体の扱ひは、同時代の奥州藤原氏三代でも見られるが、わが国では異例で、如何なる考へによるのか、よく分からないが、末世意識の展開として、弥勒《みろく》信仰の興隆があつたやうである。釈迦の入滅後、五十六億七千万年後、この世に下生《げしやう》して、釈迦の救済に漏れた衆生を済度するといふ、その弥勒下生の時まで己が遺体なり存念を存続させ、済度に与からうとする願ひが生まれた。道長が吉野の金峯山《きんぷせん》に経塚を築いたのもその一つであつた。そこへ真言密教の開祖空海が高野山奥の院の廟《べう》で生身のままで入定《にふぢやう》してゐるといふ信仰が広がり、自身もさうして弥勒下生の時を待ちたいといふ願ひを強く抱いたのではないか。

奇矯だが、権力をほしいままにした鳥羽院のやうな人にして、初めて持ち得る、永生への願望である。盛んに行つた熊野詣もこの願望による。その院の心の内を、若い義清が察知、厳粛に受け止めてゐたのではないか。

御陵前で振り向くと、塀を隔てて現在の安楽寿院であつた。

後戻りすると、塀が切れ、前へ回り込むやうに道がついてゐて、苔庭を隔て、奥に小振りな御堂が三棟、並んでゐた。

中央やや大きめの御堂が本堂かと思つたが、大師堂と扁額が出てゐる。そして、三棟の左手、金網に囲はれた一劃に収蔵庫めいた造りの建物があつて、阿弥陀堂の額が掲げられてゐた。

金網の扉は閉ざされてゐたが、説明が出てゐて、鳥羽院が自らの墓所とした三重塔の本尊、阿弥陀仏座像（重要文化財指定）を納めてゐるとあり、カラー写真が掲げられてゐた。

その写真を一目見て、その典雅な麗しさに目を見張つた。間違ひなく鳥羽院の思ひを受け止め、刻まれ、見事に荘厳《しやうごん》されてゐる。院政期を代表する名品だらう。この像が三重塔の中、鳥羽院の柩を収めた壇の上に据ゑられたのだ。

創建当時、その三重塔と阿弥陀堂を中心として、御堂と僧坊が幾棟も建てられ、大勢の僧がゐて、日々、供養が行はれたのだ。しかし、やがて火災や台風、地震が相次ぎ、加へて戦乱により、三重塔も阿弥陀堂も僧坊も次々と失はれ、室町末期には前松院と呼ばれる塔頭《たつちゆう》ひとつが、柩の上に置かれてゐた阿弥陀座像ばかりを奉持して、辛うじて残つてゐたらしい。それを豊臣秀頼が修復したが、明治の神仏分離と天皇陵の宮内庁への移管により、御陵との繫がりが断たれ、塀を隔てることになつたのである。

その安楽寿院の庫裡だが、苔庭を前にした一郭の東側に、門を構へてゐた。天皇の墓所として創建された格式の高さがどこかに感じられる。三重塔と阿弥陀院は失はれながら、先程見てきた不動院と御陵、庫裏と、形は大きく変はりながらも残つてゐるのだ。

と、庫裡の門の向ひに玉垣で囲はれ、砂利を敷いた一郭があるのに気付いた。入つて行くと、右側の生ひ繁つた背高な木々の向ふから、多宝塔が現はれた。見上げる高みに位置する水煙から四方へ宝鎖を垂らし、二層目との間、白漆喰の亀腹《かめばら》が丸く絞られてゐる。その佇《たたず》まひは、ウエストを思ひ切り細くした西欧の貴婦人でもあるかのやうな、典雅な艶麗さである。

どうしてこんなところにこの塔が、と思つたが、近衛天皇の御陵であつた。

鳥羽院は、じつは自らの墓所として三重塔を建てた際、待賢門院に次いで寵愛した美福門院《びふくもんゐん》得子《なりこ》のため、同じ安楽寿院内に多宝塔を設けたのだ。しかし、彼女はその遺志に従はなかつたため、二人の子の近衛天皇のものとしたといふ経緯があつたのだ。

そして、慶長元年（一五九六）の地震でこの塔も倒壊したが、慶長十一年に秀頼が再建した。その際に鳥羽院の三重塔は再建されなかつたが、すでに約半世紀前に火事で失はれ、記憶も薄れてゐたためであらうが、二基の塔の並び建つ様子を見たかつたな、と思ふ。その様子を西行が、しかと目にしてゐるのだ。

＊

油小路通の交差点まで戻ると、白河天皇陵の北、東殿の西あたりへ足を向けた。

真偽は不明だが、その付近に北面の武士の義清が住んでゐたと伝へられるところがあるのだ。もしかしたら妻子とともに暮らしてゐたかもしれない。

妻が如何なるひとであつたか不明だが、白河院の近臣として権力を振るつた葉室顕隆《はむろあきたか》の子顕《あき》頼《より》にゆかりのある家の者であつたといふ。その点からも、義清には将来があつたやうだし、男女それぞれ二人の四人の子がゐたと考へられる。当時の風習どほり加冠してまもなく一緒になつたとすれば、出家まで六、七年は一緒にゐたことになるから、それぐらゐの子がゐても不思議はない。

ただし、先祖以来の家は平安京域内、二条押小路《おしこうぢ》の南にあつたとされてをり、日頃、妻子はそちらに住んでゐたらう。出家を決意すると、縋《すが》り付く娘を縁から庭へ蹴落としたと『西行物語』などで語られる、有名な場面が出現したのも、多分そちらである。

白河天皇陵の北、最初の辻を西へ入り、次の辻を北へ向ふ。一帯はごく穏やかな住宅地である。

戸口の前で立ち話をしてゐる中年の女性がゐたので、尋ねると、

「ああ、そこ。地蔵堂があるでしょ」

即座に教へてくれたのに、こちらが驚いた。簡単には分かるまいと思つてゐたのだ。教へられるままに行くと、道の西側、わたしの背丈をやや越す高さの地蔵堂があつた。花が供へられてゐる。

その左脇に、四十センチほどの青い自然石が立ち、西行寺跡と刻まれてゐた。

いつの頃か、庵室が作られ、その傍らにあつた池が月見池と呼ばれ、西行が剃り落とした髪を収めたといふ剃髪塔ができ、江戸時代も遅く、西行寺が出現したらしい。

しかし、明治十一年（一八七八）、近くの観音寺に合併され、西行寺跡の石碑だけを残して消えた。

その寺跡の地蔵堂に西行像が安置されてゐたとも聞くので、覗いてみる。しかし、正面の覗き穴が小さく、中は暗くて見えない。見えないながら、石地蔵を西行像と見なす人たちがゐたんだな、と思ふ。実際に石地蔵と西行像を一緒にするやうなことが後代、あちこちであつたらしい。若くして出家、遍歴して生涯を送つたとなると、さういふことになると、多くの人たちは考へたやうだ。それを明治といふ時代があつさり消し去つた。ついで離宮跡も道路でずたずたにする時代になつたのだ。

＊

この鳥羽の地は、いづれにしろ左兵衛尉佐藤義清が院北面の武士として職務に励んだところである。先に馬を走らせた折の歌を引いたが、その姿勢は、真摯で、意欲的であつた。以下、勤務に就いてゐた際の歌を拾つて見る。

実際に詠んだ月日は不明だが、まづは鷹狩の折のもの。鳥羽院が復活させたから、その治世を称へる意も持つはずである。

あはせつる木居《こゐ》のはし鷹すばえかし犬飼人の声しきるなり　（『山家集』五一三）

獲物を狙はせるべく木に据ゑた鷹よ、飛びかかれ。犬飼人が鳥を追ひ出さうとしきりに犬をけしかける声がする。

かきくらす雪に雉子《きぎす》は見えねども羽音に鈴をくはへてぞやる　（『山家集』五一四）

降りしきる雪で獲物の雉子は見えない。が、鷹を放つ。羽音に鈴の音が加はつて、飛んで行く。

いづれも臨場感に溢れてゐる。詠み手自身、鷹狩に没入してゐる。あまり例のない、武者にして初めて詠み得る歌だ。

神事に侍つた際のものが、『山家集』下雑の神祇《じんぎ》十首である。そのなかから、

ながつきの力合はせに勝ちにけりわがかたをかを強く頼みて　（『山家集』一五二六）

九月の相撲で、見事、勝つたぞ、わが方が賀茂の神からより強い力を授かつて。

二手に別れ勝敗を競つたのである。賀茂山の古名「片岡」と、わが方の力士を言ふ「方人《かたうど》」を掛けてゐて、義清自身も力いっぱい取り組んだのだ。

今日の駒は美豆《みづ》のさうぶを負ひてこそ敵《かたき》をらちにかけて通らめ（『山家集』一五二七）

石清水《いはしみづ》八幡宮のけふ五月五日の競馬は、男山《をとこやま》の北麓、美豆御牧の菖蒲《しやうぶ》を乗手が背に差して、勝負を競ふ。相手の馬を馬場の柵へ押し付けて、追ひ抜かうよ。

義清自身が出場、菖蒲に勝負を掛け、けふの競馬の勝負は特別だと、意気込んでゐるのだ。

鳥羽院も崇徳天皇も、競馬を好んだ。

鳥羽院がしきりにおこなつた熊野詣に従つた折の歌。

あらたなる熊野詣のしるしをば氷の垢離《こり》に得べきなりけり　（『山家集』一五三〇）

このたびの熊野詣のあらたかな霊験は、身を切るやうな冷たい水で垢離をとつてこそ頂けるのですぞ。寒さに尻込みせず、やりませう。

熊野詣の途、要所要所で潔斎をして行くが、熊野本宮も近くなると、川に入り、垢離をとる。冬ともなれば、川面を閉ざした氷を割つておこなふ。震へ上がる人々のなかから、若い義清が飛び出して頭から水を浴びてみせたのだ。若い肉体でもつて直截《ちよくせつ》に霊験を摑み取らうとしてゐる、とも見える。

義清が仕へてゐた時期、鳥羽院は二度、熊野詣に行つてゐるが、氷が張る季節となると、保延四年（一一三八）一月二十六日、京を発つた折であらう。泊まりを重ねて二月に入り、寒さもまだ厳しい頃である。待賢門院璋子を伴つてをり、従ふ女房たちも見てゐた。

詞書によつて崇徳院が天皇の位にあつた折、行幸に従つて詠んだと分かる歌、

裏返す小忌《をみ》の衣と見ゆるかな竹の末葉《うれは》に降れる白雪　（『山家集』五三六）

舞人が小忌の衣の袖を翻し翻し舞つてゐる、それと前栽《せんざい》の竹の葉先が降りしきる雪の中、し

きりに裏返る様子がそつくりで、かうして帝の行幸をともに祝つてゐるのです。

小忌の衣とは、狩衣《かりぎぬ》に似て、白麻に山藍で花や鳥の模様を摺り出した神事用の衣である。その山藍色の模様がかすれてをり、壺前裁の竹の緑が降雪のためかすれて見える、これまた似通つてゐることも含めてゐる。

この行幸は任官して五年目、出家の前年、保延五年十一月下の酉《とり》の日に行はれる賀茂の臨時の祭の日のことであらう。社頭の儀が終はると、勅使や舞人らが土御門の里内裏《さとだいり》に戻つて、崇徳天皇から酒饌《しゆせん》を賜り、歌舞をしたが、その場に侍つてゐると雪が降り出したのだ。初雪であらう。祭礼の清浄さを際立たせ、吉兆とも受け取られたから、この場にまことにふさはしい歌であつた。

やはり崇徳天皇の行幸に供奉した折のことを、後に思ひ出して、

ふりにけり君が御幸《みゆき》の鈴の音はいかなる世にも絶えず聞えて　（『山家集』一四四六）

行幸の際に打ち振られる鈴の音は、いかなる世が来ても絶えることなく聞こえる、さう思つてゐたが、その時はもう過ぎ去つてしまつたよ。

行幸に供奉した者としての祈念も、空しくなつたのを無念と思ひつつ、いまなほその涼やかな音を聞かうとしてゐる気配である。

崇徳天皇が譲位したのは、出家後のことに属するが、在位時代を深く懐かしみ、かつ、失意の崇徳院を慰めようとしてのものであらう。年齢がひとつ院の方が下であつたから、鳥羽院とは違ひ、親近感をもつて接してゐるのだ。

それに崇徳院は、歌に一方ならぬ志を持ち、天皇在位時代に百首歌を募り、院となつてからは「久安《きうあん》百首」、第六勅撰集『詞花《しくわ》和歌集』を撰進させるなどしたし、自身もまた、秀れた歌人であつた。

その歌壇には、実能、待賢門院堀河など、馴れ親しんだひともをれば、友人の藤原顕広《あきひろ》、後の俊成《しゆんぜい》もゐた。歌に関心を向けるに従ひ、その動向に注意を払はずにをれなくなつたし、深く共感するものがあつたと思はれる。

＊

この義清は、また恋多い若者であつた。

ひとかたに乱るともなきわが恋や風さだまらぬ野辺の苅萱《かるかや》　（『山家集』六〇三）

「寄苅萱恋」と題されてをり、題詠であらうが、魅力的な女があちらにもこちらにもゐる、わが心の行方をどう定めればよいか思ひ惑ひながら、勇み立つてゐる気配である。

西行には恋の歌がじつに多い。『山家集』に限つても、巻中「恋」の百三十四首を初め、巻下の「恋百十首」と「百首」のなかの十首など、計二百五十四首もある。全体の十六パーセントを占める。

二十三歳で出家してゐるから、実際の恋の場に身を置いての作はごく短い期間に限られ、後は歌会などでの題詠である。和歌では恋歌が樞要な位置を占めるため、僧であらうと詠まなくてはならなかつたのだが、それにしても数が多く、意外に真情が籠つてゐる。

そのため、どの歌を在俗期の恋の渦中の作と見定めるのは不可能だが、ひとりの歌人の生涯を見て行くのには、そのあたりに触れないわけには行くまい。間違ふのを恐れずに、少し挙げてみよう。

ゆきずりに一枝《ひとえだ》折りし梅が香の深くも袖に染みにけるかな　（『山家集』五九六）
葉隠れに散りとどまれる花のみぞ忍びし人に逢ふ心地する　（『山家集』五九九）
弓張の月に外れて見し影のやさしかりしはいつか忘れん　（『山家集』六二〇）
涙川さかまく澪《みを》の底深みみなぎりあへぬわが心かな　（『山家集』六九二）

注釈するまでもなからう。初々しさが感じられる。

なかなかに忍ぶ気色やしるからんかかる思ひにならひなき身は（『山家集』一二四五）

じつと抑へてゐればゐるほど、却つてはつきりと外に現はれてしまつてゐるらしい、今までとは異なつた烈しい恋に、この身は。

気色をばあやめて人の咎むとも打ちまかせては言はじとぞ思ふ（『山家集』一二四六）

抑へても抑へきれないこの恋を、人に咎められたところで、それを切掛けに、相手に告げようとはすまい、耐へ忍んだままでゐようと思ふ。

恋する健気な覚悟を、屈折する思ひに沿つて表現してゐる。

しかし、一転して、恋する自分に意識を向けると、

いとほしやさらに心のをさなびて魂切《たまぎ》れらるる恋もするかな（『山家集』一三二〇）

真剣に恋すれば恋するほど、わが心は一段と幼くなつて、魂の底からの恋をするよ、われながらいとほしいことだ。

「いとほしや」と己へ声を掛けずにをれないのである。かういふところ、鋭敏な内省力を認めないわけにいかない。さうして、恋する切実さを端的に言つてゐるのだ。

さうするうちにも、かういふことがあつたのであらう。

おもかげの忘らるまじき別れかな名残を人の月にとどめて　（『山家集』六二一）

恋人と一夜を共にして、有明の月の下、別れなくてはならなかつた。「忘らるまじき別れ」といふ観念的で強引な表現が、恋する最中に身を置いてのものと思はせる。

月は、やがて悟達の心境の象徴となるが、まづは恋人の麗しさを示すものとして差し出されるのである。

知らざりき雲居のよそに見し月の影を袂に宿すべしとは　（『山家集』六一七）

雲居遥か月を仰ぎ見るやうに仰ぎ見てゐた女人をいつしか恋して、袖を濡らすやうなことになるとは、思ひもよらなかつた。

高貴なひとに思ひを寄せるやうなこともあつたのだ。「影を袂に宿す」の語が、作者の涙で濡れるだけでなく、その女人と共寝した意をいささか含んでゐると読んでよいかもしれない。

さうなると、さまざまな想像が掻き立てられるが、いまはこれ以上立ち入らないで、さまざまな恋に身を焦がしたのは確かだとばかり、言ふにとどめておきたい。

＊

この義清には、親しい友人が幾人もゐた。

第一には、同じく兵衛尉で、公私ともに行動することが多かつた源季正《ときまさ》（季政とも）である。よほど気が合つたやうで、互ひに深く心を許し合ひ、ともに出世間《しゆつせけん》へとこころを傾けたが、季正の方が一歩、先んじた気配である。

彼はやがて出家、西住《さいぢゆう》と名を変へ、義清もまた名を西行とし、一層深く親しんだ。この名からも二人の繋がりの深さは察することが出来る。

また、『西行物語』が記す、急死が出家の因となつたといふ二歳上の佐藤左衛門尉憲康である。実在するかどうか、判然とせず、西住を元に仮構されたかとも思はれるが、一応、数へて置く。

それから藤原頼業《よりなり》、後の寂然《じやくぜん》（出家は保元三年／一一五一）である。白河院の近臣として各地の国司を歴任した富裕な為忠を父とし、母は待賢門院の女房であつたらしい。その母に西行は歌の手ほどきを受けたといふ説があるが、頼業には兄為業《ためなり》、弟為経《ためつね》がゐた。いづれもやがて出家、寂念、寂超と号し、双ケ岡《ならびがをか》の西の常盤《ときは》に住んでゐたから、寂然と併せて「常盤の三寂」、さらに大原へ揃つて隠棲すると「大原三寂」と言はれた兄弟である。

為忠の没後もその常盤の家に、季正と一緒に出入りして、この三兄弟とともに多くの文人、歌人たちと知り合つた。その中には三兄弟の姉妹を妻としてゐた藤原顕広《あきひろ》、後の俊成《しゆんぜい》もゐた。かうして気の合つた者同士、集まつては歌を詠み、連歌をし、世の有様から仏教について語り合つた。後に少し詳しく触れるつもりである。

このやうに義清は、決して孤独に閉じ籠ることなく、友人知人と歌を競へば、ともに学問にも励む、恵まれた若者の一人として、日々を過ごしたのである。それとともに常盤邸で生まれた縁を介して、待賢門院の女房たちから崇徳天皇、同腹の妹の上西門院の女房たちとも接点を持つた。

ただし、当時、歌は『古今和歌集』以来、朝廷の公の文芸としての地位を占めてゐたものの、表舞台から外れた文人なり出家者、隠遁《いんとん》者たちのものといふ色合ひを濃くしてゐたのも確かである。

それといふのも、これまで再三触れて来た末世の到来といふ事態があるが、それよりも白河法皇が亡くなり、鳥羽上皇がその権勢を引き継ぐと、中流貴族の野心的な者たちが一段と進出、かつ、そこに武士層が深く絡まつて来ることによつて、朝廷の在り方が大きく変はつて来たことがある。

殊に兵衛府や衛門府に身を置き、朝廷に仕へる都の武士といふ身分の者たちにとつては、深刻な変化であつた。剣や弓を帯びながら、彼らはなによりも儀式や儀礼の実際の担ひ手であり、言はば朝廷に伝来する雅びと権威を保持し、広く人々の目に見える形で示しつづける役割を負つてゐた。だから古事に則つて、粛然たる立ち居振る舞ひをし、時と場にかなつた歌を献じるやうなことが肝要であつた。

ところがこの頃になると、治安が著しく悪化、実力による維持が必要になつて来たのである。火災が頻々《ひんぴん》と起こり、院や皇后・女御の御所、有力貴族たちの邸宅が次々と失はれた。その多さは異常と言つてよく、大半は放火であつた。物取りを目的にするものもあれば、怨恨、政治的陰謀によるものもあつたやうである。それに延暦寺や興福寺などの大衆《だいしゅ》が強訴《がうそ》して押し寄せて来ることも、よく起こつた。

このやうな状況になると、兵衛府や検非違使庁の武士たちでは対応しきれず、もつぱら武力を振るふ地方武士を前面に出すやうになり、その地方武士を動員する組織を持つ平氏や源氏が権力の中枢へ入り込んで来た。

かうなると、兵衛府や検非違使庁のとくに下北面の武士たちは、半ば名ばかりの存在となり、本来の職務に忠実たらうと努めれば努めるほど、宙に浮くやうになつてゐた。また、その彼ら自身、地方に領地を保有してゐたが、これまた地方武士によつて侵食されるやうな事態も起こつて来てゐた。

かうした変化を、源季正や義清、その仲間たちの多くは、誰よりも鋭く、己が身の上のこととして感じるやうになつてゐたらう。

『西行物語』には、鳥羽院の勤めからの帰り道、同僚で同族の友人憲康が別れ際に、義清にかう語るところがある。

「われらが先祖秀郷将軍、東域を鎮めてよりこのかた、久しく朝家の御守りとして世を鎮む。今、われらに至るまで、当帝の朝恩に浴して、広く誉れをほどこす」

このとほりであらう。これまでの生き方は、簡潔に纏《まと》めれば、かうだつたのだ。しかし、つづけて、

「このほどいかにやあらむ、何事もただ夢幻の心地して、今日あればとて、明日を待つべき身ともおぼえず。あはれ、いかならむ便《たよ》りもがな」

最近はどうしたことか、すべてが夢幻のやうに思はれると、嘆くのだ。今日がかうだつたから、明日もかうだとは思はれない、と。作者はいはゆる無常を説くために、憲康にかう言はせてゐるのだが、実際はいまの時代、下北面の武士であること自体が、明日を約束されない状況

になりつつあると、受け取らざるを得なくなつてゐたのだ。少なくともそれが、義清と季正の現状認識だつたのではないか。

明日といふ日がこれまでどほりやつて来ると思つてゐると、不意に消えてなくなることが在り得る。これまでどほり前へ足を踏み出しても、それを受け止める大地が消滅してゐる事態があり得る、さういふ感触、認識である。地位も祖先伝来の領地も、さういふ状況になりかねない……。

物語では、翌朝、約束してゐたとほり義清が憲康を尋ねると、彼は急死、家人が嘆き悲しんでをり、改めて人の生命の儚《はかな》さを思ひ知つて、出家を決意する、といふ運びになる。

これは物語作者の企みで、実際は人生の儚さよりも、自分たちが現に身を置いてゐるこの時代そのものが、いま言つたやうな方向へと激しく動いてゐると、鋭く感じ、認識するに至つてゐたのだ。無常感とか厭世観《えんせいくわん》ではなくて、直截な、現実感覚、現実認識である。さうと知れば、後は「家を出て、さまを変へ、片山里の住まひも、あらまほしくこそおぼゆれ」といふことになりさうである。

髪を剃り、家を棄て、僧衣を身につけさへすれば、この身ひとつ、生きて行くことができるのだ。この世が如何に変貌し、地獄の様相を呈さうとも、生きて行ける。そして、その生こそ、自分が生きるべき生かもしれない、と。

この世に無常を感じただけで、出家する正当な理由を獲得するわけではない。この身を賭けての、認識と、それに加へて新たな生への志向がなくてはならない。西行の場合が明らかにさうであつた。

さうして、まづはひと昔の歌人、能因《のういん》に関心を寄せた。

能因は西行より三十歳上の永延二年（九八八）生まれで、出家して摂津古曽部《こそべ》に住み、歌人として隠遁者の道を歩んだ。

それと並行して隠棲生活を具体的に思ひ描かうと、隠棲者の庵を訪ねた。

次の歌は、さういふ折のものである

いにしへ頃、東山に阿弥陀房と申ける上人の庵室にまかりて見けるに、何となく哀れに覚えてよめる
柴の庵と聞くはくやしき名なれども世に好もしき住居なりけり（『山家集』七二五）

柴の庵といふものをまつたく知らず、粗末で貧しい住居と考へてゐたが、この世の外に身を置くのにはまことに好ましい住居と、初めて承知しました。

東山では歌会がよく開かれ、出掛けて行つたが、さうした折でもあらうか。急速に心は傾き始めたのだ。

三　世を捨てる時

嵐山へ行くのには、幾つもの道筋があり、電車なら京福嵐山線、山陰線（嵯峨野線）、阪急嵐山線の三つがあるが、京都駅からとなると山陰線である。

発車して十七分で、もう嵯峨嵐山駅であつた。

駅正面の道を下り、最初の辻を西へ折れる。やがて天龍寺の門前であつた。桜は終はつてゐたが、そぞろ歩きの人たちの姿がある。

そこから南へ向ひ、嵐山電車の終点駅前を過ぎると、桂川畔に出た。

対岸が嵐山である。

渡月橋を渡る。

時代によつて橋の架けられる位置が変化、それに従ひ、見る風景も微妙に変化して来てゐるはずだが、今は正面、嵐山の東端の小山の麓に、旅館らしい三層の建物があり、その上すぐに、朱色の多宝塔が見える。

法輪寺《ほふりんじ》である。『枕草子』に風光明媚《めいび》なところとして出てゐる。

ただし、平安朝末期にはまだ橋がなく、船で往来してゐた。

対岸に至り、山裾に沿つて左手へと進むと、山陰に石段があつた。かなり高い。

創建は和銅とも天平ともされるが、平安初期、空海の弟子道昌が師の教示に従つて刻んだ虚《こ》空蔵菩薩《くうざうぼさつ》を安置、本尊としたと伝へられる。虚空のやうに広大無辺の福徳と智恵を蔵し、衆生の願ひをかなへてくれる存在として、密教では殊に重んじられて来てゐる。空海が秘法「虚空《こくう》蔵求聞持法《ざうぐもんぢほふ》」を修して超人的な記憶力を獲得、勉学に努め、密教に開眼したと『三教指帰《さんがうしいき》』に自ら記してをり、鳥羽院が深く帰依した覚鑁《かくばん》も、この秘法を幾度となく修した。

「十三まいり」の幡が出てゐた。

十三歳になると、少年少女が盛装、旧暦三月十三日（今は四月十三日）にお参りして、智恵と福徳を虚空蔵菩薩に祈願する行事で、智慧詣とも言はれ、いまも盛んらしい。その日、特別に売り出される十三種の菓子を買ひ求めて虚空蔵菩薩に供へ、持ち帰ると家中で食べるのが習はしである。

その行事も先日終はつたから、今は人影もまばらである。

やうやく石段を上り詰めると、狛犬のやうに両脇に牛が据ゑられてゐた。右側は大きく口を開き、左は閉ざして、ともに伏してゐる。

その先が本堂で、軒には「智福山」と書かれた扁額が挙がつてゐる。

義清が最初にやつて来たのは、ここに籠つて修行してゐた友人の神祇少副大中臣清長《おほなかとみのきよなが》（後の空仁《くうにん》）を、源季正と一緒に訪ねた折であつた。

当時、経典のなかでも特に『法華経』が尊ばれ、その暗誦が広く行はれてをり、初学の者たちはここに籠つて修行してゐた。虚空蔵菩薩の智恵に与かり、達成しようとしてのことである。

『聞書残集』の詞書に記されてゐるが、清長は柿色の薄い生地の粗末な修行僧の衣姿で現はれた。さうして修行の様子、『法華経』暗誦の実際などを、問はれるまま、二人に詳しく語つて聞かせた。

境内の北側が開けてゐるので、そちらへ行つてみると、眼下が渡月橋であつた。その橋のすぐ上にごく低い堰があつて、川幅いつぱいに透明な水を行き渡らせ、清涼感を生み出してゐる。平安京の開かれる前、秦氏《はた》が築いたらしい。

修行の邪魔になつてはいけないと二人が早々に別れを告げると、清長は石段を降りて桂川の渡し場まで送つて来た。さうして名残を惜しんでゐると、筏《いかだ》が流れ下つて来た。当時、材木の搬出のため、堰のこちら側に水路が設けられ、盛んに使はれてゐたのだ。

清長は、柿色の衣を川風に靡《なび》かせながら、それを指さして、

はやく筏はここに来にけり　（『聞書残集』二二）

はやばやと筏はやつて来たぞ。かう連歌を詠みかけたのだ。その姿は、いかにも貴げに見えたと、後に西行は語つてゐる。出家を遂げる時期はもう来てゐるぞ、早くしろ、と言つたのである。それに義清は、

大井川かみに井堰やなかりつる

大井川（桂川）の上流に堰がなかつただらうか。ある。だからこそかうも早く筏が流れ下つて来るのだ、と応じたのである。堰が流れを塞《せ》き止めてゐるからこそ筏が流れ下るやうに、塞き止めるものがあつてこそ、時が来れば一気に進む。今しばし待つてくれ、と答へたのだ。かうして渡し舟が岸を離れたが、清長は日々『法華経』を暗誦してゐるらしく、嗄《しやが》れた大声で、巻五「提婆達多品《だいばだつたほん》」の一節を唱へた。

「大智徳《たいちとく》（文殊菩薩）よ、勇健にして、無量の衆を化度《けど》せり」

文殊菩薩の働きは勇ましく盛んで、すでに数限りない人々を教化した。お前たちも早く出家して、多くの衆生を教へ導け、と促したのである。その様子はまことに尊くあはれに思はれたので、

大井川舟に乗りえて渡るかな　　（『聞書残集』二三）

おかげで船に乗つて大井川をらくらく渡るやうに、仏の教へに導かれ、この世を抜け出るべく進むことができさうだ、と口にすると、かたはらの季正がかう応じた。

流れに棹《さを》をさす心地して

いよいよ流れに棹さして、流れ下る思ひだ、と言つたのである。後に義清はそれについてかう注記した、「心に思ふことありて、かく付けけるなるべし」。季正もまた深く感じることがあつて、かう付けたのであらう、と。実際に季正の方が、一歩早く出家の意を固めたやうである。

このやり取りが心に染みて、戻る途、清長へ歌を送り、京に戻つてからは手箱に斎料《ときれう》を収めて届けた。

ただし、後年のこの文の終りで、清長に対して手厳しく、いまや「昔の心」を忘れたやうで、当時は「おもひあがりてもや」と書き添へてゐる。悟りを得るのはさう簡単でなく、思ひ上がつてゐたのだらう、と。さういふ清長であつたが、当時、先達として頼むところが大きかつたのだ。出家する前年秋のことである。

＊

嵯峨嵐山駅へ引き返すと、二条駅まで戻り、地下鉄東西線に乗つた。そして、京都市街を横断、東山駅で下車した。

さうして知恩院へ向つて歩いて行くと、傾いた陽が背後から東山をあかあかと照らしてゐるのが見渡せた。濃い緑が眩《まぶ》しくも黒ずんで見える。

初めて庵室なるものを目にしたのは、この東山であつたのは、すでに触れた。知恩院の門前横から円山公園へ入り、奥の長楽寺へ行く。

このあたりは、いまでこそ花見の時は人々で溢れるが、当時はやや山深い気配があり、西に向け開けてゐたので、幾つとなく庵が結ばれてゐたらしい。僧尼が隠棲《いんせい》して、死を迎へるのにふさはしい地ともされてゐた。

その長楽寺は、いまは大谷本廟の北側に押し込められた形になつてゐるが、開祖は最澄とされ、この一帯を境内とする由緒ある寺である。

奥まつた山門を入ると、すぐに石段で、登りつめたところに窮屈さうに本堂がある。

一條天皇の時代、絵師巨勢《こせの》広高が地獄絵を描いて、人々を集めたし、近くの雲居寺《うんご》とともにに、浄土往生を願つて念仏を唱へる人々に好まれたところである。

この念仏の縁から室町初期には時宗となり、明治には時宗の七條道場金光寺を合併、有名な一遍像も引き取つて、現に収蔵してゐる。

さういふ長楽寺で義清は仲間たちと一緒によく時を過ごした。溜まり場だつたのである。そして、秋も深まつた夜、さんざん議論した末に、かう詠んだ。


夜もすがら惜しげなく吹く嵐かなわざと時雨の染むる梢を　（『山家集』四九一）

一晩中、惜しげもなく吹き通した嵐だつたな。時雨がわざわざ紅葉を美しく彩つてゐたのに、すつかり散らしてしまつたよ。

「わざと時雨の染むる梢」とは、苦労してこの俗世を棄てるべく覚悟を定め、用意を整へてゐた、といふ意を含むらしい。それなのに同座の者たちから改めて散々に出離《しゆつり》を説かれたが、さうまでしてくれずともよかつたのに、と応じたのだ。法輪寺を訪ねて、日数はさほどたつてゐなかつたが、さらに一歩、進めたのである。

大谷本廟の門前まで出て、南へ横切ると、双林寺《さうりんじ》だつた。

度重なる火災や戦乱によつて、いまは特徴とてない本堂が南面して在るばかりである。庇には薬師如来と歓喜天《くわんぎてん》と書かれた赤い丸提灯が下がつてゐる。ここも桜の名所であつたが、明治になつて円山公園が造られ、土地も桜もそちらに奪はれてしまつたのだ。

その本堂前の道を西へ下つて行くと、左側の町並みのなかに芭蕉堂があり、その手前横の門を入ると、庭を前にして西行庵があつた。茅葺で、いかにも草庵といつた趣だが、却つて作り物めいた感じである。このあたりも双林寺の境内で、西行が一時、庵を結んだのは確からしい。

障子が立切られ、中は窺へないが、西行像と鎌倉時代から南北朝にかけて活躍した歌人頓阿《とんあ》の像が安置されてゐるといふ。その頓阿が跡を受け継ぎ、以降、歌人たちが引き継ぎ引き継ぎして、今日に至つてゐるらしい。ローマのスペイン階段の下にはジョン・キーツの居室跡が保存されてゐるが、詩人に対しては、東西ともかういふかたちで記憶に留めようとするやうだ。

門前は円山公園から高台寺への観光ルートに当たつてゐるので、賑やかである。若い女性が、二つの庵にカメラを向けて、盛んにシャッターを押してゐた。

＊

嵐が吹きつのつた時雨の夜から、年を越して春を迎へると、義清はまた東山を訪ねた。

そらになる心は春のかすみにて世にあらじとも思ひ立つかな　（『山家集』七二三）

憧れ求める思ひが春の霞とばかり心の内に立ち込め、いよいよこの俗世に別れを告げようと思ひ立つたよ。

詞書には「世にあらじと思ひ立ちける頃、東山にて人々、霞ニ寄スル述懐といふことを詠める」とある。多分、「夜もすがら惜しげなく」出世を勧めた仲間たちと、この日は花を楽しみ、歌を詠み合つたのだらう。

それにしても、立ちこめる春霞でもつて出家の決意を示した例は、あまりないのではないか。絶望、断念ではなく、漠然としてはゐるものの、大いなる期待を抱いてのことなのだ。

つづけて、「同心を」と題して、

世をいとふ名をだにもさは留め置きて数ならぬ身の思ひ出にせん（『山家集』七二四）

取るに足りない身だが、せめてこの俗世を厭ふ者であつたと、わが名だけでも記憶して置いてほしい。

仲間のなかに身を置いて、いよいよ決心したことを告げてゐるのである。繰り返すが、孤独の内に、現世に絶望した末では決してなかつたのだ。

その直後でもあらうか、

世を遁《のが》れける折、ゆかりありける人の許へ言ひ送りける

世の中を背きはてぬと言ひ置かん思ひ知るべき人はなくとも　（『山家集』七二六）

孤独でなかつたと繰り返し言つて来たが、仲間以外の人たちを相手にすると、改めて孤独感を覚えないわけにはいかなかつた。だから、わたしの心底を知る人がゐなくても、わたしはきつぱりとこの世を棄てる、これだけははつきり言つておきたい、と念押ししなくてはならなかつたのだ。

さうして、この世と脱世間の間に塞がる壁を、突き破る……。

いざさらば盛り思ふもほどもあらじ藐姑射《はこや》が峰の花にむつれし（『山家集』一五〇三）

いよいよ別れを告げよう、藐姑射が峰、神仙の住む山とも言ふべき院御所の繁華に慣れ親しんで来たが、その時期も終りにしなくてはならない。

時は、来たのだ。

＊

この決心に至るには、じつはやんごとない女人との経緯があつたとする見方がある。いまの歌の「藐姑射が峰の花」にしても麗しい女人と解することが出来るかもしれない。早く『源平盛衰記』巻八には次のやうに書かれてゐる。

西行発心《ほつしん》ノヲコリヲ尋レバ、源ハ恋故トゾ承ル。

かう断じて、それから経緯の説明に入る。

申スモ恐アル上﨟女房ヲ思懸《おもひか》ケマイラセタリケルヲ、アコギノ浦ゾト云仰《おほせ》ヲ蒙リテ、思切リ、官位ハ春ノ夜見ハテヌ夢シ思成シ、楽栄ハ秋ノ夜ノ月、西ヘトヘテ、有為《うゐ》ノ世ノ契リヲ遁《のが》レツツ、無為《むゐ》ノ道ニゾ入リニケル。

口にするのも恐れ多い高貴な女人に思ひをかけたが、当の女人から古歌を踏まへて「アコギノ浦」ですよと言ひ渡されて、この恋も宮廷人としての出世も断念、出家した、と。

ここで言ふ「アコギノ浦」は、古歌「伊勢の海あこぎが浦に引網も度《たび》かさなれば人もこそ知れ」に拠るが、阿漕浦《あこぎがうら》（三重県津市沖）は年に一度だけ、伊勢神宮に神饌を奉るため網を入れるのが許される禁漁域である。一度は許されるかもしれないが、回を重ねれば、ひとに知られ、互ゐの破滅になりませう。これを限りにします、と言はれたのだ。

これに義清は、かう歌を返したといふ。


思ひきや富士の高根に一夜寝て雲の上なる月をみんとは

思ひもしなかつたことでした、高貴な方と一夜共寝して、雲の上＝禁裏においてだけ許される輝かしくも艶冶な夢を見ることが出来ましたことは。かういふ禁断の夜は確かに一夜に限られるのですね。

さうしてこの恋ばかりか、この世への思ひも断ち切つた……。

もつともこの歌は、他に見られず、西行のものかどうかはつきりしない。先に引用した「知らざりき雲居のよそに見し月の影を袂に宿すべしとは」に、何者かが手を加へ、一歩踏み込んだ関係を持つたかたちにしたのかもしれない。

ただし、かうした恋の体験はあつたと考へるべきだらう。かういふ歌を詠んでもゐる。


逢ふことのなき病にて恋死なばさすがに人やあはれと思はん（『山家集』一三〇〇）

一途で孤独な恋情の激しさを端的に訴へてゐるのである。

源俊頼『俊頼髄脳《としよりずいなう》』には、芹《せり》を食べる后の姿を垣間見たばかりに、庭掃きの老人が恋慕の心を起こし、毎日芹を摘んでは御簾《みす》の傍らに置いたが、顧みられることなく恋煩ひの末に死んだ話が出てゐる。それを踏まへて西行は詠んでゐる。

何となく芹と聞くこそあはれなれ摘みけん人の心知られて　（『山家集』一〇三三）

七草に芹ありけりと見るからに濡れけむ袖のつまれぬるかな　（『聞書集』一一五）

これを採り上げて白洲正子は、雲の上の女人への身分違ひの恋に苦しんだ経験が実際にあつたとして、幾人もの高貴な女人を挙げた末に、ためらふことなく待賢門院璋子を名指した（『西行』）。

璋子は、義清より十七歳上である。ただし、まだ三十代の後半、たぐひない美貌は衰へず、ふと心が動くまま、先にも言及したやうに御簾のなかへ引き入れるやうなことがあつたのかもしれない。が、それも一度限りと思ひ定めた上でのこと、重ねてと望まれると、気位の高さを見せてきつぱり退け、却つて男の情を激しく掻き立てた……。

ただし、その女人を璋子と特定するのは難しい。ただ高貴な女人と考へておくのが妥当であらう。さうして、その一夜ゆゑ、若い義清の心も体も、錯綜する恋の道筋を果てしなく辿つたに違ひあるまい。多くの恋歌がそのことを証してゐる。

が、その挙げ句に出家を決意した、と言へるかどうか。義清の場合、何らかの不如意とか絶望からでなく、あくまで春霞とともにであつたのだ。俗世間の外の新たな生へ挑まうと決意した上でのことで、如何に死ぬばかりの恋をしたとしても、それゆゑでは決してなかつた。

もしも恋ゆゑであつたとすれば、出家後は、題詠であらうと恋を詠むのを避けたのではないか。いや、詠まうとしても、詠めまい。ところが西行は、真情あふれる恋の歌を、その一端をすでに見たが、つぎつぎと詠んでゐるのだ。恋そのものに恨みはなかつたのである。

勿論、俗世を捨てるとともに、己がものとしての恋情はきつぱり棄てた。ただし、さうしたところで、歌の世界から恋が消えてなくなるはずはなく、また、個々の男女の間にはこれまでと同様に生まれ、働き、苦しみを与へれば喜びをもたらす。そのところを、出家したことによつて西行は自在に詠む、なによりも自らの恋情に囚はれ惑はされずに。

そのことが西行には嬉しかつたのであらう。さうでもなければ、あれだけ多くの恋歌を詠むはずもない。

*

かうして保延六年（一一四〇）、二十三歳の春、出離の決心を揺るがぬものとしたのだが、実際に出家したのは、『百錬抄《ひやくれんせう》』によれば、その年の十月十五日である。『吾妻鏡』では八月、『西行物語絵巻』では同年八月十六日で、この記述が正しい可能性を五味文彦氏（『西行と清盛』）が指摘してゐる。

ただし、そのいづれにしても、心を決めてから半年以上もの月日が経過してゐる。その間、何をしてゐたのだらう。逡巡してゐたわけではなかつたらうから、やむを得ない事情があつたと考へるべきかもしれない。

決心して、鳥羽院に暇を申し出た歌が残されてゐる。

鳥羽院に出家のいとま申侍とてよめる
惜しむとて惜しまれぬべきこの世かは身を捨ててこそ身をも助けめ（『西行上人集』李花亭文庫本 六三七）

惜しんだところで、それですむこの世でせうか。いつかは棄てなくてはなりませぬ。自ら進んで身を棄ててこそこの身も立ちませう。

世を棄てるにも、積極的に己が身を棄てる態度に出てこそ、求める道へ突き進むことができる、との覚悟を語つてゐる。ここからも消極的な態度でなく、挑む態度を採つてゐることが明らかである。北面の武士として職務に意欲的に取り組んで来たが、出家するいま、それ以上に意欲的な姿勢を採つてゐるのだ。

この歌を鳥羽院はどう受け取つたらう。なにしろ安楽寿院の下見に選んで扈従させた義清である。鳥羽院自身、その時すでに出家への思ひを口にしてゐたと思はれるが、さうであつたならなほさら感銘を深くしたのではないか。

ところが実際はさうではなかつたやうである。

『西行物語』は西行の没後六十年足らずの時点で書かれたと考へられてゐるが、脚色が多く、物語として見なくてはならないが、意外に事実に即してゐるところもあるやうに思はれるのだ。先に同僚憲康が語つた言葉を採り上げ、翌朝、義清が約束してゐたとほり憲康の家に立ち寄ると、彼は急死、家人たちが悲嘆にくれてゐたところまで紹介したが、この事態に義清は即座に出家を決意、馬に鞭《むち》を当て、「朝ニ紅顔有ツテ世路ニ誇リ、夕ニ白骨ト成ツテ、郊原ニ朽ツ」と、『和漢朗詠集』の漢詩の一節を口ずさみつつ、鳥羽離宮へ急いだ。院は管弦の遊びの最中で、やがて果てると、頭弁《とうのべん》（弁官・行政執行の中枢にあり、蔵人頭《くらうどのとう》を兼ね、院に近侍する）を介して、出家するための暇乞ひを願つた。すると院は、「思はずの外の御気色」と、頭弁から伝へられた。お許しになるどころか、ご不快のご様子をお示しになつた、といふのである。

院としては、これまで目をかけてやつて来たのに、なにが不満で、急いで出家するのか？墓所の検分に同行させ、生死に係はる思ひを多少は漏らしたが、先駆けするとは何事か？と思つたとしても不思議はなからう。それに世を捨てるのにひどく意欲的な姿勢こそ、問題であつた。危険性さへ感じたのではないか。

この危惧をよりはつきりさせたのが、上の歌とほぼ同時に詠んだ、ただし、鳥羽院に示すことはなかつたと思はれる、次の歌である。

＊

世を捨つる人はまことに捨つるかは捨てぬ人こそ捨つるなりけれ

（『西行法師家集』一三七）

出家したひとは、本当にこの世を捨てたのだらうか。棄てながら真に捨てず、なほも未練がましい人こそ実は出家の志を無駄にしてゐるのだ。そのやうな世の棄て方をわたしはせず、きつぱりと棄てる。

徹底した積極姿勢を強調してゐるのだが、これを鳥羽院が読んだら、どう思つたか。鳥羽院も出家を考へ、準備も整へようとしてゐたが、その出家は、白河院に倣《なら》ひ、治天《ちてん》の君としての権勢を保持したまま、来世への畏れを解消、かつ、これまでのしがらみも棄て、より思ふままつりごとを行ふためであつた。「まことに捨つる」ものでは全くなかつたのである。その点を指弾してゐると、受け取ることも出来よう。勿論、作者の西行にその意図があつたとは考へなかつただらうが、世の一部の人々がさう解する恐れがある、と見たかもしれない。

この歌が崇徳院が藤原顕輔に撰進させた『詞花和歌集』（鳥羽院がまだ院政の主であつた仁平元年・一一五一奏覧）の巻十雑下に選び入れられたが、それに際して、「題不知、読人不知」とされ、冒頭の「世」が「身」に変へられた。まだ若く世に知られてゐなかつたから、「読人不知」とされたのは当然だが、この一語の変更はどうであらう。「身」とすれば、一個人の感慨だが、「世」では、上のやうな受け取り方もあり得る。

いづれにしても鳥羽院は、義清の出家の願ひを即座に受け入れなかつたのだ。

物語の中の義清は離宮の御所を空しく退出、戻つて行つたが、その途、あれこれ考へた末、「君の御戒めを恐れ」てゐてはいつ出家を遂げられるかわからず、無駄に時を過ごすことになると思ひ定め、駒を止め院の御所を振り返り振り返りして別れを告げる。さうして妻子の許――二條押小路の家であらう――へ帰り着くと、振り分け髪もまだ肩を過ぎない、四歳の娘が縁へ走り出てきて、「ちゝ御ぜんのきたれるがうれし」と袖にとりついた。義清は、このうへなく愛しいと思ひながら、この恩愛の念こそ断ち切らねばと、縁の下へと蹴落とした。絵巻でも描かれる有名な場面である。

娘はそれでもなほ父を慕つて泣いたが、耳にも入れず、出家の決意を妻に語ると、自ら髻《もとどり》を切つて持仏堂へ投げ入れ、家を出た。さうして西山の麓の、「としごろ知りたる聖」の許へと走り、暁方には出家をとげ、法名を西行とした。

さうして歌が三首引かれるが、そのなかには『詞花和歌集』入集の歌が、下の句まで変へて出てゐる。

身をすつる人はまことにすつるかは捨てぬ人をぞ捨つるとはいふ

この物語の成立期には、かういふ形で流布してゐたのであらう。厳しく問ひ詰める激しさは消え、一般的な認識を語つてゐるに過ぎなくなつてゐるが、鳥羽院が危惧したやうな読み方をしてゐるのではないか。

義清自身は、出家を決意した高揚感から詠んだことを強調して、実能あたりに執り成しを依頼したりしただらう。が、容易に了解は得られず、いたずらに月日が経過したのだ。

もつともその間に、出家の準備も出来た。なにしろ佐藤家の当主であつたから、跡継ぎを定め、相続もしなくてはならなかつた。その点で、弟仲清の存在は心強かつたらう。また、鴨長明が『発心集』に記したやうに、娘を妻の親戚に預けるなどもしたのであらう。

かうしたことがあつて、半年、あるいは十ヶ月以上の月日を要したが、この出家には、物語にあるとほり、いきなりの印象が付きまとふ。

それといふのも、然るべき僧の下、正式に戒を受けて僧となつたのではなく、どこの誰ともわからぬ聖の下、聖の一人になつたに過ぎないからである。西行と名乗つたが、円位《ゑんゐ》といふ法号をこの時に与へられたものかどうか、それさへもよく分からないのである。

西行は、さういふ出家の仕方を敢へて選んだ、と考へざるを得ない。この時代、このやうなかたちで出家するのは、官職に恵まれず、中年以上になつて隠棲するためか、病を得て死を待つ状態においてであつた。ところが西行はまだ二十三歳の若さで、下北面といふものの、家は富み、出世の道も開かれてゐたらしいのだ。その点からも、この出家ははなはだ挑発的だつた。その点に誰よりも鳥羽院が鋭敏に反応したのかもしれない。

四　浮かれ出づる心

俗世の内にゐるのと、その外へ抜け出てからと、なにがどう変はるか。その違ひを、佐藤義清から西行と名を改めることによつて、鋭く感じ、かつ、あれこれ案じることがあつた。

身の憂さを思ひ知らでややみなまし背く習ひのなき世なりせば（『山家集』九〇八）

この世に背く習ひ――出家の制がない世であつたなら、この身の憂さを本当に思ひ知らずに終はつてしまつたらう。出家したお陰で、それがよくよく分かる。世を棄てようとする立場からでなく、いまや棄てた立場から、改めてこの世の憂さを確認してゐるのである。

さうしてどうなつたか。いま引いたのは『山家集』中の「五首述懐」と題された一連の歌の最初だが、最後はかうである。

うかれ出づる心は身にもかなはねばいかなりとてもいかにかはせん（『山家集』九一二）

浮かれ出た心は、もはやこの身に添はない。どうなるのだらう。どうしたらよいのだらう。自制がきかない状態になつてゐるのだ。ある面では、浮き浮きと解放感に溢れてゐて、欣《きん》喜《き》雀《じやく》躍《やく》してゐる、と言つてよいかもしれない。それだけこの世に身を置いてゐた時の束縛感が、強かつたのだ。しかし、解き放たれたなら解き放たれたで、この身の処し方が分からない。

下雑には「述懐」と題して十首の連作があるが、その第一首は、すでに引用した、藐《は》姑《こ》射《や》が峰の花に別れを告げるもので、その五首目もかうである。

雲につきてうかれのみゆく心をば山に懸けてをとめんとぞ思ふ（『山家集』一五〇七）

流れる雲に付き従つて浮かれて行かうとする（必ずしも漂泊の思ひに駆られるとばかり解さない方がよからう）わが心を、山にでも括りつけてしつかり引き留めて置きたいものだと思ふ。出家によつて獲得した自由を喜びながら、こんなに自由であつてよいかと驚き戸惑ひ、引き留めにかかつてゐるのだ。出家するまでは、もろもろの縁を断ち切るのに苦労したものだが、いまや逆に、弾むこころを抑へるのに腐心してゐるのである。おほよそ出家するものが覚えるはずの憂ひ、苦悩が吹き飛んでゐる。やはり春霞に満たされるやうにして決意したからであらう。

ただし、このやうに浮かれ、心が身に添はない状態では、日々を安らかに過ごすことがかなはない。鎮め、身に添ふやうにしなくてはならない。

さう思ひ、抑へようとするのだが、さうすることによつてこの浮きたつ思ひが、生命に深く根差す、なににも替へ難い喜びの核をなすと、思ひ知ることにもなるのだ。さうして、浮かれ出ようとするままに委ねたい、いや、浮かれ出ようと改めて意志するやうにもなる。

さてもあらじ今見よ心思ひとりて我身は身かと我もうかれむ　（『松屋本山家集』四六）

このままではゐないぞ、今に見ろ、これが自分の心だと見極めた上で、これが我が身とは信じられないほど、一層浮かれてみせようぞ。

己が心を捉へようと自らを省み、まづ出会ふ錯綜した心の動きに寄り添ひ、忠実になぞりつつ、己が在り方を追究した上で、その自分が予期したものでなかつたとしても、これこそ自分だとして、さらに先へ突き進む決意を表明してゐるのだ。

自分が抱へる可能性を、出来る限り追ひ、自らの限界を大きく越えようとしてゐる、と言つてもよからう。

ただし、それでゐながら、一方では抑へなくてはならない、とも切に思ふ。といふよりも、かういふ振幅を繰り返し、己が生を揺さぶり、深く耕し、その可能性を広げてゐると見るべきかもしれない。

この後、桜の季節に吉野を訪ね、出家することによつて己が身に起こつた事態を、改めて確認してゐる。

吉野山梢の花を見し日より心は身にも添はずなりにき　（『山家集』六六）

吉野山で梢の花を仰ぎ見た日から、わが心はこの現《うつ》し身からあくがれ出て、戻つて来なくなつてしまつた。

出家した時の端的な解放感そのままであり、その思ひを、吉野山の桜の許で、新たにするのだ。

あくがるる心はさても山桜散りなん後や身に帰るべき　（『山家集』六七）

花にあくがれ出てしまつたわが心は、桜が散つた後、この身に戻るはずなのだが、果たして戻るかどうか。

あくがれ出たわが心は、存分に花と戯れた後、この身に添ふべく戻つて来なくてはならないのだが、素直に戻つて来さうにない。それゆゑ、なほもやるせない思ひに苦しまなくてはならないが、これまた花を見る喜びの一角をなす。簡単に戻つて来て収まつてしまつてもつまらない。さらに彼方をさ迷ひつづけるのがよいのかもしれない……。

花見ればそのいはれとはなけれども心のうちぞ苦しかりける　（『山家集』六八）

多分、俗世に身を置いてゐれば、かうまで激しく花に酔ひ、憧れ、心が身を抜け出るやうなことは起こらない。が、世俗の絆を解き離れたからには、かうなる。さうして新しい苦しみを苦しまなくてはならない。出世間者だけが味ははなくてはならない、素晴らしくもやるせない苦しみだ。

西行にとつて出家とは、なによりもまづ、かういふことだつたのである。より激しく解放感、自在感を味はひ、思ひ切り酔ふのである。身に心が添はない、やるせない苦しみを味はふが、しかし、それゆゑこの生は生き生きとする。

西行が生涯をとほして桜を愛で、吉野を好んだのも、まづはこれゆゑであらう。出家することによつて得た解放感、自在感を手離さず、更なる追究を志しつづけるのである。

この姿勢からも、先にも触れたやうに、友人の死とか失恋とか、望みが叶へられなかつた絶望からでなく、院政期の渦中において、この身を賭けて新しい生を摑み取らうといふ挑戦的な姿勢から、出家へ突き進んだと知れる。

勿論、若い時と年齢を重ねてからでは、微妙に異なつて来るが、春ごとに咲く桜が、この西行を導きつづける……。

＊

それから間もなく、西行は伊勢へ赴いた。

世を遁れて伊勢の方へまかりけるに、鈴鹿山にて
鈴鹿山憂き世をよそに振り捨てていかになり行くわが身なるらん（『山家集』七二八）

「うかれ」るまま、そして、髪を剃つても断つのが難しい繫がりを断つために、都を離れる必要があつたのだ。しかし、いざ都を離れるとなると、やはり不安が押し寄せてくる。「いかになり行くわが身なるらん」と呟《つぶや》かずにをれないのだ。

が、かう一気に詠み下しながら、鈴鹿の「鈴」の縁語「振り」「鳴り」を点綴《てんてい》する技巧を凝らし、それが涼やかな気分を添はせて、効果を挙げてゐるのが認められよう。不安感が却って

意欲的にしてゐる、それが西行の気持であつたらうと思はれる。

さうして赴いた伊勢には、空仁がゐた。出家へ踏み出す機縁を提供してくれた男である。多分、その彼に会ひ、報告するのが目的であつた。

さうして早々に帰京すると、法輪寺に籠つた。

秋の末に法輪にこもりてよめる

大井川井堰によどむ水の色に秋深くなるほどぞ知らるる　（『山家集』四八四）

かつて法輪寺に空仁を訪ねた折、出家を促されて、「大井川上に井堰やなかりつる」と答へたのを踏まへてゐるのである。あの時はああ答へたが、やはり井堰によつて流れは阻まれ蓄へられてゐたのだ。さうして得た勢ひで出家を果たし、浮きたつたものの、それは一時で、秋が深まるに従ひ、わが心も淀み、停滞するのを覚える。いまや改めて静かに思ひを凝らし、仏の道へと分け入る力を養はなくてはならない、と言つてゐるのである。

伊勢では空仁から、『法華経』をもつと勉強するやう手厳しく言はれたのかもしれない。彼はすでに「虚空蔵求聞持法」を修するなり、一歩も二歩も先んじてゐたのだ。


小倉山ふもとに秋の色はあれや梢の錦風に裁《た》たれて　（『山家集』四八五）

山里は秋の末にぞ思ひ知るかなしかりけり木枯らしの風　　（『山家集』四八七）

至らぬ自分を責めながら、秋の色が急速に深まり、木枯らしが吹き出し、すがれて行くあたりの風景を見る時があつたのだ。

さうして西行は、一段と『法華経』の暗誦に励み、理解を深めるべく努めた。その際に、一節一節を歌に詠む試みもしたのではないか。恐ろしく観念的で抽象的、それでゐてひどく具象的でもあるその漢語を歌にするなど、困難といふよりも無理だと思はれるが、すでに『後拾遺和歌集』以来、「釈教」は歌の一ジャンルとなつてゐた。それを頼りに、西行は努めた。このことが急速に理解を深めることになつたと思はれる。

冬になると、鞍馬の奥に籠つた。

勉学と修行のためであつたが、その冬は殊のほか寒さが厳しかつた。さすがの西行も悲鳴をあげてゐる。

わりなしや氷る筧《かけひ》の水ゆゑに思ひ捨ててし春の待たるる　　（『山家集』五七一）

人並みの春など自分には無縁だと思つてゐたのだが、寒さが辛く、やはり春の到来を切望せずにをられなかつたのである。ただし、この冬籠りの間、集中的に勉学、修行して、かなりの成果を挙げたと思はれる。

さうして年を越すと、東山へ出て来て、桜が咲くと、仲間に誘はれるまま、またも花見に出掛けた。

当時は岡崎の奥から法勝寺の南を経て、鴨川へ注ぐ白川（現在の白川とは別）があり、その河畔が花の名所となつてゐたらしい。長楽寺や双林寺に集ふ仲間にとつて、手近かな行楽先であつた。その梢の上には、八角九重塔が高々とそびえてゐた。

この塔こそ、先に触れたやうに、この時代の仏教の在り方を象徴してゐた。白河院以来の、対立抗争する南都北嶺を統合しようとする思惑と、新しい仏教――それも壮麗な寺院群に新奇な仏像を何万体と安置、かつ、鳥羽院が帰依する真言僧覚鑁をはじめとするものたちが唱へる新たな教へも加へ――取り込み、より大きな功徳を得ようとする、さういふ姿勢を示すのだ。

そこから若い者たちは少なからぬ刺激を受け、模索しながら、いま再びの花見となり、桜と議論を楽しんだ。しかし、かつてのやうに夜遅くにまで及ぶことがなかった。西行は帰宅すると、かう詠んだ。


散るを見で帰る心や桜花昔に変るしるしなるらん　（『山家集』一〇四）

一年前までは、集まれば燃え立つやうな空気が生まれ、談論風発、時を忘れたものだが、いまやさういふことがなく、散会となつた。これも各人が自らの進むべき道筋を見定め、進み始めた証なんだね、と言つたのである。

それからほどなく鳥羽院が出家して法皇となつた（三月十日）。院のやうな身分では思ひ立つてすぐといふわけにいかず、やうやく実現されたのだが、かうなると西行の出家に際して生まれた院との拘りも消えたやうである。

＊

もつともこの年は革命が起こるとされる辛酉《しんゆう》の歳であつたから、七月十日には先例のとほり改暦、永治元年となつた。しかし、その直後に鳥羽法皇は疱瘡《はうさう》に罹り、臨時の赦免が行はれる騒ぎとなつた。

その健康不安もあつて、十二月七日、鳥羽法皇は崇徳天皇に譲位させ、得子との間の子でまだ三歳の體仁《なりひと》親王を近衛《このゑ》天皇とした。

ここへ至るまでには、かなり無理な手続きが採られてゐた。待賢門院に替へて寵愛するやうになつてゐた得子は出身が中級貴族であつたから、そのままでは后にも女御にもなれず、子の體仁にしても位に昇る資格がなかつた。そこで六月に崇徳天皇と中宮聖子《せいし》（藤原忠通《ただみち》の娘）の養子とし、そのうへで、八月には皇太子としたのである。

この養子縁組によつて崇徳天皇は、やがて自分が鳥羽院から院政を引き継ぐと思つたらしい。ところが出された宣命には、體仁は崇徳の「皇太子」でなく「皇太弟」となつてゐた。名目上でも父子であればよいが、これでは院政を執る資格がない。

崇徳院は、まんまと騙されたのである。ただし、父鳥羽法皇に騙す意図があつたとは思はれず、崇徳院にしてもさう受け取らなかつたらしい。翌年（一一四二）二月、父子で同車して法勝寺の千僧御読経に赴いてゐるし、七月以降、法勝寺に三度、法金剛院に一度、共に出掛け、翌康治二年閏《うるふ》二月には、熊野詣へ一緒に出掛けてゐる。如何に父と子であれ、騙し騙された後ではかうはできまい。

また、鳥羽院は崇徳院を祖父白河院と待賢門院の間の子と知り、「叔父子」と呼び、引きずり降ろしたと言はれる（『古事談』）が、かうした言ひ方が持ち出されるのはもう少し後、対立が鮮明になつてからである。だから、「皇太弟」と書き込む奸策を弄したのは、関白忠通だと考へるのが順当だらう。幼い近衛天皇を擁して政治を思ふままにしようと図つたのであり、法皇自身もさういふ疑ひを抱いたと言はれてゐる。

ただし、忠通本人は歌や書をよくし、有能であつた。が、父忠実は、長子の彼が密かに自分を排除しようと企んでゐると見、久安六年（一一五〇）になると、義絶、次男の頼長を氏長《うぢのちやう》者《じや》に据ゑる挙に出る。

いずれにしろさまざまな人々——側近として仕へる者たちも数へるべきだらう——が、それぞれ思惑を抱き、その実現を図つて規《のり》を越えた動きをして、それが縺《もつ》れに縺れ、感情を高ぶらせもして、思はぬ方向へ転げていく、といふ事態になつたやうである。

近衛の即位が決まると、得子は皇太子の実母として、その永治元年（一一四一）十二月二十七日、晴れて皇后に叙せられた。と同時に、得子を呪詛《じゆそ》したと言ひ立てる者があり、翌年一月十九日には、待賢門院判官代の源盛行夫婦が土佐へ流される処分が下された。かうした訴へは、多くの場合、根も葉もない策謀に過ぎないが、一旦、朝廷において受け入れられ、処分が決したとなると、なかつたことも在つたことになつてしまふ。

待賢門院にとつて、これが決定的な打撃となつた。一ヶ月少々後、仁和寺法金剛院へ赴くと、二月二十六日、鳥羽法皇と崇徳上皇の臨席の下、髪を下ろした。四十二歳であつた。白河院以来、咲き誇りつづけて来た艶麗な花が消えたのである。

*

先日は、山陰線で嵯峨野駅まで行き、法輪寺を訪ねたが、けふはその途中の、花園駅で下車した。

そのプラットホームの前方右手、間近かに小山が二つ、南北に並んでゐるのが見えた。双ヶ《ならびが》丘《おか》である。麓に兼好《けんかう》が庵を結んだことで知られるが、その南端のごく低い岡が、五位山である。

京都の市街地を東西に横断して伸びて来た丸太町通が、新の一字を頭につけ、この駅の北側を嵯峨野へと二百メートルほども行くと、右手に五位山を背にして、瓦を載せた棟門《むなもん》が開いてゐる。

法金剛院である。待賢門院が、ここにあつた寺を仁和寺の支院として大治五年（一一三〇）に再興したものである。

棟門の前で振り返ると、新丸太町通の向ふ側は山陰線の高架である。かつてこの寺の境内は広大で、高架の向ふまで広がり、ちやうどこの正面、高架のあたりに三重塔が建つてゐたのだ。

その塔の落慶供養が保延二年（一一三六）十月、崇徳天皇の臨席の下で行はれたが、当時、西行は兵衛尉に任官して二年目だつたから、扈従してやつて来たはずだ。

門を入り左へと回り込むと、受付で、そこから右手へと導かれると、池であつた。一面、蓮で覆はれ、手前にも鉢植の蓮が点々と置かれてゐて、一瞬、蓮池の中へ踏み込んだかのやうだ。

この池を中心にして、法金剛院は営まれてゐたのである。

ただし、いまではひどく小さくなつてゐる。かつての五分の一にも足りないのではないか。右手すぐで尽き、向ふ岸へ回り込んで行くことができたが、そちらも奥行きがなく、すぐに四階建のマンションである。

そのマンションと池の間の狭いところを進んで行き、いまはない待賢門院の御所の縁先の下あたりに立つ思ひで、池越しに西を望む。

思ひのほか近くに、唐破風《からはふ》の軒を持つ庫裏の玄関と礼堂が並んでゐるのが見える。そして、その間をとほして、コンクリートの収蔵庫ふうの建物が窺えたが、それが現在の仏殿であった。

そこには丈六の阿弥陀像が安置されてゐて、夕方になると、背から西日を受けて浮かび上がり、黄金色に輝いたのだ。

再興して四年目の長承二年（一一三三）九月、鳥羽法皇と門院が舟に乗つて、そちらへと池を渡つて行つた。それと同じ情景を鳥羽の勝光明院の落慶に際して繰り返し、若い西行が見たことは触れたが、この折は左に塔が見え、右には滝があつた。青女《あをめ》の滝と呼ばれる名高い滝である。

いまとなると、その池も舟を浮かべると、舳先《へさき》が対岸につかへさうであり、右側の飛び石伝ひに対岸へ渡ることができるし、青女の滝へも歩いて行くことができる。

巨石を横に三個づつ二段に並べて積み、真ん中から一筋、水が流れ落ちてゐるのが、青女の滝である。二人の僧によつて築かれた、わが国で最古の人工の滝だといふ。もとは一段であつたのが、門院が指示して積み上げさせ、約二メートルの高さにしたのだ。ながらく土砂に埋まつてゐたが、昭和四十五年（一九七〇）に発掘、復元された。

滝のすぐ前まで行くと、わづかながらも清涼の気が通つて来る。しかし、その滝の水が流れる溝を跨ぐと、もう対岸である。まことに呆気ない。さうして植込の間を進み、礼堂の前の回縁へ上がり、背後の収蔵庫ふうの仏殿へ行く。

中央には間違ひなく丈六の阿弥陀座像が据ゑられてゐた。宇治平等院鳳凰堂の阿弥陀像にそつくりであつた。創建当初のもので、同じ定朝様《ぢやうてうやう》、高さ二・二七メートル、重要文化財の指定を受けてゐると説明が出てゐる。

舟で池を渡つて来た法皇と待賢門院は、この前に額づいたのだ。また、二人の子の崇徳院と後白河院も、別の機会にさうしたらう。西行は、義清時代は許されなかつたが、出家後は幾度も訪ね、間近かに仰ぎ見た。

横の壁に絵葉書が張り出されてゐたので、近づいて見ると、待賢門院の尼姿の画像であつた。薄藤色の衣を羽織り、白い布を頭から赤い袴の膝まで垂らし、短く切り揃へた髪の先端を、頬の下から覗かせ、数珠を所在無げに弄んでゐる、老いの陰もみえない女人の姿である。

＊

この待賢門院の出家を受けて、落飾結縁のための法華経二十八品歌の勧進を女房の中納言局が発願して、いろんな人たちに依頼したが、西行も依頼された。

その歌がどのやうなものであつたか分からないが、『聞書集』巻頭に収められた法華経二十八品歌三十首がさうでなかつたかと思はれる。出家してまだ一年と四ヶ月少々であるが、その理解はすでにかなり高いレベルに達してゐたやうである。『法華経』を暗誦するため歌に詠んだらうと先に筆者の推測を記したが、西行自身も自信を持つてゐたと思はれる。

その『聞書集』巻頭の歌——読みにくいので適宜仮名を漢字にして、序品を扱つた冒頭の一首を引くと、

曼珠沙華《まんじゆしやげ》　栴檀《せんだん》香風

つぼむよりなべてにも似ぬ花なれば梢にかねて薫る春風　（『聞書集』一）

曼珠沙華は、他とは異なる特別な花であるから、咲く前、蕾《つぼみ》の状態で、すでに春風に高く香つてゐる……。

多くの経典のなかでも特別優れた経典であるから、まだ開かない前から、悟りへと導く有り難さが分かるといふ意で、この経典の導入部に相当する序品を正確に位置づけ、かつ、内容にもよく立ち入つてゐて、かなり後の詠であらうと山田昭全（『西行の和歌と仏教』明治書院刊）はいつてゐる。しかし、若年のこの折のものと考へ、次のやうに解釈しておきたい。「つ

ぼむ」は窄《すぼ》まる、小さくなる意もあるから、待賢門院の美貌が盛りを過ぎ、いまは髪をそいだことを言つてゐて、かうなつても類例のない美貌の女人であるから、如月《きさらぎ》のいま、かぐはしく薫りたつてゐる、と称へつつ、仏門の徒として歩み出したのを言祝《ことは》ひでゐる、と。

絵葉書の絵姿を見てゐると、このやうに思はれて来るのだ。

『法華経』の該当経文は除いて、歌だけを引くと、

吉野山うれしかりける導《しる》べかなさらでは奥の花を見ましや　（『聞書集』四）
遅桜見るべかりける契りあれや花の盛りは過ぎにけれども　（『聞書集』六）
秋の野の草の葉ごとにおく露を集めば蓮の池湛《たた》ふべし　（『聞書集』七）
夏草のひと葉にすがる白露も花のうへには溜《たま》らざりけり　（『聞書集』一一）

いずれも品高い女人の出家にちなんで詠んだ歌として、確かな出来栄えで、経文の解釈に拘らなくてもよいやうに思はれるが、どうであらう。殊に最後の歌は、白河院の晩年から鳥羽院のこの時期まで、院政を美しく彩つた多情な女人を称へてゐると、読めるのではないか。——恋多く麗しい女人ゆゑ、離れまいと縋り付いた者もゐたでせうが、いまやさうした過去は何一つ跡をとどめず、清浄に美しく咲き誇つてをられる。「アコギノ浦」の一件もちらつくやうである。

そして、かういふ歌であつたから、失意の門院を喜ばせ、周りの女房たちに好ましくも頼りになる存在と、思はせたのではないか。今「アコギノ浦」の一件もと書いたが、門院への失恋が出家の原因だつたとする『源平盛衰記』の記述は、門院の女房たちがこの歌あたりから戯れに語り出した物語でなかつたらうか。一連の歌は、彼女たちの気に入つたはずである。

＊

この待賢門院が出家した翌年三月十五日の西行の姿が、藤原頼長の日記『台記《たいき》』に記録されてゐる。

摂関家の生まれで、駿秀の誉れ高く、父忠実の寵愛を受け、兄忠通が摂政関白となると、その子とされ、すでに内大臣の地位にあつたが、西行より二歳下の二十三歳であつた。しかし、学識と驕慢《けうまん》さで知られ、徳大寺（藤原）実能の娘を娶《めと》り、その実能邸に住んでゐた。その縁から、西行に関してなにかと耳にし、少なからぬ関心を抱いてゐたらしい。

西行法師来リテ云ハク、「一品経ヲ行フニ依リテ、両院以下ノ貴所、皆下シ給フナリ。料紙ノ美悪ヲ嫌ハザレドモ、只自筆ヲ用フベシ」ト。余、不軽ヲ承諾ス。

西行法師が訪ねて来て、言つた。「法華経」の一品ごとに書写して全二十八品におよぶ勧進をおこなつてをり、すでに鳥羽法皇、崇徳上皇以下、高貴な方々の承諾を得てゐます。料紙の美悪は問ひませんが、自筆でお願ひしたい、と。そこで巻第七「常不軽《じやうふきやう》菩薩品《ぼさつほん》第二十」を選んで、書写することを承知した、と。

この一品経の勧進は、いまも触れた待賢門院落飾結縁のための一連のもので、西行が協力したと考へられて来たが、どうもさうではないらしい。もし門院側が主導なら、料紙は最高のもの、書き手も当代の能筆家を用意するはずで、さうでないのは、西行が単独で企てたからだとする見解（五味文彦『西行と清盛』）が出された。多分、そのとほりであらう。

ただし、さうなると元北面の武士で出家して年月も浅い男が、よくもこれだけの人たちの協力を取り付けたものだと思ふ。やはり鳥羽法皇あたりの強力な支援があつたからであらう。これまで以上に、この関係を重く見る必要がある。

その西行に向つて、頼長があれこれと問ひかけ、聞き出した結果が、続きの記述である。

又余、年ヲ問フ。答ヘテ曰ハク、「二十五ナリ。（去々出家ス、二十三。）」ト。ソモソモ西行ハ、本兵衛尉義清ナリ。（左衛門尉康清ノ子。）重代ノ勇士ヲ以ツテ法皇に仕へ、俗時ヨリ心ヲ仏道ニ入ル。家富ミ、年若ク、心ニ愁無キニ、遂ニ以ツテ遁世《とんせい》ス。人コレヲ賛美スルナリ。

この記述のおかげで、西行の誕生年、出家の年、先祖代々武士として院に仕へたこと、その最後の職と父親の名まで判明、加へて「家富ミ、年若ク、心ニ愁無キニ」出家したと人々に見られ、それゆゑに「賛美」されたことが知られる。

頼長にしても、かういふ目で、目の前の西行を見たのだ。殊に法皇からかうまで支援されてゐるのだから、在俗してゐたなら出世してゐたらうに、惜しい、と思つたであらう。

ただし、西行としては、自ら発案して女院のため勧進出来る自由が大事だつたのだ。

*

再び庭へ戻ると、競馬が催された場所がないかと、あちこちを見て回つた。鳥羽院や崇徳院は、この地でしばしば競馬見物を楽しんでゐるのだ。城南宮よりもこちらの方が見物するのには相応しかつたやうである。さうして保延三年（一一三七）の八、九月、それに翌四年四月には、義清が存分に活躍したのではないか。

その馬場は、今の寺院内ではなく、三重塔があつた高架の向ふ側であつたらしい。そこなら南へ向け野がやや傾斜して広がり、見物に打つてつけである。

青女の滝の近くへ戻つて行くと、青つぽい滑らかな石の歌碑があり、かう刻まれてゐた。

長からぬ心も知らず黒髪の乱れてけさはものをこそ思へ

「百人一首」でも知られる、堀河局のものであつた。この時期の代表的女流歌人の一人で、「久安百首」に詠進者の一人に選ばれるばかりか、中古六歌仙に数へられ、この歌は『千載和歌集』に採られた。

若い西行が敬愛の念を寄せた。十歳以上も上だが、この堀河局を筆頭に選り抜きの女性たちが、待賢門院の許にはゐたのだ。中納言局、帥局《そちのつぼね》、堀河局の妹の兵衛局《ひやうゑのつぼね》、加賀局、紀伊二位局などである。

すでに触れたが、西行が幼くして歌の手ほどきを受けたのが藤原為忠の妻だつたといふ説があるが、彼女は待賢門院に仕へてゐたから、幼少期からこの女房グループと係りを持つてゐたかもしれない。さうして徳大寺実能の家人に、次いで兵衛尉となつて、その凛々しい武士姿となつてゆくのを、彼女たちは見てゐたのだ。

ところがそれも五、六年で出家し、その二年後には待賢門院が出家、女房の主だつた者たちは後を追つて出家する成り行きになつたのである。さうなると、いまや出家同士、それまであつた身分差や主従関係、性差などによる隔たりも消え、心置きなく接するやうになり、死に臨んだ際の引導を依頼するところまで行く。

かうした女房たちとの係りが、西行にとつては宮廷内に張り巡らされた人脈とも情報網ともなり、権力者に働きかける確かな道筋となつたと思はれる。西行の存在を考へるには、かういふ側面も配慮しておかなくてはならない。

再び滝の下まで行き、上を窺つた。すぐ上、五位山の東中腹に待賢門院の御陵があるのだ。保延五年（一一三九）十一月、ここに葬られるのを望んで三昧堂《さんまいだう》を営み、没するとそのとほりに取り計られたのである。

しかし、寺は養和元年（一一八一）に炎上、再建されたものの応仁の乱で再び焼失、墓所も不明になつたが、明治になつて発見され、御陵が営まれた。しかし、神仏分離と御陵の宮内省への移管によつて、ここから直接、上がつて行くことができなくなつてゐる。

門を出て、西側から回り込んで行く道を採つた。緩い坂道で、やがて住宅の間の奥に入口があつた。その先、小道がぐるりと回つて、東面する御陵の正面に至る工夫が凝らされてゐる。

そのこぢんまりした陵墓の前から、遠く峯ひとつに重なつた比叡が見えた。見る角度によつて変はるが、この姿がやはりすつきりしてゐる。待賢門院が眺めた風景である。五位山は小さな岡に過ぎないが、展望は大きく、平安京全体がすつぽり視界に収まつてゐる。

五　常盤 大原 醍醐 東山 嵯峨野

法金剛院の前から、再び新丸太町通を西へ歩いた。

すぐに双ヶ丘本体の南端の鼻であつた。

ここで双ヶ丘の西麓沿ひを流れ下つて来た御室《おむろ》川を渡るはずだが、いまや暗渠《あんきよ》となつてゐて、よく分からないまま通り過ぎる。

そして、路傍にプラタナスがところどころ植ゑられてゐるだけの、広くて変化のない自動車道の歩道をしばらく行く。

すると、傍らの電柱に常盤の地名が見られるやうになつた。常盤は京の近郊、風光明媚な地として古くから盛んに歌に詠まれ、歌枕となつたが、嵯峨天皇の皇子源常《ときは》が山荘を営んだのを初めとして、富裕な人たちが別邸を建てたことで知られる。

その中に、藤原為忠の邸宅もあつた。先に触れたやうに国司を歴任、財をなし、ここへ隠棲したのだが、没後も子息たちが住んでゐて、その為業、頼業、為経の三人と西行は親しみ、よく出入りした。

ただし、いまの広い道はひどく無表情である。

大きなスーパーマーケットがあつた。その前を過ぎると、山側へ入る道があり、角に三階建ての、スイス料理店やカフェが入つてゐる小さなビルがあり、「常盤ビル」の表示が出てゐる。このあたりが歌枕だつたとは、誰も思ふまい。

山側へ折れて進むと、やがて右側に山王山八幡宮と表示を掲げた、真新しいが小さな社があつた。横が駐車場になつてゐる。

女の子がシャボン玉遊びに夢中になつてゐた。三歳ぐらゐだらう。赤いストローから、次々と虹色の透明な球体を吹き出し、飛ばす。傍らに赤ん坊を抱いた若い母親がゐた。

その母親と一緒に、しばらくシャボン玉が飛んで行くのを眺めた。

「このあたり、古い歴史があるさうですね」

と声を掛ける。

「さうらしいんです。最近、引越して来たばかりでよく知らないんですけど、京都のなかでも由緒のあるところらしいのよね。それ、そこにお寺がありますでしよ」

さう楽しさうに答へて、指さしてくれたのは、道一筋隔てた、古風な住宅めいた建物だつた。門には西方寺と扁額が掛つてゐる。

説明も出てゐて、このあたりは嵯峨野の入口で、古くから貴顕が別業を営んだが、三條天皇の長子敦明《あつあきら》親王が、後一條天皇の皇太子となつたものの道長の圧力を受けて辞し、隠棲、没した後に寺となつたところである、とあつた。

間違ひなく、このあたりが常盤の中心であつたのだ。鳥羽院と美福門院の皇女八條院暲子《しやうし》は、鳥羽院から受け継いだ所領の広大なことで知られてゐるが、このあたりに山荘を建て、後に常盤古御所《ときはふるごしよ》と呼ばれたらしい。

シャボン玉遊びに夢中の女の子に、さよならを言つて、先へ進むと、老人ホームとダンススタジオが向ひ合つてゐた。この組み合せはなぜか合点できる思ひをしながら、通り過ぎると、その先で道は東へ折れ、坂を下る。

その坂を少し下つたところで、展望が開けた。

正面向ふが双ヶ丘であつた。あくまでもなだらかで丸い小山が二つ連なつて、晴れやかな緑に輝きながら横たはつてゐる。

視線をその稜線に従つて左手へやると、そちらは仁和寺に近いはずで、あくまでも小ぶりな山々が穏やかに重なつて鎮まり、右手へやれば、京の遠い町並へゆつたりと降りて行く。

その裾に小川が流れてゐた。鼻で暗渠になつてゐるのを見て来た御室川だが、ここから見ると、二つの小山の端から端まで、陽の下に身をさらして細いながらもゆつくり流れてゐる。

そして、坂を下りきつたところに橋があり、渡つたところから道は左、仁和寺の方へ山裾を行くが、人家はない。

この風景は、まことに穏やかで雅びやか、それでゐていま出現したばかりといつた瑞々しさである。わたしの立つ坂は、この風景を眺めるため設けられてゐるかのやうだ。為忠が別邸を建てたのも、この風景に誘はれてではなかつたか、と思はれる。

当時、西行はここから南へ少し下つた太秦《うずまさ》に住んでゐた。ある秋の日、正確には次章で触れる奥州行きの後になるやうだが、西住と寂然が連れだつてふらりとやつて来て、常盤の山荘に為業が来てゐるから、一緒に行かうと誘つた。

そこで出掛けた折のことが、『聞書残集』に記録されてゐる。午後も遅かつたので、集まつた者たちは、有明の題で歌を詠んだ。まづ西行。

今宵こそ心のくまは知られぬれ入らで明けぬる月をながめて　（『聞書残集』一三）

今宵こそわれわれの心の隅々まで明らかになり、迷妄の在りどころも知られよう、月を夜明けの西空に眺めるまで眠らずに語るなら。

時を忘れ、それぞれの心のうちを徹底的に語り合はうと呼びかけたのである。そこへ想空《さうくう》（兄弟の長兄）、寂超もやつて来たので、あれこれと話すうちに、秋も深く、肌寒くなつたので、六人それぞれが背中合せに座つた。

さうして暖め合ひながらの連歌となつたが、順番が来て、西行と背中合せの寂然がかう詠んだ。

思ふにもうしろ合せになりにけり　（『聞書残集』一四）

思ひ合つてゐても、背反したり後先することもあるんだなあ。男女でも友人同士でも、と。この場合は、出離といふ共通の目指す思ひがありながら、必ずしも歩みが一致しないといふ意であらう。この席には兄弟四人が顔を揃へてゐたが、為業ひとりがまだ官職にあつた。

この後を付けるのは誰でもなく西行だと、一座の者たちが指名した。多分、皆に先んじて出家した一人であつたからである。そこで、

裏返りたる人の心は

人の心は、他人に対しても自分に対しても、得てして裏切るものだよ。仏道へと踏み入らうとして、自ら納得のゆくやうに進まうとしても、なかなか思ふやうには行かないと、嘆いたのだ。

すると西住が、高欄に着て来た笠や蓑《みの》が掛けてあるのに目をやつて、口ずさんだ。

檜笠着るみのありさまぞあはれなる　（『聞書残集』一六）

檜笠を着、蓑を纏つていまだに求め歩くこの身は、なんともあはれなことよ。いつまでかうしてゐるのか。西住も既に出家の身であつたが、なほも修行しつづけなければならないことを嘆いた。

これには誰も後を付けなかつたので、西行が、

あめしづくとも泣きぬばかりに

涙が雨の滴となるばかり、激しく嘆き悲しんでゐるよ、この身は、と付けた。西行もまた、かういふ有様だよ、と言つたのである。

さうして夜が明けると、それぞれ庵や寺へと帰つて行つた。

かういふ同年代の気の置けない仲間との集まりが、西行にはあつたのだ。世を棄てるなり、これから棄てようとしてゐるそれぞれが、己が心の内を見つめ、励ましもすれば慰めあひ、時には打ち興じたのである。

＊

この常盤山荘に集まつた者たちが、京の北、修学院に籠つて、ともに修行するやうなことがあつた。その折、揃つて大原へ出掛けた。

比叡山の西裾を入り、裏側へ半ば入り込んだ高野川の谷あひの狭い盆地が、大原である。今日ではいろんな行き方があるが、京阪電車で出町柳へ出ると、叡山電鉄に乗つた。修学院の次、宝ヶ池で、鞍馬行と分岐する。そして、比叡山へのケーブルカーが出る八瀬《やせ》遊園地が終点である。ここからさらに高野川沿ひを溯る。対岸の国道沿ひのバス停まで、五分ほど歩かなくてはならなかつた。

バスは早々にやつて来た。

両側から迫つた谷あひを抜けると、左手に平地が帯状につづく。

と、反対側、視野の端をバス停の標識が掠めた。はつきり読み取れなかつたが、このあたりから山へ入つて行けば、惟喬《これたか》親王の墓があるはずと知れた。またその近くには、親王が隠棲した小野殿があつたらしい。雪の中、在原業平《ありはらのなりひら》が年賀のため訪れたことが『伊勢物語』八十三段に出てゐる。

西行ら一行は、そこを尋ねた。『聞書残集』の詞書にはかうある。

……釣殿かたばかり破れ残りて、池の橋渡されたりける事、唐絵にかきたるやうに見ゆ。(中略)滝落したりけるところ、目たてて見れば、皆埋もれたるやうになりて見わかれず。

木高くなりたる松の音のみぞ身にしみける。

池に面して釣殿が半ば崩れ残り、橋が架かつてゐる様子が、墨絵のやうに見えたといふのである。さうして、滝が落ちてゐるところを注意して見たが、そちらはすつかり土に埋もれ、元の様子が分からなくなつてゐた。

滝落ちし水の流れも跡絶えて昔語るは松の風のみ

（『聞書残集』二〇）

先人の足跡を追つて、由縁ある土地を踏みたいとは、この文章を草してゐる西行のものだが、仲間も同じ思ひを強く抱いてゐたのだ。さうして、三百年近くも以前の、雅びやかな物語の一場面となつた場所を訪ね、崩れ残つた釣殿ばかりを目にして、懐旧の情を深めたのである。

近年、このところの調査を行つたが、遺構は出なかつたらしい。だからわたしは、九百年前の西行一行の幸運を思ひながら、通過する。

やがて終点の大原であつた。

右手の細い道をあがつて行くと、飛沫を挙げて流れ下つて来る小川沿ひに出た。土産屋が並んでゐる。漬物屋が多い。

掲示が出てゐて、この川が呂《ろ》川だと分かつた。説明が加へられてゐて、「調子外れのことを呂律《ろれつ》が回らないといふが、呂と律《りつ》は声明《しやうみやう》の曲のことで、そこから出た表現である」とあつた。比叡山上の北の一郭、横川を円仁が開いたが、その際、唐の天台山の支峰・魚山《ぎよざん》から伝へた声明の専門道場をこの麓の大原の勝林院《しやうりんゐん》に置いた。それ以来、ここが声明研鑚の中心地となり、一時衰微したが、院政期になると、良忍《りやうにん》が再興、声明の体系化を進め、整備するとともに、融通念仏《ゆうづうねんぶつ》を唱へ、隆盛期を迎へてゐた。西行一行がやつて来たのは、ちやうどその頃であつた。

融通念仏とは、仏名を唱へて仏を賛美し、その功徳に与からうとするのだが、参集した人々がともに和して称へることにより、人々それぞれが得る功徳を互ひに「融通」し合ひ、より大きな、個人では及びもつかないものとし、皆々がそれぞれ等しく与かることが出来ると説いた。

このため多くの人々が集まり、和して念仏を称へる催しが盛大になるとともに、念仏の合唱音楽としての魅力が意識されるやうになつた。折から良忍が声明を集大成、一段と音楽性を明らかにすると、人々はますます群集して念仏するのに熱狂、大阪・四天王寺の西門《さいもん》前では、彼岸の中日に何千、何万と参集したといふ。白河院も鳥羽院もその場所に専用の建物を建て、何回となく加はつた。

この状況がいはゆる称名念仏宗の出現を促したし、念仏に一種の呪術性を認め、密教へ近づく要因ともなつた。また、巷での今様の流行に拍車をかけ、『平家物語』など戦記ものが語られる状況を醸成もした。

いはば時代が、念仏を中心にして、さまざまな声を呼び出したのだ。その震源地とでもいふべき地へ、西行と仲間たちはやつて来たのである。そして呂川沿ひのやや急な坂道を、登つて行つた。

西行の身体のなかには、今様に深く関与した祖父の血が流れてゐて、音律に敏感に反応するところがあつたのだらう。この地へやつて来たのも偶然ではなかつた。

*

坂道を登り詰めると、三千院の前に出た。

築地塀を載せた石垣の下、右側に旅館があり、魚山園と看板を掲げてゐた。言ふまでもなく円仁が招来した声明の大本の地名で、いまもここに伝へられる声明を魚山流と呼ぶのに拠るはずである。

三千院の山門を潜る。

桜が終はつたばかりであつたが、あちこちに石南花《しやくなげ》が群れてゐた。

奥の宸殿《しんでん》の前、杉木立のなかの往生極楽院阿弥陀堂がなんとも魅力的であつた。大きくはない檜皮葺の優美な建物で、中央に丈六の阿弥陀仏、左右に脇侍がやや前屈みぎみに腰を浮かしてゐる。その三体の像が醸す空気は、前に座す者のこころを柔らかく引き取つてくれさうだ。公家の妻が出家するとともに久安四年（一一四八）創建したとのことだから、西行らが来たとき、出来たばかりであつたかもしれない。

三千院と旅館魚山園の間を、呂川に沿つてさらに上つて行くと、来迎院《らいがうゐん》であつた。良忍が融通念仏を始めるに至つたのは、ここで厳しい修行を積んだ末であつた。

御堂へと入つて行くと、若者がひとり黙然と仏前に座つてゐた。他に人影はない。

現在の建物は天文年間（一五三二〜五五）のものとのことだが、本尊の薬師、阿弥陀、釈迦座像はいづれも平安末である。西行が拝したかどうか、微妙なところだ。

来迎院の裏に律川が流れ、向ふ岸に良忍の墓があつた。笠の欠けた三重の石塔である。良忍はすでにこの石塔の下に入つてゐたが、称名念仏の開祖と向き合ふ思ひをしたらう。

呂川沿ひをなほも上がつて行くと、良忍が修行したといふ音無滝であつた。呂川や律川の流れから予想できない、豊富な水量で、高さ六、七メートルの高さから落下してゐる。近づくと、水音が激しく、声を発しても聞こえない。

念仏は、耳でなく、まづ身体の内から発するものとして聞くのが肝要らしい。さうしてそれぞれ自らの生のうちに根差しながら、大勢の人々とともに唱へることによつて、より大きな音楽の広がりのうちに包み込まれることになるのだらう。

わづかの間に、飛沫のため顔から手足がじつとり濡れた。

＊

この時、寂然が大原に籠つて修行してゐたが、どこにゐたのであらう。

三千院のなかでも、修行者らしい姿がないかと注意してみたが、ゐなかつた。観光客の目に触れないよう心掛けてゐるのかもしれない。ただし、案内役の僧たちに、寂然なり大原の三寂を知つてゐるかと尋ねてみたが、誰も知らないやうであつた。

三千院の傍らへ戻り、門前を横切つて先へ行くと、小橋が架かつてゐた。律川である。良忍の墓の傍らを過ぎて、ここへ出て来てゐるのだ。

その小橋を渡つた先、突き当たりが声明の道場、勝林院であつた。今日では法然が行つた大原問答（文治二年／一一八六）の舞台として知られてゐる。

大きな御堂だが、内部は正面奥に阿弥陀仏が安置されてゐるだけの簡素な造りで、手前に高く座が二つ、向き合つて据ゑられてゐる。

この空間を、声明を称へるなり、教理問答に耳を傾ける僧たちが埋めて来たのだ。

勝林院の斜め向ひの実光院を覗くと、玄関に声明のＣＤが置いてあつた。隣の宝泉院は、門を入ると、巨大な松が富士山型に刈り込まれてゐるのに驚かされたが、奥から声明が流れて来た。ところどころギターの音が入る。現代風に編曲したものらしい。

寂然が住まつてゐたのは、かういふ寺院の一角であつたらうか。

久しぶりに顔を合はせ、しばし歓談、寂然が現に行つてゐる修行についても詳しく訊ねた。

各自、求道的姿勢を貫くべく、助け合ふ若者の一団だつたのである。

充実した一時を過ごすと、寂然が一行を送つて出て来た。そこで西行が連歌を詠みかけた。


かへる身にそはで心のとまるかな　　（『聞書残集』一八）

われわれは君に別れて帰るが、心は君の許に留まるよ、と。道を求める心は、別れ別れにならうとも同じだと言つたのである。

これに対して寂然は、

送るおもひにかふるなるべし

皆を送るわたしの気持を代弁させよう、さう応じて、近くの良暹《りやうぜん》法師の旧居へ皆を案内した。

良暹は能因とほぼ同時代のひとで、叡山祇園別当を勤め、歌人として知られたが、晩年はこの大原の地に隠棲、炭焼きが盛んであつたことから、都の知人へかう歌を書き贈つた。「大原やまだすみがまもならはねば我が宿のみぞ烟たえける」（『詞花和歌集』巻十）。わたしはまだ住み慣れてゐないので、わが家から炭焼く煙があがつてをりませんが、そのうち、あがるやうになりませう。この地の暮らしに溶け込むつもりです、と。

寂然は、かうしてこの地に留まる自身の覚悟を告げたのだ。

その良暹旧居の戸に各人はそれぞれ歌を書き付けたが、西行はかう書いた。

大原やまだ炭竈《すみがま》もならはずと言ひけむ人を今あらせばや　（『山家集』一〇四七）

「まだ炭竈もならはず」と言つた良暹こそ、いまここにゐて、われわれを教へ導いてほしい人だねと言ひ、世から徹底して隠れようとする良暹に、深い共感を示すとともに、良暹に習はうとする寂然の覚悟を称賛したのだ。

＊

醍醐へ出掛けたのも、この頃の冬のことであつたらうか。

醍醐寺はいまや笠取山の麓に多くの堂塔があるが、空海の弟子聖宝《しやうぼう》が開いたのは、山上で、当時は密教研鑽の中心となつてゐた。そのなかの主要五院の一つ理性院《りしやうゐん》の賢覚《げんかく》に付いて西住が学んでゐたので、西行もその僧坊東安寺に身を寄せた。

西行は、西住とともに浄土信仰から出家して道を踏み出したと思はれるが、さほど年月を重ねないうちに、覚鑁らの影響も身に染みて、真言密教へと勉学、修行の重点を移してゐたのである。

ところがにはかに病み、容態が重くなり、同行の者たちが枕辺に侍るといつたことがあつた。頑健な西行にとつては、異例の事態であつた。

折から雪が降り、深く積もつた。笠取山の上は麓と違つてゐたのだ。そのさまを眺めて、

　頼もしな雪を見るにぞ知られぬる積る思ひのふりにけりとは　（『聞書集』二三三）

たのもしいな、積もる雪を見て知つたのは、これまで思ひ願つてゐたことが積み重なり、目に見えるやうになつたことだよ。

これまでの仏道の修行が、すこしは目に見える形になつたのを喜んでみせたのである。さうして、このまま死を迎へることにならうと、安んじて受け入れようとの意を伝へたのである。

それに西住が返して、

さぞな君心の月をみがくにはかつがつ四方《よも》に雪ぞ敷きける　（『聞書集』二三四）

そのとほり、君がこれから心の月――菩提心を一段と磨くのによいやうにと、早々に四方に雪が降り敷いたのだよ。

多分、西行は、ここでかなり烈しい修行をしたのだ。「四方に雪ぞ敷きける」の語でもつて、西住はその成果を称へ、かつ、元気になるやう求めたのである。

こんなふうに気心のあつた者たちが、力を合はせて、仏道修行に励んだのだが、ここには『往生要集』を書いた源信が、慶滋保胤《よししげのやすたね》らと結成した二十五三昧衆《にじふござんまい》の影響があるかもしれない。ただし、二十五三昧衆は死を迎へるため同志の者が協力して用意し、対応しようとするものであつたが、それと異なり、各自が仏法を学び、自らのものとするため、志を同じくする者同士が、生死も越えて助け合ふのだ。

さうは言つても、連歌や歌に遊ぶことも蔑《ないがし》ろにしなかつた。と言ふよりも、求道の営為と半ば一体のものと捉へてゐた。いま引いた歌のやり取りが、その実践といふ趣である。かうして、理性院での日々が西住との絆を深めたし、真言密教へと一段と心を傾けることになつたと思はれる。

なほ、西住は、この理性院の賢覚の正式の弟子となつた。「血脈《けちみやく》類集記」によつて確認でき、覚鑁の名もそこにあるといふ。さういふ点でも覚鑁は身近な存在であつたやうだが、西行に関してさうした記録がなく、よくは分からない。分からないながら、誰それの弟子といつた位置に身を置くのを避けとほしたと見るべきかと考へられる。さうしながらも真言密教を本格的に学び、その内へ踏み入つて行つたのだ。

＊

このやうに仲間たちとともに励む一方、独り閉じ籠つて勤めることもあつた。

その営為の一つが、仏教が説く罪障について考へることであり、これまで幾度も訪ねたことのある東山の双林寺へ赴いたと思はれる。そこには、優れた地獄絵があつた。

『聞書集』に「地獄ゑを見て」と題して二十七首の連作が出てゐる。続けて源平の騒乱の無残さを地獄に等しいとして扱つた歌（二二五～二一七）が収められてゐるため、治承四年（一一八〇）以後、西行六十三歳以降のこととする見解が有力だが、地獄絵と向き合ふのが修行になるのは、初期の段階である。絵と現実の出来事とは、次元が異なり、一緒にはならない。

ただし、若い西行にとつては貴重な体験であつた。

冒頭の一首、

見るも憂し如何にかすべきわが心かかる酬いの罪やありける　（『聞書集』一九八）

正視するのも辛いと、さう感じる自分のこの心をどうしたらよいのであらう。それにしてもこのやうな苛酷、残虐な酬いを受けなければならない罪が、どうしてあるのか。

地獄絵を見て、それに反応する自身の心を、まづ問題にせずにはをれなかつたのだ。如何にも西行らしい反応である。そして、そこから受ける苦痛に耐えて、詳細に地獄絵を見て行く。ここには、初々しいと言つてもよい感受性の働きを見て取ることができよう。

さうして、五首目。

好み見し剣《つるぎ》の枝に登れとてしもとの菱《ひし》を身にたつるかな　（『聞書集』二〇二）

樹の上からほほ笑みかける女を求めて登ると、葉が笞《むち》の鉄菱となつて身にたち、この身が切り裂かれるよ。

地獄絵では必ず描かれる衆合《しゆがふ》地獄の一場面で、それをわが身のこととして、見詰め、詠んでゐるのだ。

くろがねの爪の剣のはやきもて片身に身をもほふるかなしさ　（『聞書集』二〇三）

鋼の爪を素早く振るつて、互ひに相手を切り裂き殺す悲しさ。等活《とうくわつ》地獄である。

罪人は死出の山辺のそま木かな斧の剣に身を割られつつ　（『聞書集』二〇五）

杣木《そまき》とは、杣山に生へるなり、杣山から伐り出された雑木のこと。そのやうにこの身が鬼の手で斧によつて断ち割られる。黒縄《こくじよう》地獄の場面である。

わきてなほ銅《あかがね》の湯のまうけこそ心に入りて身を洗ふらめ　（『聞書集』二〇九）

銅が溶け湯となつたのを、御馳走として飲まされるのだ。と、身は内から焼けて炎を挙げる。さうして心身が洗ひ清められるとでもいふのか。阿鼻《あび》地獄の一場面である。
如何なる地獄絵を西行は見て詠んだか、議論が行はれるほど、その様相が的確に捉へられてゐる。そして、かういふ一首がある。

黒きほむらのなかに男女燃えけるところを

なべてなき黒きほむらの苦しみは夜の思ひの報いなるべし　（『聞書集』二〇八）

性の喜びに染め上げられるがゆゑに、男と女の夜の所業は、いまや比べるもののない黒い炎となつてこの身を焼く。

この歌は、かの所業をつい昨日のこととして引きずつてゐる年齢でこそ、詠まれたものであらう。さういふ生々しさがある。


あはれみし乳房のことも忘れけり我かなしみの苦のみ覚えて　（『聞書集』二一一）

地獄の苦ばかりを激しく感じて、自分を育ててくれた母の乳房の慈しみさへも忘れ、恨めしく思ふ。

この乳房にしてもまだ若い母のものであらう。いや、棄てた妻のものであり、わが幼子が吸つてゐたものであらう。それが「かなしみの苦」となつて迫つて来るのだ。

この後、大江定基（三河入道）に言及して、

知れよ心思はれねばと思ふべきことはことにてあるべきものを（『聞書集』二一五）

思ひ知れ、わが心よ。考へられないことであらうとも考へるべきだ。事実は事実であるから。

大江定基は、女に恋着、都から赴任先の三河まで伴つたが、儚くなつた。それでも離すことが出来ず、抱いて口を吸ひ続けたが、死臭の濃い液体が出て来て、遂に葬り、出家したと言はれる。

地獄絵には死体が崩れて行く様相が必ず描き込まれてゐるが、そのところを自分の腕の中でしかと見届けたのが定基であつた。絵にその様子が描かれてゐたのである。

さうして思ひは、自らの最期へと赴かずにをれない。

愚かなる心の引くに任せてもさてさは如何に遂の思ひは　（『聞書集』二一六）

多分、ここで連作は一区切りつけて考へるのがよいだらう。地獄絵を前にして、まづ自らの心の反応を問ひ、己が「愚かなる心」に思ひ至つたのである。

この後は、地獄の門を入つて行き会ふ様相が扱はれるが、かうなると説教師らによる絵解きに基づいてゐる気配である。その絵解きの場に、西行もしばしば列《つら》なり、地獄へ踏み入つて行く思ひをしたのであらう。

かうして、これまで説かれ図示されて来た罪とその酬いを、正面から受け留め、反芻《はんすう》したのだ。そのため歌がよく働いた。

法金剛院から常盤、大原、醍醐、そして東山かと思はれる寺でのことへと叙述を進めたが、じつは常盤を訪ねた日、嵯峨電鉄に乗り、嵯峨野の奥近くまで行つた。出家当時から、西行はしばしば嵯峨野に庵を結んでゐたからである。

*

その日は、取り敢へず落柿舎《らくししや》の去来《きよらい》の墓を目指した。

訪れるたびに、こんなに小さく粗末だつたかと思ふが、今回もまたさうであつた。が、周囲が整備され、墓石とも見える石柱がずらりと幾列も並んでゐるのに驚かされた。一基ごと句が刻まれてゐて、句碑と分かつたが、なんとも異様な風景である。句碑の団地、とでも言へばよいのか。自作の句への人それぞれの執念が、隊列をなしてゐる、と見えた。

その施設を囲む境の石垣の外側、石垣が半ば覆ひ被さつた形で、井戸があつた。それが西行井であつた。

半円の蓋を開けると、手の届きさうなところに水面があり、鈍い光を反射してゐる。

この水を汲みに、西行が近くの庵から通つた、といふのであらう。

横の道を奥へ百メートルほども行くと、二尊院の総門である。元伏見城の薬医門を角倉了以《すみのくらりようい》が移したといふ、まことに堂々たるもので、それを潜り、紅葉馬場と称される広くて長い参道にかかると、すぐ左、桜の下に石柱が立ち、「西行庵跡」とあつた。

この寺は円仁の開基といふが、当時はかなり荒廃してゐたらしい。総門はなかつたし、境内といつてもこのあたりは山野そのままであつたらう。

西行が嵯峨野に結んだ庵は、先の井戸の近くにも、ここにもあつた、といふことのやうである。

牡鹿なく小倉の山のすそ近みただひとりすむわが心かな　（『山家集』四三六）

仲間たちと親密に付き合つて来てゐたから、一方では「ただひとりすむわが心かな」と沈思することも必要だつたのだ。さうして、ひとり住むのが澄むともなつた。ただし、かうした庵にしても山里離れてゐたわけではなかつた。

嵯峨に住みけるに、道を隔てて房の侍りけるより、梅の風に散りけるを

主《ぬし》いかに風わたるとていとふらんよそにうれしき梅の匂ひを　（『山家集』三八）

庵の前なりける梅を見てよみける

梅が香を谷ふところに吹きためて入り来ん人に沁《し》めよ春風　（『山家集』三九）

時期がかなり後になるが、待賢門院の女房たちも出家後、このあたりに庵を持ち、西行と行

き来した。
堀河局の庵を訪ねて行つたところ、すつかり荒れて人影もなかつた。近所の人に訪ねて来た旨、言ひ置くと、歌を送つて来た。

潮なれし苫屋も荒れて憂き浪に寄る方もなき海人《あま》と知らずや　（『山家集』七四四）

住み慣れた苫屋も荒れ果て、この世に寄る辺となくなつた海女のやうな尼の身の上とご存じなかつたのですか、とあつた。それに答へて、

苫の屋に浪立ち寄らぬけしきにてあまり住み憂きほどは見えにき（『山家集』七四五）

あなたの苫の屋には浪も打ち寄せないやうに誰も立ち寄らず、ひどく住みづらい様子がわかりました。お移りになつたのも当然ですね。
また、小倉山の麓に中納言局を訪ねた。こちらも留守だつたので、障子に書き付けた。

山おろす嵐の音のはげしさをいつならひける君がすみかぞ　（『山家集』七四六）

この歌を、上西門院に仕へてゐた兵衛局が、中納言局を訪ねて目にして、傍らにかう書き付けた。

うき世をばあらしの風に誘はれて家を出でにしすみかとぞ見る　（『山家集』七四七）

あらしの風は、「あらじ」と「嵐」を掛けてをり、西行の歌の「嵐」に呼応させ、出家した方の住処は成る程かういふものかと見ましたと言つてゐるのだが、さうした内容よりも、待賢門院の出家後、互ひに安否を気遣ひ、訪ね合つてゐる様子が、これらの歌のやり取りから浮かんで来る。それを大事なこととして、『山家集』に収めてゐるのだ。

後世の者は西行に孤独の影を見たがるが、出家の後、逆に深く結び付いた友人、知人が多くゐたし、女性の場合はもつぱら年上だが、才知に恵まれたひとたちとの親密な付き合ひがあつたのだ。西行自身、彼女たちを頼りともすれば、頼りにされ、小まめに面倒を見たのである。

六　奥州への旅立ち

世の枠組みから外れることにより、一層打ち解けて仲間たちと語らひ、折にふれ行楽の時を持つ。また、上皇や中宮などの才気あふれる元女房たちと気軽に行き来する。かういふ在り方を享受しながら、いつまでもかうしてゐてよいのかと、西行は反省したのであらう。

捨てたれど隠れて住まぬ人になればなほ世にあるに似たるなりけり（『山家集』一四一六）

世の中を捨てて捨て得ぬここちして都離れぬ我が身なりけり　（『山家集』一四一七）

世を捨てながら、世から隠れてしまはず、世に交はりつづけてゐては、出家以前と同じではないか。捨てながらも、本当に捨てる決心が付かず、都を離れず、あちこちと気ままに出没、一時一時を楽しんでゐるのが、いまの自分の姿だらう。さう改めて考へたのだ。

捨てしをりの心をさらに改めて見る世の人に別れはてなん　（『山家集』一四一八）

出家を敢行した折の心を新たにして、普段逢つてゐる人々とも別れよう、と。

思へ心人のあらばや世にも恥ぢむさりとてやはと勇むばかりぞ（『山家集』一四一九）

わが心よ、俗世の人と付き合つてゐるのなら恥ぢなくてはならない。が、付きあつてゐるのは出家した、あるいは出家を志す人々である。が、さうは言つても、このままでよいはずがない。一段と出世間へと勇んで歩み出さうよ。

現状に馴染み、安易に流れようとする自分を叱咤《しつた》してゐるのだ。

さうして考へたのが、単身、遠い旅に出ることであつた。それも危険な、死さへ覚悟した上での、未知の修行の旅でなくてはならなかつた。

＊

別れを告げるべき人々があつた。

遠く修行することありけるに、菩提院《ぼだいゐん》の前の斎宮にまゐりたりけるに、人々別れの歌仕うま

つりけるに
さりともとなほ逢ふことを頼むかな死出の山路を越えぬ別れは（『山家集』一一四二）

遠く修行の旅に出ますが、またお逢ひするのを頼みにいたしてをります、死出の山路を越えるわけでありませんので。

否定はしてゐるものの、「死出の山路」といふ言葉が強く響く。今回の修行の旅が容易ならぬものであり、これが最後かもしれないとの思ひを濃くにじませてゐるのだ。

それにしてもかういふ思ひを告げずにをれぬ菩提院の前斎宮とは如何なる女人であらう。

菩提院とは仁和寺の院家であることから、仁和寺に関係の深い、前の斎院の待賢門院の娘統子内親王、後の上西門院（西行より八歳下、幼くして斎宮に卜定《ぼくぢやう》されたが病のため退下）と考へ、斎宮は斎院を誤つたものとされて来た。斎宮と斎院の違ひは、前者は伊勢に赴任するが、後者は下賀茂社にあつて神に奉仕、いづれも天皇が替はると退く。ここから先にも触れたが上西門院を西行の思ひびととする説も出された。

しかし、斎宮で間違ひはなからうとして、五味文彦が崇徳天皇の時期に斎宮であつた守子《もりこ》女王を提示した。白河天皇の弟輔仁《すけひと》親王の王女で、鳥羽院の叔母に当たり、保安四年（一一二三）に卜定、永治元年（一一四二）に退下してゐる。西行より七歳年上である。

もう一首、詠んでゐる。

この春は君に別れの惜しきかな花の行方を思ひ忘れて

（『山家集』一一四三）

この春は殊にお別れするのが惜しくてなりません、散る花の行方がどうなるのか気にはなるのですが、それも忘れて。

詞書に「同じ折、坪の桜の散りけるを見て、かくなんおぼえ侍ると申しける」とあるから、壺庭の桜が散り始めてゐるのを見て、重ねて歌を差し上げたのである。この散る花が旅立つ自身と重なるが、それも忘れて、前斎宮の身を案じてゐるのである。

そこで返歌をするやう前斎宮が仰せられ、女房の六角局が扇に書いて寄越した。

君が往なん形見にすべき桜さへ名残あらせず風誘ふ也

（『山家集』一一四四）

旅立つあなたの形見にするべき桜さへ、風に誘はれるまま名残なく散つていきます。わたしもまた風に誘はれて消えるかもしれませんね。名残惜しいことです。

西行は年上の女性を深く懐かしむところがあると、先にも指摘したが、女性の方もさういふ西行にこころを許し、近づけたのではなからうか。ただし、この日は少なからぬ餞別も受け取つたらう、それも鳥羽院あたりの意向により。後々まで西行は朝廷と繋がりを持ちつづけたが、その窓口の一つがこの方であつたのではないかと思はれる。
仲間たちもまた、送別のため訪ねて来た。

ほど経《ふ》れば同じ都の内だにもおぼつかなさは問はまほしきを　（『山家集』一〇九一）

しばらく逢はないでゐると、同じ都にゐても気になるが、長い旅となると、長らく安否を訪ねることができず、お互ひ心掛かりなことだよ。
次の歌もこのときのものと考へたい。

年久しく相たのみたりける同行に離れて、遠く修行して、帰らずもやと思ひける、何となくあはれにて、

さだめなし幾年君に馴れ馴れて別れを今日は思ふなるらん　（『山家集』一〇九二）

この君とは西住であらう。どこへ行くのにも一緒、さういふ繋がりに慣れ親しんで来たが、今日は一人、旅立たうと思ふ、と言つてゐるのである。

＊

この奥州への旅は、いささか思ひ詰めたやうなところがあるので、真つすぐ平泉を目指したと思ひがちだが、到着したのは十月十二日と判明してゐる。それに奥州を目指した理由の一つが、能因に倣はうといふ思ひだつたから、白河の関を過ぎるのが秋でなくてはならなかつた。だとすれば、花が散り始めた頃に京を発つては、早すぎる。

多分、大きく寄り道をしたのであらう。伊勢を経由してといふ説があるが、さうかもしれない。逢坂山を越えてから先、駿河まで歌が見えないのに対して、何時かは不明だが、伊勢、志摩の風物を扱つた歌が意外に多い。もともと西行は伊勢へよく行つてをり、晩年には庵を結んでゐるが、さうした折とは別の、なんとも軽快で、機知に遊ぶやうな歌が見られる。若くて、寄り道途上といつた状況が相応しいやうに思はれる。こんな具合である。

伊勢の答志《たうし》と申す島には、小石の白の限り侍る浜にて、黒はひとつもまじらず、むかひて菅《すが》島《しま》と申すは、黒の限り侍るなり

菅島や答志の小石分け替へて黒白まぜよ浦の浜風　（『山家集』一三八二）

合はせばや鷺と烏と碁を打たば答志菅島黒白の浜　（『山家集』一三八五）

菅島の浜は黒ばかり、答志島の浜は白ばかりの小石である。浜風よ、その白と黒を適当に混

ぜてくれないか。

鷺と鳥が碁を打つて、答志島の白石、菅島の黒い石を混ぜ合はせたらどうだらう。面白いぞ。

さうして対岸の伊良湖岬へ渡つたが、この海峡は海流が烈しく、しばしば烈風が吹いた。


伊良胡崎に鰹釣り舟並び浮きてはがちの波に浮かびつつぞ寄る（『山家集』一三八八）

「はがち」とは、西北とも東北とも吹く強い海風で、それに翻弄されながら、鰹釣りに従事する舟の群の動きを捉へてゐる。

渡り終へると、当時、貽貝《ゐがひ》から真珠が採取されてゐたから、その貝殻があちこちに堆《うづたか》く積まれてゐた。


阿古屋とるゐがひの殻を積みおきて宝の跡を見するなりけり（『山家集』一三八七）

嘱目の事柄を、機知でもつてきぱきと詠んでゐる。都を離れ、修行の旅の道筋から外れ、こころ弾むままに、といつた風情である。西行の若い強健な身体が弾んでゐる。

このまま渥美半島を溯れば、東海道に出る。

駿河国に入り、久能の山寺で詠んだ歌が残されてゐるが、一転して沈痛なものである。

涙のみかきくらさるる旅なれやさやかに見よと月はすめども　（『山家集』一〇八七）

仏道に思ひを凝らしたのだ。月＝真如の月が澄み渡つて照り、さやかに見よと告げるのだが、それがさう見ることができない。至らぬこの身が情けなく、涙にくれてしまふ旅だよ。

この旅本来の目的に思ひ至つたのだ。

『山家集』にこの後つづけて収められてゐる「題不知」を、同じ旅でのものとしてよいかどうか分からないが、一応挙げると、

身にもしみものあらげなるけしきさへあはれを責むる風の音かな（『山家集』一〇八八）

いかでかは音に心の澄まざらむ草木もなびく嵐なりけり　（『山家集』一〇八九）

松風はいつもときはに身にしめどわきて寂しき夕暮の空　（『山家集』一〇九〇）

＊

さうして富士山の麓を過ぎ、関東平野を横切り、筑波山を遠望して、やがて秋深く、白河の

関（福島県白河市）に到達した。

東北新幹線の新白河駅から少し離れてゐるが、現在は白河関の森公園となつてゐる。遊具コーナーもあればレストランもあるが、入口の横、小高いところに白河神社がある。石段をあがつて行くと、中程、右側に白河城主であつた松平定信が建立した碑「古関白河」が立つてゐる。

登り詰めると、さほど広くもない平地に社殿があり、その左側が関守居館跡であつた。空堀で囲はれ、かなり太い丸太の柵が巡らされた跡が残つてゐる。この発掘調査によつて、要塞的な性格を持つてゐたことが判明したが、蝦夷《えぞ》に対する前線基地だつたのだ。ただし、西行が訪れた頃はどうであつたらう。

折から月が出て、「所柄にや、常よりもおもしろくあはれ」と感じられた。能因が「都をば霞とともにたちしかど秋風ぞ吹く白河の関」と詠んだとほり、霞とともに都を出て、秋風に吹かれてここに立つたのだ。旅程を調整した甲斐があつた。

感興の赴くまま関の建物の柱に歌を書き付けた。


白川の関屋を月のもる影は人の心を留むるなりけり　（『山家集』一一二六）

能因を初め幾人もの旅する人たちが、白河の関を訪ねてをり、自分もまたその系列に繋がると、確認したのだ。「人の心」は、その幾人もののであり、かつ、わがものでもある。

次いで、宮城県も名取郡では、道筋から離れてゐたが、藤原元善が奥州赴任の折に植ゑたと伝へられる武隈《たけくま》の松に立ち寄つた。能因がすでに「跡もなし」と詠んでゐたが、訪れずにはをれなかつたらしい。さうして跡形もないのを確認して、

枯れにける松なき跡の武隈はみきと言ひてもかひなかるべし　（『山家集』一一二八）

見た、と言つても失はれた跡だから、むなしいが、しかし、それも先達と頼む風狂の歌人僧能因が奥州へと足を運んだ折々の想ひを、この身でもつて確認したのである。甲斐のないこと自体が却つて意味を持つ……。

さらに二日ばかり行くと、古びた板を棚のやうに架け渡した橋があつた。紅葉が散り敷いて美しく彩られ、踏むのが憚られて足を止め、里人に尋ねると、「おもはくの橋」と呼ばれてゐると答へた。そこで一首。

踏まま憂き紅葉の錦散りしきて人も通はぬおもはくの橋　（『山家集』一一二九）

思惑と言へば、損得勘定が絡んでゐさうだが、この里では、ひたすら風雅な美への配慮を意

味する、と里人の心根に感嘆してゐるのだ。そして、このやうな美しい秋の風景は、この里にだけ出現する、と。

また、名取川も見事な紅葉で彩られてゐた。

名取河岸の紅葉のうつる影はおなじ錦を底にさへ敷く　（『山家集』一一三〇）

名取川では紅葉が岸辺と川面に映るだけでなく、川底にも敷き詰められてゐるよ、と菅原道真や紀貫之らが桜を扱つて凝らした派手派手しい見立ての工夫を、都を遠く離れた地の秋で、さりげなく使つてみせたのである。

野のなかに立派な塚があつた。誰のかと尋ねると、中将の墓だと言ふ。中将とはどなたかと重ねて問ふと、藤原実方《さねかた》との答であつた。中古三十六歌仙の一人とされ、『拾遺和歌集』に入集してゐるが、殿上で藤原行成と争ひ、帝から歌枕を見て参れと言はれて、陸奥守に左遷され、長徳四年（九九八）にこの地で没したと伝へられる。

朽ちもせぬその名ばかりをとどめ置きて枯野の薄《すすき》形見にぞ見る　（『山家集』八〇〇）

かういふ異郷での死、そして、かういふ記憶のされ方に、旅する身としてこころ曳かれるものがあつたのだ。風狂と言へば聞えはよいが、当時の旅は、いつどこで倒れ、死を迎へるか分からないのが現実であつた。

いづくにか眠り眠りてたふれ伏さんと思ふ悲しき道芝の露　（『山家集』八四九）

この時ではないと思ふが、これが旅する者の覚悟であつた。

＊

十月十二日、いよいよ平泉に着いた。

生憎《あいにく》、「雪降り、嵐激しく、ことのほかに荒れたりけり」といふ天候であつた。が、宿を定めると、早速、衣川を見に出掛けた。

いまや陸奥全域を勢力下に収め、全盛を極めてゐる奥州藤原氏がかうなつたのは、この衣川での戦を制し、その水運を掌中に収めたことによるところが大きかつた。後に触れるが、西行が出た佐藤家は、紀州も紀ノ川沿岸を領有、その水運によつて財を築いてゐたから、祖先を同じ藤原秀郷とする者として、関心を抱かずにをれなかつたのだ。

その衣川の汀はすでに凍つて冴え返り、防衛態勢も厳重な様子であつた。

とりわきて心もしみて冴えぞわたる衣河見にきたる今日しも　（『山家集』一一三一）

北面の武士であつた西行の血に、端的に訴へかけるものがあつたのだ。

しかし、雪がやむと、中尊寺、毛越寺《もうつうじ》といつた大伽藍が一際華麗に見え、北の都と言ふほかない繁華さであつた。

西行は、あちこちと見て歩いた。殊に金色堂には目を見張つたらう。御堂全体が金箔で光り輝き、須弥壇は螺鈿《らでん》、蒔絵《まきゑ》、透彫《すかしぼり》が施され、精緻極まる工芸美を見せて、その上に阿弥陀像などが鎮座してゐたのだ。それらは京で見慣れた定朝様式で、北面の武士の身では立ち入れなかつた法勝寺金堂などの内部を、親しく見る思ひをしたらう。また、自らの任官に際して「成功」した鳥羽の勝光明院の佇まひも思ひ出したはずだ。

さうしてこれに比すべき繁栄を、西では清盛が実現しつつあるのを思ひ、武家が現に手にしてゐる繁華を改めて確認したのである。もつとも西行はすでにかうした繁栄と縁を切つてゐた。それゆゑに却つて、詳しく見ずにをれなかつたのではないか。

かういふ西行であつたが、年末には、珍しくかう詠んだ。

常よりも心細くぞ思ほゆる旅の空にて年の暮れぬる　（『山家集』五七二）

歳末の風習も違へば、寒さも鞍馬の比でなく、都からの遠さを改めて身にしみて感じたのだ。

その冬籠りは長かつた。

しかし、藤原秀衡《ひでひら》あたりと親しく語り合ふことがあつたのではないか。そして、歌会などにも招かれたらう。晩年の再訪には、その縁が少なからず働いたと思はれる。

もつとも確実なのは、この地に流されてゐた興福寺の僧たち（康治元年八月に乱逆の罪で捕縛された）から、朝廷への赦免の仲介を涙ながらに懇願されたことぐらゐである。

そして、北国の遅い春がやうやく訪れると、中尊寺の南の束稲山《たわしねやま》が、全山、桜で彩られるのを見た。


聞きもせず束稲山のさくら花吉野のほかにかかるべしとは　（『山家集』一四四二）

都に比べると遅いだけ喜びは格別であつた。

＊

東稲山の花盛りを見、然るべき宴にも出ると、西行は待ち兼ねたやうに平泉を発つた。さうして出羽国の滝の山の寺（竜山寺、霊山寺とも）まで来ると、折から紅色のやや濃い桜が咲き満ちて、人々が宴を開いてゐた。

たぐひなき思ひいではの桜かな薄紅の花のにほひは　（『山家集』一一三二）

「思ひいでは」は、「思ひ出」と「出羽国」が掛けられてゐて、珍しい紅色の桜にこころ引かれた様子がよく示されてゐる。もしかしたらその花の下で色めいたこともあつたのではないかと、思ひたくもなるが、それから先は、各地の行場に立ち寄つたはずだ。たとへば羽黒山や蔵王、那須あたりも指折るべきかもしれない。歌もなく、証拠となるものが何もないが、やがて大峰入りする以上、春の盛りから夏の終りまで、山々に籠つたのは確実である。

さうして下野国《しもつけ》に出て来ると、都も近づいたとの思ひを覚えて、

都近き小野大原を思ひ出《いづ》る柴の煙《けぶり》のあはれなるかな　（『山家集』一一三三）

仲間たちの顔も浮かんで来たのだ。西山の麓の小野や比叡山北麓の大原の、柴の煙が立ちのぼる佇まひがありありと思ひ出されたのである。

しかし、道はまだまだ遠い。
中山道《なかせんだう》を進み、信濃国も木曾にかかつた。

ひときれは都を捨てて出づれども巡りてはなほきその桟橋《かけはし》　（『山家集』一四一五）

一旦は都を捨てて旅に出たが、遠く巡り歩いた末に、またも都へ向け橋を渡るべくここへ来たよ。「きそ」は来たの意と木曾を掛ける。

出立の際の、あの強い思ひが、懐かしさと同時に、苦く蘇つてくる。果たして覚悟しただけの修行を十分に積んだかどうか？　と考へずにをれないのだ。が、それでゐながら足は一段と早くなる。

＊

帰り着いたのは、天養二年（一一四五）の初冬、七月に改元されて久安元年となつてから、数ヶ月後だつたやうである。

その不在の間に、鳥羽法皇の豪壮な御所白川北殿が焼失してゐたし、待賢門院が八月二十二日には亡くなつてゐた。白河、鳥羽と続く院政の中枢に咲き誇つた、妖しくも麗しい、末世ならではといつてよい大輪の花が、消えてゐたのだ。

待賢門院付きの女房たちへ、早速、悼む歌を送つたと思はれるが、今日、見ることができるのは翌年、忌が明けてからのものである。

出発を見送つてくれた人々に帰京の報告をしたが、当時、奥州から無事に戻つたとなると珍しく、見聞や所感を求めて招かれることが多かつた。さうして歌会にも出た。出発に際して「世の人に別れはてなん」と決意した、さうしたことは忘れた気配である。いや、忘れたのではなく、いまやいかに世に立ち交じつても揺るがないだけのものは得た、との思ひが生まれてゐたのではないか。さうして、世に立ち交はることもあながち避けるべきではないと考へるやうになつてゐたのだらう。

崇徳院の許へ参上、旅の話を申し上げたのも、その確信があつてのことで、院政への望みを断たれた失意に加へ、母待賢門院を失つた哀しみをお慰めすべく、心を砕いた。仏前に供へる扇に染筆を願ひ出たのも、その配慮からであつたらう。

その扇を受け取りに再び出向くと、女房が取り次いだ扇の包紙にはかう書き付けられてあつた、「有がたき法に扇の風ならば心の塵を払へとぞ思ふ」。

そこでかう返歌を差し上げた。

塵ばかり疑ふ心なからなん法《のり》をあふぎて頼むとならば　（『山家集』八六五）

塵ばかりも疑ふ心のないやうにおなりになるでせう、仏法を貴び仰ぎ、頼みとなされますならば。「仰ぐ」「扇ぐ」の懸詞《かけことば》でもつて、崇徳院に対してこころを強く持ち、仏道へ踏み入るよう促したのだ。

かういふふうに仏への道を積極的に説く覚悟も、奥州の旅から持ち帰つてゐた。その己が心の在りやうを詠んだと思はれる一首。

ひとり立つ荒野に生ふる姫百合の何に付くともなき心哉　（『山家集』八六六）

路傍にしばしばかういふ姿の姫百合を目にして、心に刻んで来てゐたのだ。

＊

一周忌が巡つて来るまで、待賢門院の一部の女房たちは、なほも屋敷に侍してゐた。そこで久安二年（一一四六）の桜の散る頃、西行はそのなかの堀河局に歌を送つた。

尋ぬとも風のつてにも聞かじかし花と散りにし君が行方を　（『山家集』七七九）

お尋ねしようとしても風の便りさへ耳にしません、亡くなつた門院のお行方を。もしかしたらどこかでお元気にをられるやうな気がしてなりません。

門院が亡くなつた時、都にをらず、駆けつけなかつた言ひ訳も含んでゐるやうである。

堀河局からの返歌。

吹く風の行方知らするものならば花と散るにもおくれざらまし（『山家集』七八〇）

吹く風が行方を知らせてくれるのなら、おひとりで死出の旅へ出立させるやうなことはいたしませんでしたのに。先の落飾の際、ともに出家しなかつたことを悔やむとともに、忌明けには、自らも出家する考へであることを伝へて来たのである。

その後、堀河局は仁和寺に身を寄せたので、訪問を約束したが、なにかと多用で、時間が経つてしまつた。そして、月も美しい頃、門前を通り過ぎることがあり、それを知つた局から、歌が送られて来た。

西へ行くしるべとたのむ月影のそらだのめこそかひなかりけれ（『山家集』八五四）

西行といふ名のあなたこそ、西方浄土へ行く案内役と頼みに思つてゐましたのに、甲斐のないことでした。

それにかう返した。

さし入らで雲路をよぎし月影は待たぬ心ぞ空に見えける　（『山家集』八五五）

月があなたの家に差し入ることなく通り過ぎたのは、しがない出家者をお待ちではないと分かつてゐたからですよ。

多分、約束とは、出家の戒を授けることであつたらうが、局はそれ相応の家柄の出であり、現に仁和寺に身を置いてゐる以上、然るべき僧から受けるのが自然である。その点を配慮、遠慮したことを、軽く冗談にして伝へたのである。先に引用した「死出の山路のしるべ」となるのとは場合が違ふ。

＊

この頃になると、西行の歌の才が尋常でないことが一部の人たちに知られるやうになつたやうである。崇徳院は『詞花和歌集』の撰進を藤原顕輔に命じる（天養元年／一一四四　六月）

一方、百首歌（久安百首と呼ばれる）を企画、当時の主だつた歌人十四人に詠進を求めてゐたが、その中の一人の公能から、提出する歌の評価を求めて来た。徳大寺家には代々仕へて来た身であつたから、丁寧に見て、次の歌を添へて返した。

家の風吹き伝へけるかひありて散る言の葉のめづらしきかな　（『山家集』九三二）

徳大寺家代々の歌風をしつかり伝へて来た甲斐があつて、立派な出来栄えです。広く世に知られることになるでせう、と称賛したのである。

また、寂超から、亡き父為忠の歌を集めて、『詞花和歌集』の編纂の資料として崇徳院の許へ提出したが、見てほしいと、大原から送つて来た。それに答へて、

年経れど朽ちぬときはの言の葉をさぞしのぶらん大原の里　（『山家集』九三〇）

「ときは」が、為忠の住居の所在地常盤を掛けてゐるのは言ふまでもない。

その寂超が、為忠の歌に自分と弟の寂然の歌も添へて、院へ提出したと知つた長兄の想空から、どうして兄弟揃つて出すやう計らはなかつたのかと、不満を西行に伝へて来た。そこで想空への返事。

家の風むねと吹くべき木の本《もと》は今散りなんと思ふ言の葉　（『山家集』九三二）

代々、歌を大事としてこられた家のことです、今や貴兄の歌も世に知られることでせう。歌を詠むものにとつて、勅撰集への選入が如何に切望されるか、かうしたやり取りから思ひ知らされることになつた。

これまで西行は、日々の当座の用、仏道修行上の必要、自らの体験の表出などとして、無造作に歌を詠み棄てる傾きが強かつたが、自分の歌が「年経れど朽ちぬときはの言の葉」、広く世に知られる「散る言の葉」になるとは、どういふことか、考へずにをれなくなつたのだ。歌は、じつはそこまで行かなくてはならないものかもしれない……。

詠み棄てにせず、書き留め、推敲し、それらを保存し、「家の集」として編み、撰集が沙汰されるやうになると、選者に擬せられる有力歌人の許へ提出する。さういふ営為が歌を詠む以上、意外に肝要かもしれないのだ。

このやうな営為は、間違ふと俗世に執着し、「狂言綺語」の誤りに陥ることになる。が、自らの在り方、この世界の成り立ち、そして、人として考へ感じ取るべきことに深く思ひを巡らし、さらに在るべき在りやうを志向し、その方向へと自らの心、情を押しやつて行くことにもなるはずなのだ。

こんなふうに考へ始めるとともに、西行は、三十歳代へと踏み込んだ。

七　大峰と高野山

久安五年（一一四九）、三十二歳の春と思はれるが、西行は都を出て、西国へ向ひ、各地の行場を巡る旅に出た。

その時のものと思はれる歌が、幾首かある。

淡路島瀬戸のなごろは高くともこの潮にだに押し渡らばや（『山家集』一〇〇二）
潮路行くかこみの艫櫓《ともろ》心せよまた渦速き瀬戸渡る程（『山家集』一〇〇三）

簡単に注すれば、「なごろ」は余波、風がをさまつても立つ波。「かこみの艫艪」は船の両舷の、船尾に最も近い艪。かういふ一般人に馴染みのない言葉であらうと、詠み込んだ。

海にかかはる歌ばかりなので、海路を進んだかのやうな印象だが、都から西も山岳修行地が多い。西山を越え丹波の地を行つても、西国街道を採り摂津、須磨を経ても、行場が幾つとなくある。そのなかで代表的なのが書写山、その先には児島、厳島などがある。さうした所々に立ち寄り、御堂の片隅に身を置けば、ささやかな庵を結びもしたのであらう。
さうして秋も深まつた頃、蹴鞠などを習ふなどして深く親しんだ藤原成通《なりみち》へ歌を送つた。

嵐吹く峰の木葉にともなひていづちうかるる心なるらん　　（『山家集』一〇八二）

嵐の吹く峰の木葉が風とともにどこかへ飛んで行くが、わたしの心もどこかへと浮かれ誘はれるやうです。当てのない旅をしてゐます。

久しぶりに「うかるる心」が出てくるが、かうした自分の心の在りやうを、成通なら受け止めてくれると思つたのであらう。なにしろ成通は、和歌、漢詩に管弦、今様、馬術と、文芸から遊芸、武芸にも通じ、なかでも蹴鞠に卓越、清水寺の舞台の欄干上を毬を蹴りながら行き来してみせ、毬の霊とも親しんだといはれるのだ。その様子は『成通卿口伝日記』によつて知られるが、澁澤龍彦が『空飛ぶ大納言』（『唐草物語』）で描いてゐるやうに、やがて大納言へ進むものの、「うかるる心」のまま際限もなくのめり込んで行つたひとりなのである。

考へて見ると、西行の母方の祖父清経も、官位は低いが、かういふひとであつた。すでに触れたやうに今様に狂ひ、その芸能の拠点青墓の宿から目井《めゐ》と乙前《おとまへ》を連れて来て、後白河の師とした、さういふ血が西行には流れてゐて、成通と響き合ふところがあつたのだ。

どこからこの歌を送つたのか。前後に備前の児島の八幡に籠つてゐたのは確かなので、さほど遠くない播磨の書写山からであつたかもしれない。

書写山は西の比叡山とも呼ばれるが、この山を開いた性空《しやうくう》上人は、聖フランチェスコさながら、鳥や獣が喜んでまつはりつき、室津の遊女を菩提へ導びいたとも伝へられるが、成通や清経と響き合ふところがあつたのだらう。恐ろしく自在に、この現世の枠から浮かれ出て、可能な限り遠くへ行かうとしたのだ。

その在り方こそ「風狂」と言つてよささうだが、それに留まらない一途な激しさを持つ。自らの人生を、可能な限り自由に大きく展開しようと努めることにより、求道性を帯びるのだ。

西行もさういふ在り方を望んでゐたと思はれる。

そして、奥州行きで得たものを踏まへ、さらに自らの限界を越えるため、詠歌の課題も抱へて、各地の行場へ赴いたのだ。

いま、「うかるる心」と言つたが、いはゆる心だけにとどまらず、身体も一体として捉へてゐたことは、前回述べたことからも明らかだらう。成通は蹴ることで、清経は謡ふことで、己が身体を自在に働かせたが、西行はさらに険しい山場を攀ぢ登り駆け下つて、そのところへ近づかうと企てた。

＊

この後、西行は安芸厳島へ向つたが、近くの「たかとみの浦」(広島県呉市安浦高飛の浦か)まで来たところで、強風によつて足止めをくつた。しかし、深夜になると、苫を葺いた宿では月の光が漏れた。

波の音を心にかけて明かすかな苫《とま》洩る月の影を友にて　(『山家集』四一四)

月の光を浴びながら、激しい波の音を気にかけつつ夜を過ごすといふ、これまでしたことのない体験を面白がつてゐるのだ。修行の旅をする者はかういふ強靱さを必須とする。

やがて宮島に着くと、その夜も月が皓々《かうかう》と照つてゐた。

当時の宮島は、安芸国の一宮として、尊崇を受け、中の宮では巫女の託宣が人々を引き寄せてゐた。平清盛が安芸国司に任じられるのは、これより一、二年後の仁平元年(一一五一)だから、今日の華麗な社殿が建ち並ぶ様子とまつたく違ふ、神さびた佇まひであつたらう。

もろともに旅なる空に月も出てすめばや影のあはれなるらん　(『山家集』四一五)

旅を重ねて来ると、月は夜ごと丸みを増し、澄んで来て、浴びる月光も身に滲みて感じられるよ。

かつて月と言へば、恋との係はりにおいてであつたが、この修行の旅においては、仏性なり菩提心の象徴ともなつて来て、それがますます澄みわたり、光が増すやうに思はれる、との感慨も込めてゐるのだ。「たかとみの浦」の歌もすでにさうであつたとすれば、荒れ狂ふこの世のさまに心を悩ませながら、苫洩る月光を受け、やうやく朝を迎へたといふ意味が添ふだらう。

ところでその詞書は、「心ざすことありて安芸の一宮へまゐりける」と書き出されてゐる。その「心ざすこと」とは何か。単なる出家者にとどまらず、山岳修行者であり、歌詠む僧として、現世の枠を越え、心を澄ますときに至り得る境地を言つてゐるのかもしれない。

この宮の背には、険しい岩山が峨々と聳え、瀬戸内海を見渡す行場となつてゐた。そこでわが身を危険に晒しつつ、肉体を過激に働かせ、雑念を消し、生命の実体そのものが自づと現はれて来るところへと近づかうとした……。

*

この旅から西行は、翌久安六年（一一五〇）春に戻つたやうである。出家して十年、西行は三十三歳になつてゐた。

崇徳院による『詞花和歌集』や「久安百首」の編纂が大詰めを迎へてゐたから、歌への関心がいやがうへにも高まつてゐた。自分の出家に際しての一首が、読人不知としてだが採られるらしいことも知らされたらう。公能や寂超らが評価を求めて来たのも、これゆゑであつたと、納得もしたはずである。

しかし、早々に京を後にして、吉野へ向つた。修行の至らなさ、歌詠に対する心構への不足を思ひ知り、いま一層の修行をと考へたのである。

国々めぐり廻りて、春帰りて、吉野の方へまいらんとしけるに、人の、このほどは何処にか跡とむべきと申しければ

花を見し昔の心あらためて吉野の里に住まんとぞ思ふ　（『山家集』一〇七〇）

これまでも吉野の桜を見て来たが、いまやこころを新たにして、違つた目で見よう。少なくとも花見に訪れるのではなく、その許に暮らして。

『山家集』ではこの歌の前に、かういふ歌が据ゑられてゐる。

春の月明かかりけるに、花まだしき桜の枝を風の揺がしけるを見て

月見れば風に桜の枝なえて花よと告ぐる心地こそすれ　（『山家集』一〇六九）

月を見れば春風に枝がしなつて、花だよ、と告げてゐるやうな心地がする。月と春風と揺れ動く枝が、まだ咲かない花を幻視させる。その月は、宮島で見た月であらうか。それが花へと誘ひ、吉野に住まねばならないと考へさせたのだ。

その吉野の花を詠んだ歌は多い。すでに幾つか引用してゐるが、何時、詠まれたか、判別はほとんどつかない。だから、ここまで見て来た脈絡で挙げるのが難しいが、あまり深く考へずに、目につくままに挙げてみよう。

誰かまた花を尋ねて吉野山苔踏み分くる岩つたふらん　（『山家集』五七）

おしなべて花の盛りになりにけり山の端ごとにかかる白雲　（『山家集』六四）

身を分けて見ぬ梢なく尽さばやよろづの山の花の盛りを　（『山家集』七四）

吉野山谷へたなびく白雲は峰の桜の散るにやあるらん　（『山家集』一一〇）

木のもとに旅寝をすれば吉野山花のふすまを着する春風　（『山家集』一二五）

以上は、『山家集』上春から拾つたが、静かに眺めるのではなく、山深く踏み入り、岩を攀ぢ登り、峰々を伝ひ、あちらこちらへと走り回り、山中で夜を過ごしたりする様子が浮かんで来る。自然と格闘するやうに己が身を駆使して、花といふ花を可能な限り求めて、その花ひとつひとつと向き合ふのだ。

かうした在りやうは、浮かれ出た心を追ひ求める姿勢とも重なる。その花だが、変転して留まることがない、この世の在りやう、突き詰めて言へば輪廻転生の在りやうに集約される、とも見たようである。

下雑百首の花十首の最後。

根に帰る花を送りて吉野山夏の境に入りて出《いで》ぬる　（『山家集』一四六二）

『和漢朗詠集』の「花ハ根ニ帰ランコトヲ悔ユレドモ悔ユルニ益無シ……」に拠るが、同じくそれに拠つた崇徳院の歌「花は根に鳥はふる巣にかへるなり春のとまりを知る人ぞなき」（『千載和歌集』）を受けてゐよう。さうして「根にかへる」と詠むことによつて、この回帰運動を成立させてゐる大本の輪廻そのものを、しかと受け止めたふうである。花を追つて吉野山に入り、春が終り夏が到来、花々が地に帰するのを見届ければこそ、与かり得た体験である。咲く前に花を幻視する目は、かういふところまで届いてゐるのである。

この吉野山の中心は蔵王堂だが、大峰の入口でもある。だから西行は吉野山に庵を結び、己が心の在りやうを追ふとともに、この世界全体の運行のさまを窺ひ見た上で、大峰入りを図つた、と見ることができよう。

*

大峰入りには吉野側と熊野側の二つあるが、西行はこの春と夏の境に、吉野側から入つたと思はれる。

大峰は修験道の最大の行場であつたから、その日々の行は容易でなかつた。『古今著聞集』巻二にかういふ話が出てゐる。

――僧の身では必ずしも行はなくてよい行だつたので、西行は躊躇したが、大先達の宗南房僧都行宗が奨めたので、山伏の作法を知らないのを大目に見てくれるのを条件に、峰入りをした。ところが先達たちは、他の者たちよりも却つて厳しく責め苛んだ。それが悔しくて「さめざめと泣いた」。それを知つた宗南房が、西行を厳しく叱責した。道心堅固で、難行苦行も積んで来てゐると承知してゐたからこそ峰入りを許したのだ。先達が加へる苦は、餓鬼畜生地獄の苦患を早々に思ひ知らせ、罪障を消除させようといふ配慮に他ならない。その真意も理解せず、侮辱されたと思ふのは愚かだ、と。これに西行は手を合はせ、随喜の涙を流し、以後は「すくよかにかひがひしく」振る舞ひ、励んだ。「もとより身はしたたか」であつたから、「(他の) 人よりもことにぞつかへける」と書き加へられてゐる。

ありさうな話だが、西行は自分をかうと自己規定した上で、修める行の必要不必要を弁別するやうなことは決してしなかつたはずである。それに既述のとほり、西国の旅で数々の行を実践して来てゐたから、怯むやうなことは些《いささ》かもなかつたらう。多分、実際は逆で、その「したたか」さに一部の人たちが反感を抱くほどであつたのではないか。この噂話はさういふところから作られたやうに思はれるが、どうであらう。

もつとも予想以上に行が厳しかつたのは確かで、それだけ感銘も深かつたらう。吉野から入ると、まづ御嶽《みたけ》——金峯山《きんぷせん》とも——を越え、大天井《おほてんじやう》ヶ岳《がたけ》、山上《さんじやう》ヶ岳《がたけ》を過ぎて、名高い笙《しやう》の岩屋に到る。

露洩らぬ岩屋も袖は濡れけりと聞かずばいかが怪しからまし　（『山家集』九一七）

雨露が漏れることのないこの岩屋に辿り着いて、わたしもまた袖を濡らす。不審なことだが、いま、合点がいつたよ。

行尊《ぎやうそん》がここで詠んだ歌「草の庵をなに露けしと思ひけんもらぬ窟《いはや》も袖はぬれけり」（『金葉和歌集』雑上）を踏まへてゐる。草の庵では雨露が漏れて袖が濡れるが、さういふことのないこの岩屋でも、おのづと袖が濡れる。厳しい行の果て、身心脱落と言つてもよい状態に立ち至つて、落とす涙ゆゑだ。そのことを身をもつて確認した、といふのである。行尊は西行が北面の武士となつた年に没した人だが、能因とともに敬愛する一人であつた。

＊

この後、西行は高野山に籠つた。

取り敢へずは今一度、熊野側からの大峰入りを行ふためであつたが、それだけでなく、高野山の真言密教に関心を向けるやうになつてゐたのである。出家当初は浄土教思想に拠つたが、醍醐寺の理性院に西住を訪ね、詳しく真言密教を尋ね知り、西国や大峰で行を重ねた末、易《い》行道《ぎやうだう》には付かず、本格的な勉学と修行を決心したのだ。

吉野山を降り、吉野川に沿つて下つて行くと、養老三年（七一九）に創建された栄山寺《えいざんじ》がある。南北朝時代、後村上天皇がたびたび御所にした古刹で、八角堂（国宝）がある。そこから五條の町は近く、さらに下つて行くと、紀伊国になり、吉野川も紀ノ川と名を変へる。さうして高野山の入口にかかる。

時代によつてその入口は変はる。江戸時代は橋本の対岸、学文路《かむろ》だが、開山以来の表参道はその左岸沿ひを下つた、九度《くど》山慈尊院である。女人堂とも言はれ、空海の母の尼が祀られてゐるが、山上の日々を支へる政所もここに設置されてゐた。

慈尊院奥の石段を上がると、中ほどから右手へ「町石道《ちやういしみち》」が始まる。一町ごと石の塔婆塔が百八十基立つてゐるので、かう呼ばれるが、西行がやつて来たのは、木の塔婆が立ち始めた頃のやうである。山上まで約二十キロの山道である。

この道を採つてひと山越えると、天野《あまの》の盆地である。丹生都比売《にうつひめ》神社がある。創建は神功皇后の時代といふから、恐ろしく古い社だ。

空海が霊山を求めて踏み込んだところ、白黒二頭の犬を連れた猟師が現はれて案内、高野山を見つけたと伝へるが、その猟師が丹生都比売神に仕へる地主神（高野明神）であつた。そのため、山上へ向ふには、まづこの社に参るのが習ひで、今日も高野山上で得度した僧たちが、必ずこの社殿に参じてから出身地へ戻つて行くといふ。

この天野から山道は一段ときびしくなる。

＊

夏の初め、わたしは大阪の難波駅から南海電鉄の特急に乗つた。

南河内の平野を縦断、紀見峠のトンネルを抜けて下ると、橋本駅だが、その先で紀ノ川を渡り、学文路からは渓谷沿ひに右折左折し、慈尊院の背後を経て、高野山下の極楽橋に着く。険しい渓谷の奥で、陽が差すことがほとんどない。そこからケーブルである。

傾斜が険しい。が、昇るにつれ展望が開けるわけではない。しかし、山上の駅舎を出ると、駅前は広々と開け、バスやタクシーが幾台も停まつてゐた。

バスに乗れば、十五分ほどで高野町の中心だが、大門から入りたいので、タクシーにする。ほとんど高低のない山襞沿ひの広い道を行く。十数分で大門前だつた。わたしの背丈ほどの石垣の上に、二層の楼門が聳えてゐた。高さ二十五・一メートル、間口は三間、宝永二年（一七〇五）の再建で、古びた太い柱や梁は朱色の塗料が塗られてゐて、荒々しい。左右には金剛力士像が据ゑられてゐる。さうして、道を隔て嶮《けは》しく落ち込んだ谷に向つて、半ば押し出されてゐるかのやうだ。

その谷の手前の急斜面を斜めに横切つて、右手から「町石道」が上がつて来る。ここからは雲海が見えるはずである。なにしろ海抜八百メートルを越えるのだ。

大門を潜ると、道はやや下りになり、宿坊を備へた寺院と町屋が並ぶ。さうして左側が壇《だん》場《ぢやう》伽藍《がらん》になつた。

中門脇の石段を登ると、金堂であつた。一山の主な儀式がここで行はれる。その背後の右に、根本大塔が朱色に彩られて高々と建つ。わが国最初の多宝塔であり、真言密教の根本道場である。空海がこの高野山を開いたのも、この塔を中心とした聖地を創り出すためであつた。ただし、幾度となく雷火を受け、焼失を繰り返し、現在は昭和十二年（一九三七）に完成した鉄筋コンクリート製である。高さは約四十八・五メートルで、周囲の木立を軽々と越えて、尖端を空へ深々と突き立ててゐる。

中へ入ると、朱の太い円柱が林立してゐた。十六本あり、柱ごと華麗な色彩で菩薩が描かれてゐる。堂本印象の筆で、尊容、印形いづれも微妙に異なる。さうして奥中央に、黄金色も眩しい大日如来《だいにちにょらい》が座してゐた。ここは大日如来の浄土なのである。

再び多宝塔の前に立つてあたりを眺めたが、右側東には不動堂、愛染堂《あいぜんだう》、大会堂《だいゑだう》（法堂）、三昧堂、東塔と続く。左側西には御影堂、准胝堂《じゅんでいだう》、孔雀堂《くじゃくだう》、西塔と並ぶ。そして、御影堂の前には三鈷《さんこ》の松が繁つてゐる。空海が唐から伽藍建立の地を求めて投げた三鈷が枝に引掛つてゐたと伝へられる。

ここからは見えないが、金堂の向ふ側には四社明神、山王院、六角経堂、わたしの背後には不動堂などがあつて、全体で壇場伽藍を構成してゐる。これを中心にして、数多くの寺院宿坊が周囲の谷々を埋めて山上の市街を形成してゐるのだ。

西行が西国の行場にゐた久安五年（一一四九）の五月十二日、根本大塔に落雷、大塔を初め金堂、御影堂などが炎上した。折から覚法《かくほふ》法親王が鳥羽院のため、大会堂——当時は壇場でなく東側の蛇腹路《じゃばらみち》を下つた左側、現金剛峰寺の位置にあつた——で祈つてゐた最中であつたから、早速、鳥羽院に再建を要請、院宣が平忠盛に下され、子息の清盛が担当して工事が始まり、仁平元年（一一五二）三月十九日に上棟が行はれた。西行がやつて来たのは、その直後だつたやうである。

ただし、山上の何処に住み、どのやうな暮らしをしたか、一向に分からない。有力な僧の下に正式な手続きを採つて入門するやうなことをせず、あくまで一介の私度僧、聖の身分に留まり、この中心部には近寄らず、山深い一角の庵に身を置いたと思はれる。

そして、その聖のなかでも、優れた学識を備へた人物を師とし、真言密教について本格的に学んだらしい。真言密教の場合、独学では片寄りがちで、邪道に踏み込む可能性がある。現に『撰集抄』には、高野山の山奥で西行が人骨を集め、人間を造つたが失敗したといふ話が出てゐるが、一歩誤れば、さういふことになりかねないのだ。が、さうはならず、正統なところをきちんと習得したらしい。もしかしたらその師から「大本房円位」の坊号と法名も受けたのかもしれない。

さうしてその翌年の初夏であらうか、西行は「無言行」を修した。「無言なりける頃、郭公の初声を聞きて」の詞書のある歌がある。草庵に籠り、七日なり二十一日、四十九日と日数を定めて、その間一切言葉を口にせずに過ごすのだ。

その歌、

ほととぎす人に語らぬ折にしも初音聞くこそかひなかりけれ　（『山家集』一七九）

無言の行を行つてゐる折も折、郭公の初音を聞いた。誰かに告げたいのだが、無言行の最中、告げることが出来ず、残念だ。

この行はさほど難しいやうに思はれないが、実際は大変困難で、下手をすると生命を失ひかねないものらしい。それと言ふのも、「生身入定」のための最終の行ともされ、覚鑁などは幾度となく修してゐる。そのため理解ある心利いた介助者が必要であつた。

この介助役を、西住が勤めたのではなからうか。醍醐寺で師に付いて修行したことは触れたが、しばらく一緒に高野山にゐたのは確かである。

その無言行だが、最中に歌を詠むことは許されてゐた。念仏を唱へ、経を唱へるのと同様、歌を案じ、書き記すこと、さらに文章を草するなど著作活動も許されてゐた（山田昭全「無言行の歌」）。

そこで西行は郭公の歌を詠み、書き留めたのだが、一旦さうすると、次々と歌が生まれたのではないか。なにしろ日々、言葉といふ言葉を沈黙に押し込め、ひたすら生身入定を心掛けるのである。それゆゑ郭公の声を耳にすると、ふつと歌が生まれた。さうして多分、これを切掛けに、幾つも歌が出来もすれば、これまで詠んだ郭公の歌の数々も浮かんで来たらう。例へば『山家集』の最後に収められた百首に郭公十首（一四六三〜七二）があるが、それがさうだつたのではないか。

さうして、それらを書き付けて行くうちに、郭公だけでなく、さまざまな歌題の歌が浮かんで来て、とめどがなくなり、それらを記録し整理しようといふ思ひも生まれた……。

筆者の勝手な夢想だが、郭公に引き続いて花、月、雪、恋、述懐、無常、神祇、釈教、雑と、それぞれ十首づつ、まとめるやうなことをしたに違ひない。

その中の述懐十首だが、先に引用した出家を決心した折の歌「いざさらば盛り思ふもほどもあらじ藐姑射が峰の花にむつれし」に始まり、「雲につきてうかれのみゆく心をば山にかけてをとめんとぞ思ふ」と、僧となつてからの自分の心の変化を見詰め、それから今後の自分の在り方を思ひやる構成になつてゐる。これなど高野山中で、真言僧として本格的に歩み出すとともに、歌にも取り組み始めた際の営為として、いかにも相応しいやうに思はれる。

その十首は、かう締め括られる。

　　ふりにける心こそなほあはれなり及ばぬ身にも世を思はする　（『山家集』一五一二）

平凡とも言へる歌だが、「心」に拘りつづけ、それを歌に詠み、書き記すことによつて、自分とは何か、この世とは、歌とは、と考へ巡らす姿勢が窺へよう。さうして非力なわが身と思ふものの、この生の世界について、改めて考へようとする。

そこから、誰もが名歌と認める歌も、およそ歌の枠組みからはみ出した勝手至極の歌も、生まれて来た……。

＊

二度目の大峰入りをしたのは、この無言行を果たし、いまも触れた歌への覚悟とでも言ふべきものを定めて、間もなくだつたらう。

正式の順路とされる熊野本宮から入つた。

その大峰入りを扱つた歌が『山家集』には、すでに引用したものを含めて十六首（一一〇四から一一九）収められてゐる。ただし、どれが初回か次回か分からないし、回峰順にしてもよく分からない。その上、月がよく採り上げられるが、常に満月かそれに等しく、実際に眺めた姿形とは考へにくい。

いづれにしろ実体験の域を越えたところで、詠まれてゐるのだ。ただし、実際に行に汗をしと ど流した者ならではの、生々しさも間違ひなくある。

蟻の門渡りと申す所にて
笹深み霧越す岫《くき》を朝立ちてなびきわづらふ蟻の門渡り　（『山家集』一一一六）

蟻の門渡りとは山上ヶ岳近くの難所のひとつ。笹が深く繁り霧が絶えず吹き過ぎるところにある洞窟を朝早く出て、いよいよ取り掛かるのだが、身を伏せ這ふやうにしなければならず、行き煩ふ。

体力に恵まれ、十分に鍛えてゐるのだが、それでも容易でなかつた。

倍伊知《へいち》と申す宿にて……

こずゑ洩る月もあはれを思ふべし光に具して露のこぼるる　（『山家集』一一一〇）

梢から漏れて差し入る月の光の、なんとも言へない趣を想像してみてほしい。青くきらめきながら露が水滴となつてしたたり落ちて来る。さうしてわたしもまた、その光を宿した涙で袖を濡らす。

この感動は、初回の笙の岩屋での詠歌に照応しよう。

月澄めば谷にぞ雲は沈むめる峰吹きはらふ風に敷かれて　（『山家集』一一〇六）

入山者が灌頂《くわんぢやう》を受ける深仙《しんせん》での詠である。峰を激しく吹き過ぎる風によつて雲は吹き払はれ、押し敷かれ、谷に沈み、月はその上に澄み渡つてゐる。

この明々と輝きわたる月こそ、最も望ましい己が心の在り様である。妄念は妄念として絶えずむらむらと群れながらも、抑へられ鎮められて、仏性が明々と顕現してゐるのだ。

そして、

身に積もる言葉の罪も洗はれて心澄みぬる三重《みかさね》の滝　（『山家集』一一一八）

人たるもの、「三業」――身（身体）、口（言語）、意（心）の働きによつて、罪を重ねずにはをれないが、三重の滝に打たれると、その罪が清められる。なかでも言葉の罪が洗ひ清められて、心もすつかり澄む。

こんなふうに大峰の要所要所で詠んでゐるのである。それも「三業」のうち、言語による罪に最も関心を払つてゐるのが注意されよう。歌人として生きることを明確に意志し始めるとともに、先に否定はしたが、やはり「狂言綺語」の罪を意識するやうになつたのであらう。

もつとも密教には、三密といふ概念があり、得道のためこの身・口・意を一体的に働かせなくてはならないとする。具体的には身では印を結び、口では真言を唱へ、意では仏を観想するのである。その真言を唱へることに、歌を案じ詠むことが何ほどか係はる。

かうして二度目の大峰入りも、あとは山上ヶ岳を越えれば吉野といふ小篠《をざさ》の宿に至つた時、行尊の院号と大峰入山の年月が書かれた卒塔婆を見つけた。行尊の代表歌といへば、大峰で詠んだ「もろともにあはれと思へ山桜花よりほかに知る人もなし」だが、いまは紅葉がさかんに降りかかつてゐた。

あはれとて花見し峰に名を留めて紅葉ぞ今日は共にふりける　（『山家集』一一一四）

自然と一体になると簡単に言ふが、峻烈な行場で春から秋の深まるまでを過ごし、今、行尊の名を記した卒塔婆とともに降りしきる紅葉を浴びてゐるのだ。

八　根本大塔を仰ぎつつ

根本大塔の上棟が行はれた翌年の仁平二年（一一五二）の夏、京も八條の平忠盛邸泉殿で開かれた小宴に、西行が出席した。その折、歌を詠んだ。

さ夜ふけて月に蛙《かはづ》の声聞けばみぎはも涼し池の浮草
（『聞書残集』三二）

なんの変哲もない挨拶の歌だが、これによつて月の明るい夏の夜は、涼やかで晴れがましいものとなつた様子である。

この小宴は、根本大塔の内部の仏画制作のため、工事全体を請け負つた清盛を初め、高野山の関係者と絵師らが顔を合はせるためのものであつたと思はれる。その席に、どうして西行が出たのか。

多分、非公式に鳥羽院を代理してであつたらう。側近の誰か、あるいは前出の前斎宮守子女王あたりを通して依頼されたのではないか。忠盛（仁平三年一月に死去する）宛に院宣を出してゐたから、院自身、気にかけてゐたのだ。

打合せの事案だが、大塔内部の円柱十六本に菩薩を描き、四隅の壁には密教を伝へた八祖像を掲げるのである。同時に再建した金堂の巨大な曼陀羅《まんだら》二面——清盛が自らの血を含ませて筆を入れたため血曼陀羅と呼ばれるやうになる——も含まれてゐただらう。

かうして西行は、再建事業に深く関与することとなつたが、それとともに高野山における位置は、独特なものとなつた。高位の役人でも正式の僧でもないのに、誰もが憚らなくてはならないのである。

ただし、当時の一山は、なほも対立抗争が燻《くすぶ》りつづけてゐた。

すでに触れたが、鳥羽院が支援した覚鑁の率ゐる大伝法院方と、旧来から中心となつて来た金剛峰寺方が対立、去る保延六年（一一四〇）十二月の流血事件で、覚鑁は根来へ去り、大円明寺を建立したものの、康治二年（一一四三）十二月には死去した。それにも拘はらず、対立は依然として収まらずにゐた。

だから、鳥羽院に繋がる西行は、大伝法院方と見なされただらうが、支援を受けるためには大事にしなければならない存在であつた。加へて西行の一族佐藤家からは、半世紀ほど前になるが、高野山中興のひとり明算《めいさん》（十二代検校、二十代座主）が出てゐた。そのため、これまた蔑ろに出来ず、金剛峰寺方は対応に苦慮した。それをよいことに西行は、かなり勝手な振る舞ひをした様子である。

壇場伽藍を東へ蛇腹路《じゃばらみち》を下つた左手に、現在は金剛峰寺・高野山真言宗の総本山があるが、当時はその東半分に保延六年の事件の跡を留めた、覚鑁が建立した大伝法院があつた。そして、その並びの西、根本大塔のちやうど裏が弘法大師の旧居住地で、明算もゐた中院があり、清々しく整へられ、威を示してゐた。

その格式張つたところに、多分、仁平三年の初夏であつたらう、西行がふらりとやつて来て、歌を詠みかけた。

桜散る宿をかざれるあやめをば花菖蒲《はなさうぶ》とやいふべかるらん　（『山家集』二〇二）

院内には菖蒲で屋根を葺いた建物があり、遅咲きの桜がそこに散りかかるといふ、高地ならではの情景を出現させ、評判になつてゐた。そこでこれこそ本当の花菖蒲ですね、菖蒲に桜の花、やはり趣のある院です、と言つたのである。これに中院側は困惑した。なにしろ駄洒落といふよりほかない歌を突きつけられたのだから。

そこで稚児が対応した。

散る花を今日のあやめの根に掛けて薬玉《くすだま》ともやいふべかるらん　（『山家集』二〇三）

菖蒲に花が散りかかつてゐるから「花菖蒲」と言ふのじやつまらないね。端午《たんご》の節句に用ひる菖蒲などで作る薬玉のやうだ、とでも見立てた方がよつぽど気が利いてゐるよ。

人を食つた挨拶に対して、相応しい応答である。才気煥発の少年ならではのこの返歌を西行は喜び、『山家集』に残したが、当時、大寺院には教養も豊か、才知優れた美少年がゐた。じつはその評判の美少年を確認するのが目的で、出掛けたのかもしれない。三十代の半ば、まだまだ稚気もあつたのである。

＊

この秋には、西住が高野山を去つた。

その際のことを思ひ出して、詠み送つた歌がある。少し長い前書きがあるので、まづそれを引くと、

高野の奥の院の橋の上にて、月明《あか》かりければ、もろともにながめ明かして、その頃、西住上人京へ出でにけり。その夜の月忘れ難くて、また同じ橋の月の頃、西住上人の許へ言ひ遣はしける

高野山の奥の院の橋といへば、正面奥に空海の廟が見えて来るあたり、玉川を石畳道が渡る石の橋である。川下の流れの中には水灌頂《みづくわんぢやう》のため卒塔婆が立て並べられてゐる。この一帯は老杉が高々と密に聳えて月を見るのが難しいが、橋の上ばかり隙間があつて、仰ぐことが出来たのだ。

そこから一緒に月を眺めたのが忘れられず、再び月が満ちると、橋の上へ赴き、歌を詠み送つた。

ことゝなく君恋ひわたる橋の上にあらそふものは月の影のみ　（『山家集』一一五七）

いつものやうに君が恋しくて、一ヶ月前一緒に過ごした橋の上に行つてみたが、いまは、月光の明るさだけが際立つてゐるよ。

男女の間に交はされる恋歌にも紛ふところがあるが、志を同じくし、信頼し打ち解けあへば、かういふところまで行くのだらう。既述のやうに院政期は同性愛が盛んであつたから、その現はれと見る人がゐるかもしれないが、この月は、これまで見て来たやうに菩提心の比喩とするのが妥当だらう。独りになつたが、あなたと競ふ思ひで、いまも菩提心を得ようと努めてゐますよ、といつてゐるのである。

この歌に対する西住の返歌。

思ひやる心は見えで橋の上にあらそひけりな月の影のみ　（『山家集』一一五八）

あなたのわたしへの気持は分かりませんが、あの橋の上で受け止めようと競ひあつた、あの月の光ばかりはしつかり覚えてゐますよ。お互ひに菩提心を得ようと一途に競ひ合ひましたね、そのことは忘れずにゐませう、さう言つてゐるのだ。厳しい求道心を共にする友だつたのである。

それだけに西住が去ると、寂しいといふ以上に、道を求め挑む気持が萎える思ひをしたのかもしれない。

＊

再び大阪の難波駅から南海電鉄の特急に乗つた。そして、今回は橋本駅で降り、和歌山線の和歌山行に乗り換へた。一時間に一本あるかなしかの運行である。

北側右手には穏やかな表情の葛城《かつらぎ》・和泉《いづみ》山脈がつづく。越えれば和泉・南河内であり、南側左手の紀ノ川との間は、こころもち南へ傾いた高燥肥沃な地帯である。このため早くから開け、豪族たちが割拠した歴史がある。

二つ目の高野口の駅前には、木造総三階の巨大な旧旅館があつた。ガラス戸が三層にわたつて一面に閉切《たて》られ、無人のまま静まつて、言ひやうのない威容を示してゐる。昭和五年（一九三〇）、南海電鉄のケーブルが開通するまでは、参詣の人々は鉄道でここまで来て一泊、紀ノ川を渡り慈尊院へと渡つて行つたのだ。

その先、四つ目の笠田駅で下車、駅前から地元集落が運営するマイクロバスに乗る。紀ノ川を越え、山間へと深く入つて行く。二十分ほどで、先にも触れた丹生都比売《にうつひめ》神社前に着いた。

朱塗の大鳥居を潜り、朱塗の太鼓橋を渡る。

かつてこのあたりには仏堂もあつたはずだが、いまはない。比叡山の日枝社同様、神仏分離が厳しく実施されたのだ。

奥には八棟の社殿が並ぶ、古い形式であつた。お祓ひを受ける団体と一緒に、その前に座らせてもらつたが、山上から降りてくる冷気が身に染みた。

大鳥居前へ戻ると、アスファルト道を西へ歩いた。田畑が広がり、山中であるのを忘れさせる広がりを持つ盆地である。標高四百六十から八十メートルの高地で、寒冷だが、いまでは稲作も行はれ、収量は平地に劣るものの、味がよく、人気があるらしい。

平安時代の後半になると、高野山の台所を預かる行人方《かうじんかた》の一部が住み着き、経済的にも政治的にも重要な拠点となつたから、耕作地も広がつた。さうして山上へ立ち入ることの出来ない女人たちが尼となつて庵を結んだ。純粋に信仰からの場合もあれば、山に入つた男との縁なり、老いの末の終の棲家としてであつた。

その女人のなかに、中納言局がゐた。待賢門院の落飾後、自らも出家、小倉山の麓に住んでゐたが、やがて住み飽きると、ここに移つて来たのである。

そして、西行の妻もやつて来た、と言はれる。

確かにここなら、佐藤家の本拠田仲荘に近く、紀ノ川の水運で結ばれてゐたから、弟仲清らから普段の援助を期待出来た。そして、いまも言つた中納言局がゐたし、他にも都から来た女人たちが少なからずゐた。

十分ほど歩くと、左手すぐの小高くなつたところに、地蔵堂とも見える小さな御堂があり、「西行庵」と標示が出てゐた。

上がつて行くと、男ひとり起き伏し出来る広さもない、建物だつた。その向つて右側の低く窪んだところに、小さな石塔とも石塊とも見えるものが並んでゐて、突き立てた木の切れ端に、西行の妻と娘の墓と書かれてゐた。

どう見ても近年の所業だが、妻に次いで娘がやつて来て、髪を下ろして住み、生涯を終へたと、鴨長明『発心集』にはある。娘は母の縁者に預けたが、奉公人扱ひされてゐるのを知り、西行が連れ出し、出家させた。すると娘は天野に母を訪ね、「同じ心に行ひ」過ごしたといふ。

いづれにしろこの地には、西行に縁のある女人が何人かゐて、山上からしばしば訪ねたのは確かである。中納言局がさうだし、同じ仲間の帥局《そちのつぼね》が京からはるばると訪ねて来ると、帰り道には粉河寺《こかはでら》へ案内した。当時、粉河寺は京の貴族たちの間で人気のある参詣社寺であつた。

＊

天野からマイクロバスで笠田駅へ戻ると、再び和歌山線に乗り、三つ目の粉河駅で降りた。当時は、紀ノ川を下る舟を使へばすぐであつた。

駅前からの参道は、小ぎれいな商店街として整備されてゐたが、店のほとんどはシャッターを降ろしてゐる。粉河寺は千三百数十年前の宝亀元年（七七〇）の創建で、当時から参詣者を集め、やがて西国三十三ヶ所の第三番となり、賑はつて来た歴史を持つが、いまや電車でやつて来る人は皆無に等しい。土産用の銘菓を商ふ老舗ばかりが店を開けてゐる。

前方に二層の楼門が見えて来た。秀吉の根来攻めによつて焼失、宝永四年（一七〇七）に再建されたものである。

楼門横に土産屋があり、緋毛氈《ひもうせん》の床几《しやうぎ》に腰を下ろした中年の女二人が、柿の葉鮨を食べてゐた。

その先で、参道は小川沿ひに右手へゆるやかに曲がり、左側には古びながらも優美な御堂が並ぶ。まづ不動堂、次いで御池坊・童男堂《どうなんどう》である。絵巻『粉河寺縁起』によれば、ここに千手観音が出現したのだ。

地元の猟師大伴孔子古《くすこ》がある日、いつものやうに木の上に隠れて猪を射ようと構へると、尋常でない光が地に閃いた。下へ降りて確かめようとすると、消える。しかし、元の場所に戻ると、また、光る。貴いなにかがこのあたりにおはすと考へ、彼はその場に柴や茅で方丈の堂を作つた。その数日後、傍らの池から童が現はれ、一夜の宿を求めた。快く泊めると、お礼に願ひ事を叶へてあげると言ふので、柴や茅の粗末な堂へ案内、祀るべき貴い像を願つた。童は七日後にここへ来るやうにと言ひ置くと、堂に入つた。さうして七日後、孔子古が堂の扉を開けると、等身の千手観音像が黄金に輝いてゐた……。

この像を本尊とし、池から現はれた童を童男大士と名付けて小堂に祀り、粉河寺としたといふのだが、猟師が先導役を勤めるのは、高野山の開山伝承と同じである。信仰風土を同じくしてゐるのであらう。

童男堂の塀に窓が開いてゐて、覗くと、古い屋敷の庭園といつたふうの、小さな池があつた。

西行は幼少期からこの寺院に馴染んでゐた。田仲荘から五キロほど、馬ならひと走りである。帰郷する度に連れて来られたのではないか。さうして帥局一行にはその縁起譚を語つて聞かせたらう。

中門をくぐり、奥の石段を上がつて行くと、堂々とした本堂が現はれた。保延四年

（一一三八）に佐藤家代々の主である徳大寺家の公能がこの近くの所領を寄進、鳥羽院の祈願所としたから、美々しく整備されて、まだ間がなかつた。

その本尊はいまや秘仏とされ、わたしは拝むことができなかつたが、帥局一行は、思ふままに仰ぎ見て、後生を願つた。

＊

粉河駅から西へ二つ目の打田《うちた》駅で降りた。

ここに紀の川市役所があり、古くから北紀伊の中心である。山手側を西へ少し行くと、国分寺跡がある。二町（約二百二十メートル）四方の境内を持つが、いまは講堂跡に元禄年間に建てられた本堂がぽつんと建ち、離れて歴史民俗資料館があるだけである。

その展示をざつと見て、市役所の近くまで車で戻つて来ると、このあたりが台地をなし、紀ノ川へ向け迫り出してゐるのが分かつた。

その台地の先端近く、東田中神社があつた。村の鎮守といつた風情で、建物は古くないが、北隣には弥生時代中・後期の建物跡と、中世の灌漑施設が見つかつてゐる。

道は緩やかな下りになり、真直ぐ伸びた先、彼方に橋が見えた。紀ノ川に架かる竹房橋である。渡つたところで山に突き当るが、そこから高野の山地になる。

その坂を下り始めてすぐ右側、狭い駐車場に像が立つてゐるのに気づいた。笠を被つた法師姿である。駐車場に車を入れ、寄つて行くと、西行立像であつた。等身よりやや大きく、芭蕉像そつくりである。芭蕉は西行に倣つたが、いまや逆で、芭蕉に準《なぞら》へて西行像が造られてゐる気配だ。

このあたり一帯が、西行の祖先の地、佐藤家の本貫の地、田仲荘であつた。城塞と言つてもよい建造物もあつたらしい。

紀ノ川の流域が広く見渡せた。多分、その頃は舟が盛んに行き交つてゐたのだ。川上には橋本や五條の町があり、さらに上がつて行くと吉野に至り、大和へ通じる。川下には和歌山の町があり、海へ出れば、淡路島も四国も難波も遠くなく、瀬戸内海に繋がる。

川舟を見張り、関料を取り立ててゐたのだ。佐藤家は、先程見て来た国分寺にも負けない、堂塔を備へた氏寺を建立したらしいが、鳥羽院のための「成功」の資も、もつぱら関料に拠つたのではないか。

ここに立つてゐると、平安京では遠く隔たつて感じられた高野山が目の前、そして吉野、熊野も近所である。そして、背後の山脈を越えると和泉・河内だから、京もそんなに遠くは思はれない。土地土地にそれぞれの地理感覚があるのだ。

西行がごく気軽に京と高野山や吉野の間を行き来したのも、このためかもしれない。

ここ田仲荘は、もともと佐藤家が開いた領地であつたが、十世紀後半には、摂関家（京極殿・藤原頼通の子師実）に寄進、自らはその「預《あづかり》」となつて、実際的に領有しつづけて来てゐたやうである。

時折、傍らの道を車が走り過ぎて、竹房橋へと向つて行く。その橋のすぐ手前がやや低くなつてゐるのに気づいた。窪と呼ばれてゐるところで、このあたりから川下にかけ低地が広がり、しばしば川水が入り込んで来たから、肥沃であつたが、時には流路が変はり、対岸の荒川荘と境界争ひの種子となつた。

その荒川荘だが、鳥羽院によつて美福門院の領有とされ、美福門院は高野山に寄進したため、この境界争ひは、美福門院、次いで高野山を相手とすることになつた。西行の跡を継いだ仲清は強硬な姿勢に終始したから、事態は深刻になつて行くばかりで、それを西行は黙つて見守つてゐなくてはならなかつたのだ。

＊

田仲荘を中心に考へると、東に粉河寺があり、西のほぼ同じ距離に根来寺《ねごろじ》がある。先にも触れたとほり高野山を追はれた覚鑁が開き、死後には新義真言宗の本山となつて、大いに教勢が振ひ、大勢の僧兵を抱へ、産業が振興、室町末期には鉄砲を製作、豊臣秀吉と対峙したことで知られる。その秀吉の攻勢はすさまじく、大半を焼かれたが、いまではほぼ再建されてゐる。

もつとも覚鑁在世中は、まだ根来寺の呼称はなく、円明寺《えんみようじ》と言ひ、康治二年（一一四三）閏二月の落慶法要には鳥羽院が臨席した。西行の出家がもう三、四年後なら、この行幸に付き従つてゐたらう。

帥局一行の道筋から外れるが、立ち寄ると、大門からかなり歩かなくてはならなかつた。多分、この両側に塔頭の寺々が並んでゐたのだ。この広壮さからも、覚鑁の構想の雄大さが知られる。

一山の中心は、大塔と大伝法堂であつた。まづ大塔だが、高野山の根本大塔そのままの形で、一回り小さく、高さは四十メートル、天文十六年（一五四七）に完成した、現存する木造多宝塔のなかでは最大である。瓦屋根の庇を四方に思ひ切り突き出し、四隅を跳ね上げ、塔身は丸く絞られ、白漆喰壁の亀腹とその上に巡らされた欄干が繊細さを感じさせる。

大伝法堂となると、一段とスケールが大きい。堂内は修法の道場にふさはしく、余計な装飾がない広大な空間で、正面に巨大な黄金に輝く仏像が三体、据ゑられてゐる。中央に大日如来座像、右にわづかに小さめの金剛薩埵《こんがうさつた》、左に尊勝仏頂尊《そんしようぶつちやうそん》の座像である。光背として黄金の丸い棒が十数本、放射状に取り付けられてゐる。

京都や奈良の仏像を見慣れた目には、やや異様である。姿形は違ふが、吉野蔵王堂の権現像に通じる、激しい力感を秘めてゐる。

その前、左右に大きな花瓶が据ゑられてゐたが、なんとも豪快に、大きな松が一本づつ投げ込まれてゐた。

かういふ大伝法堂を、覚鑁は、鳥羽院の支援を得て、まづ高野山に建てたのだ。最初は、宝形造一間四面のささやかな堂であつたが、大勢の僧たちが参集するやうになつたので、三間四面檜皮葺の大きさとし、いま目の前にしてゐる三体を中心に、幾つかの仏像を安置して、しばしば盛大に修法と講義を行なつた。

いまもここにゐると、覚鑁といふ空海の真の後継者たらんとした強力な一人格の存在が、なまなましく感じられてくる。

多分、西行も、鳥羽院同様、この覚鑁にこころを掴まれたのだ。高野山にやつて来て、早々に無言行を行つたのも、覚鑁を意識してであつたかもしれない。

覚鑁が高野山の密厳院《みつごんゐん》で金剛峰寺方に襲はれた時、無言行の最中で、不動尊と化してをり、不動尊像と並んでゐたため、衆徒は区別がつかず、鏃《やじり》で膝を突いたところ、双方から出血、驚き恐れた衆徒は退散した、と伝へる。もつともかういふ伝承が成立するまでには間があつたやうだが、空海が奥の院の石室のなかで無言行を行じ、生身のまま入定してゐると覚鑁は信じ、倣はうとしたのだ。

西行にしても、これに近い志向を一時、抱いたと思はれる。やがて讃岐に空海の足跡を追ふのも、さうした思ひと繫がるのだらう。

＊

帥局一行の方は、粉河寺の参詣をすますと、かうした機会はまたとないからと、西行の案内で、いま一つ当時の名所であつた吹上の浜へ向つた。

足弱の老女たちが中心であつたが、粉河から紀ノ川を舟で下れば、田仲荘も過ぎて、一気に行くことができる。

今や河口付近は、コンクリートと鉄の港湾設備によつて占拠され、面影がまつたくないが、紀淡海峡に面した磯の浦から雑賀《さいが》山にかけて絶えず強風が吹きつけ、波と砂が吹き上げられ、霞が棚引くやうな景観をなし、吹上の浜と呼ばれ、古くから名高かつた。宇多天皇の後宮の歌合では、洲浜《すはま》に作られ、菅原道真の歌「秋風の吹き上げに立てる白菊は花かあらぬか浪の寄するか」が添へられるといつた趣向が凝らされたりした。

一行が目的地に近づいた頃、にはかに強い雨風が襲つた。輿に乗り換へ、やうやく到着した。

天降《あまくだ》る名を吹上《ふきあげ》の神ならば雲晴れ退《の》きて光あらはせ　（『山家集』七四八）
苗代に堰き下されし天の川とむるも神の心なるべし　（『山家集』七四九）

後の歌は、能因が干天に際して降雨を祈願、詠んだ「天の川なはしろ水にせきくだせあまくだります神ならば神」（『金葉和歌集』雑下）を踏まへてゐる。これは後世、歌舞伎「鳴神」に用ひられるなど有名だが、それを西行は逆に止雨祈願に転じて詠んだのである。

するると急に風が変はり、雲が晴れ、うらうらとした日和となつた。

「末の世なれど、志いたりぬることには、しるしあらたなりける」。末世だが、志を尽くせば霊験が顕はれる。これも和歌の神のお陰と、人々は言ひ合つた。西行は天気まで味方につけ、遠来の客のご機嫌を見事に取り結んだのである。

さうして、和歌浦が近かつたので、そちらへも足を伸ばし、和歌の神の玉津島《たまつしま》明神の社に詣でた。

かうして帥局の一行は、紀伊国ならではの一日を過ごすと、京へ帰つて行つた。西行にとつても、歌を詠んで霊験を顕したかと思はれた出来事は、偶然と思ひながらも、忘れられないこととなつた。

＊

高野山上は秋が早く、早々にひつそりするとともに、修行地としての相貌をあらはにする。

京から、いつ下山して戻るのかと問ふ便りを受け取つたひとから、どう返事をすればよいでせう、と相談を受けると、西行は、即座にかういふ歌を示した。

山水のいつ出づべしと思はねば心細くてすむと知らずや　（『山家集』一一五〇）

いつ下山するかなどといつたことを考へず、心細い思ひをしながら住んでゐるから、山水のやうに清く澄むのです。そのことをご存じないのですか。

これはそのまま、西行の確信でもあつたらう。やはり「心細い」思ひをしながら、それに耐えるのが、なによりも修行になると、自らを励ましつづけて来てゐたのだ。

影うすみ松の絶え間を洩り来つつ心細しや三日月の空　（『山家集』一一五一）

かうも詠んでゐる。

さうした気持からであらう、大原に籠る寂然へ歌を書き送つた。

大原は比良の高嶺の近ければ雪降るほどを思ひこそやれ　（『山家集』一一五五）

雪がちらつき出すとともに、心細さも募る。大原にゐるあなたなら、いつも雪が降る比良山を近くにしてゐるから、分かつてくれるでせう。

さうして、「山深み」を頭に据ゑた十首（一一九八〜一二〇七）を書き送つた。そのなかから、

山深み窓のつれづれ訪《と》ふものは色づきそむる黄櫨《はじ》のたち枝　（『山家集』一二〇〇）
山深み苔のむしろの上にゐて何心なく啼《な》く猿《ましら》かな　（『山家集』一二〇一）
山深み岩にしだるる水溜めんかつがつ落つる橡《とち》拾ふほど　（『山家集』一二〇二）

一山の者たちが尊重しないわけにはいかない立場にありながら、西行は、粗末な庵を山深くに結んでゐたのだ。黄色く色づいた黄櫨の葉が窓から差し覗きもすれば、猿の鳴声が鋭く耳を裂き、橡の実がばらばらと落ちて来ると、それを拾ひに出て、その足で水桶で水を運ぶ。

さうかうするうちに季節が一段と深まる。

山深み真木《まき》の葉分くる月影ははげしきもののすごきなりけり　（『山家集』一一九九）
山深み木暗き峰のこずゑよりものものしくもわたる嵐か　（『山家集』一二〇四）

寂然からは、やはり十首の歌がもたらされたが、こちらは結びがいづれも「大原の里」となつてゐた。

あはれさはかうやと君も思ひやれ秋暮れがたの大原の里　（『山家集』一二二一）
もろともに秋も山路も深ければしかぞ悲しき大原の里　（『山家集』一二二七）

「かうや」がかうである意と高野を懸けてゐるのは言ふまでもない。こちらは比叡山麓の里ではあるが、山深い高野に劣るものでは決してないと主張してゐるのだ。

かうした独居が、一段と孤独のうちへ深く降りて行かせ、詠歌へと向はせたのである。

九　保元の乱

都と高野山との間を、西行はしばしば往復した。もつぱら再建なつた根本大塔や金堂を荘厳《しやうごん》するため、絵画や仏具、曼陀羅などを調達するためであつたが、時には嵯峨野の庵に滞在することがあつた。

その庵を正二位右大臣の源雅定《まささだ》が訪ねて来たのは、多分、仁平三年（一一五三）の秋であつた。西行より二十四歳も上の六十歳で、太政大臣に上り詰めた雅実を父とし、本人も有能で、和歌や舞楽にも優れ、人の受けのよい人物であつた。

この来訪は、雅実の従姉妹の堀河局か兵衛局の仲介であつたらう。対座すると、出家を望んでゐる旨を打ち明けた。健康も官職も問題でなく、後世を考へてのことだと言ふ。

その夜は月が明るく、語り合つて尽きることがなかつた。さうして明けると、帰つていつたが、かういふ歌を届けて来た。

よもすがら月をながめて契り置きしその睦言に闇は晴れにき　（『山家集』七二二）

きぬぎぬの別れの後の歌といふ仕立てだが、よほど打ち解けて語り合つたのであらう。出家すべきか留まるべきか、思ひ迷つてゐましたが、やうやく決心がつきましたと言つて来たのである。

西行はかう返した。

澄むといひし心の月し現はればこの世も闇は晴れざらめやは　（『山家集』七三三）

心が澄み、菩提心が満ちて望月の形で現はれたなら、この世の闇が晴れないわけがありません。

雅定はすぐに辞職を願ひ出たが、鳥羽院は許さなかつた。左大臣の藤原頼長も引き留めた。しかし、翌年五月二十八日、右大臣を辞して出家を遂げた。

貴族社会の最上層の人までが、西行の許へやつて来て出家を相談するやうになつてゐたのである。

もつとも雅定の場合は、院に出家を反対されたといふ事情があつたのかもしれない。そこで院の反対を押し切つて出家した西行に、当時の経緯を詳しく聞かうといふ意図があつたのだらう。

＊

この頃、近衛天皇が病に苦しんでゐた。

そして、久寿二年（一一五五）七月二十三日、崩御した。在位十四年、十七歳であつた。崇徳天皇を無理に譲位させ、待賢門院から美福門院の時代になつてゐたのだが、子をもうけることもなく、早々の死であつた。

美福門院の悲しみは深く、鳥羽院も少なからぬ打撃を受け、後継に苦慮した。その結果、鳥羽院と待賢門院璋子の間の第四子雅仁《まさひと》親王をもつて後白河天皇とした。

雅仁親王はおよそ位に昇るべき存在と考へられてをらず、本人も今様に狂ふなど、気ままに過ごしてゐたから、意外感をもつて迎へられた。一方、崇徳院は、再び絶望の淵へ突き落とされた。近衛天皇の即位によつて、一旦は自らが院政を執る望みを断たれたが、その死によつて、子の重仁《しげひと》親王の即位が有力視されるやうになるとともに、院政の主となる可能性も高くなつてゐたのだ。

崇徳院としては院政を執り、やり遂げたいことが幾つもあつた。今一度の勅撰集の編纂もその一つであつた。『詞花和歌集』は仁平元年（一一五二）に、奏覧されたが、規模が小さく、同時代の歌は一人一首と限つた上、人選も厳しく、有力と考へられてゐた人たち、西行が歌稿を見た公能や寂超らも入集せず、不満の声が高くなつてゐた。

さうした中、近衛天皇の葬礼が行はれ、船岡山の西野（現在の京都市北区紫野花ノ坊町）で、遺骸が茶毘《だび》に付された。八月一日のことで、翌日には、近くの知足院《ちそくゐん》に遺骨が収められた。なほ、既述のやうに八年後に鳥羽・安楽寿院内の塔に改葬される。

この報を西行は高野山で聞いたのであらう、急いで京に出ると、知足院での後の仏事に加はつた。

参列したのは故人や母の美福門院に仕へた女房たちが中心であつたが、近衛天皇の下、蔵人を勤め、出家した寂然（頼業）もゐた。

船岡山が近いこの一帯は、草が繁り、露深かつた。


みがかれし玉のすみかを露深き野辺にうつして見るぞ悲しき　（『山家集』七八一）

朝廷の儀礼を心得た者としての、心くばりが行き届いたものであつた。仏事をともにした人たちも、心慰められる思ひをした。

しかし、その「みがかれし玉のすみか」を巡つて、大方の人々が予想しない許へ皇位が転がつて行き、これから先、如何なる不測の事態が起こるやもしれないと、危惧の念を深める人々が少なくなかつた。

雅定が鳥羽院や頼長の制止を振り切つて出家したのも、あるいはその気配を感じたからであつたかもしれない。

＊

後白河天皇の即位は、明らかに美福門院と摂関家の忠通、そして鳥羽院の側近信西《しんぜい》の思惑からであつた。

もし崇徳院の重仁親王が即位すれば、崇徳院が院政の主となり、美福門院が退けられるのは確実であつた。忠通は娘聖子を崇徳院の中宮に入れてゐたが、その間に子がなく、他の女の腹に生まれたのが重仁親王であつたから、歓迎は出来なかつた。そして信西は、地位の低い身分であつたから権勢を握るのが難しくなると判断したと思はれる。

もつとも後白河の在位は短期間とし、美福門院が引き取つて養育してゐた後白河の子守仁《もりひと》に譲ることを確約させた。多分、後白河を信頼できなかつたためであらう。

この決定を、崇徳院は受け入れることができなかつた。なにしろ自身が鳥羽院の第一子であつたから、その子の第一子重仁が皇位を継承するのは当然と考へたからである。これは政治権力への野心といふよりも、天皇なり院政の座に血統正しい者が就いてこそ、この世は治まるといふ信念に基づいてゐた。また、さう図るのが天皇の位を踏んだ者としての使命とも考へてゐたと思はれる。歌の振興に情熱を傾けて来てゐたのも、その思ひと繋がつてゐた。

さういふ時になつて、囁かれるやうになつたのが、崇徳院は鳥羽院の「叔父子」だといふ噂であつた。『古事談』に見られる記述（角田文衛『椒庭秘抄《せうていひせう》』が検証したかたちになつてゐるが再検討の必要がある）だが、これが如何に深い傷を、崇徳院に負はせたか、言ふまでもあるまい。鳥羽院の第一子であることに疑問符がつけられたのだ。その上、母待賢門院を汚辱の淵に陥れる、悪辣な噂であつた。

この時期、同様の恐るべき効果を発揮した噂が、もう一つあつた。近衛天皇は眼病を患らひ、死に至つたのだが、愛宕護山《あたごやま》天公像の目に釘を打つて呪詛した者がをり、犯人は忠実と頼長の配下の者だと囁かれたのである。

これを耳にした鳥羽院と美福門院が激怒、頼長の内覧（摂政として実質的な業務）を停止、替はつて忠通を摂政に任じたと言はれる。これほど効果的に、権力の頂点の二人を怒らせる噂はなかつたらう。

その噂の発信元だが、これによつて最も得をした忠通だとする見方が有力である。ただし、忠通はすでに述べたやうに、必ずしも陰湿な策謀家でなく、崇徳院によつて「久安百首」の詠進者に選ばれるなど、歌人としてそれなりの地位を占め、政務にも勤勉であつた。が、父忠実の憎しみを買ひ、排除されたのに対抗して、つぎつぎと謀略を繰り出したのは間違ひないところらしい。腹心にさういふ者がゐたのだらうか。あるいはすべて信西の計らひであつたかもしれない。

かうして鳥羽院・後白河天皇に対し崇徳院、摂関家の父と子の忠実・頼長に対し忠通の二組が対立、各々が手を結ぶことによつて激化、そこに権謀術数が十重二十重と絡まつて、一段と亀裂を深めた。

この事態は、これまでのやうに皇族と貴族の枠内に留まつてゐれば、時の経過とともに解消したかもしれないが、そこに武士が結び付いたのである。こちらもまた複雑な利害と対立関係を抱へ、それぞれに皇族・公卿たちに深く食ひ込んでゐた。

そのため権謀術数の応酬が、武力を頼むことになり、武力衝突を招来する状況となつたのだ。

さういふ折も折、鳥羽院の健康が著しく衰へた。

*

保元元年（一一五六）四月、根本大塔が完成、落慶法要が行はれた。清盛も西行も参列したと思はれる。

その後、西行は、京の状況が気になるまま、嵯峨野の庵に滞在することが多くなつた。

それは緊張しながら、一方では無聊《ぶれう》を持て余す日々であつた。さうした一日、かつての仲間たちが庵に集まつて来て、閑談し、気の赴くままに歌を詠むやうなことがあつた。

さうして生まれたのが、『聞書集』に収められた「たはぶれ歌」十三首だらう。晩年におい
て幼少期の思ひ出を扱つた作とする見解が、川田順以降いまなほ有力だが、詞書には「嵯峨に
住みけるに、たはぶれ歌とて人々よみけるを」とある。ぽつねんと一人ゐて、思ひ出に耽つて
ではなく、親しい「人々」とともにゐて、一緒になつて幼少期を思ひだし、「たはぶれ」て詠
んだのである。その詠歌の場は、あくまで賑やかでなくてはならない。

そして、歌そのものにも、老年とは言へない瑞々しさがある。すなはち、若くもなく老いて
もをらず、各人、社会的にも仏道修行においてもある程度の成果を挙げ、素直に幼少期を懐か
しくむことの出来る年頃になつてゐたのだ。歌に出てくる「うなゐ髪」の子にしても、せいぜ
いのところ親子の年齢差をあまり越えないあたりではないか。

この年、西行は三十九歳であつた。そして親しい者たちが暇を持て余すままに集まり、歓談
するやうな状況は、この時期直後から消える。険しくなり、あたふたせざるを得なくなる。そ
の点からも、この頃と推定したい。

第一首目。

うなゐ子がすさみに鳴らす麦笛の声におどろく夏の昼臥し　（『聞書集』一六五）

髪を項《うなじ》で束ねたうなゐ髪の子が鳴らす麦笛の音に、目覚める夏の昼寝であるよ。

この昼寝から目覚めるのは、独り居の老いた西行と受け取りがちだが、さうではなく、まだ中年の西行が物憂い眠りから覚めるのだ。


昔かな煎粉《いりこ》かけとかせしことよあこめの袖に玉襷《たまだすき》して　（『聞書集』一六六）

身丈も短い子供の衣なのに、わざわざ袖に襷をかけ、煎粉かけといつたものを作つて遊んだ昔だつたなあ。

この歌から、客のなかには女もゐたのではないかと考へたくなる。たとへば待賢門院の元女房で、尼となつたひとである。


竹馬を杖にも今日は頼むかな童遊《わらは》びを思ひ出でつつ　（『聞書集』一六七）

今では竹馬に乗るどころか、杖と頼みにしてゐるよ、幼い頃の遊びを思ひ出しながら。

この竹馬を杖とするといふところから、詠んだ本人が腰の曲がつた老齢と考へてしまふ。そこに良寛あたりのイメージも重なつて来るやうだが、中年の者たちが打ち興じるまま、麦笛を吹いたり、竹馬を杖にする格好をして見せたりする賑やかな有様を思ひ浮かべるべきだらう。

篠ためて雀弓張る男《を》の童額烏帽子《ひたひえぼし》のほしげなるかな　（『聞書集』一六九）

篠竹を撓《たわ》めて雀取りの仕掛けを作つてゐる男の子は、一人前の武士でもあるかのやうで、額烏帽子が似合ひさうだよ。

北面の武士であつた者の感傷と、迫り来る事態を鋭敏に感じ取つてゐたのかもしれない。

高雄寺あはれなりける勤めかなやすらひ花と鼓打つなり　（『聞書集』一七二）

高雄山神護寺は久安五年（一一四九）に金堂などが焼失、以後、荒廃、人々を集めた「やすらひ花」の催しは絶えてゐた。桜の枝にお供を括り付け、風流《ふりう》装束姿の女、こどもが鼓などを打ち、唄ひおどりながら詣でる、法華八講の中日、三月十日の鎮花祭的性格の華やかな行事であつたらしい。多分、西行や仲間たちも、少年期に加はつたことがあるのだ。それを思ひ出してゐるのである。なほ、この催しは文治二年（一一八六）に文覚が復活したため、「たはぶれ歌」はそれ以降の成立で山田昭全は文治五年としてゐるが、西行は死を翌年に控へてをり、仲間たちも、なほ存命してゐたとしても、集まつて楽しく過ごす体力を持つてゐたか疑はしい。

石なごの玉の落ち来るほどなさに過ぐる月日はかはりやはする（『聞書集』一七五）

女の子が、小さな石を幾つか撒いて、一つを投げ上げ、落ちてくるまでに撒いた石を拾ひ、拾ひ尽くす早さを競ふ遊び。その石が落ちてくるわづかな時の間でも、人は変はり世も変はるよ。

男ではかういふ題材は思ひ付きにくく、やはり尼となつたひとがゐて、その場でやつて見せたのではないか。

さうして締め括りの一首。

ぬなわ這ふ池に沈める立石《たていし》の立てたることもなき水際《みぎは》かな（『聞書集』一七七）

ジュンサイが生え広がり、庭園として整へようと立てた石も水面下に沈み、ただの池と変はらない水際になつてしまつたなあ。

これまでの人生を振り返り、これといふ功も立てることがなかつたことを言つてゐるのだが、これをもつて老年においての自らの非力、徒労感の表白と解されて来た。しかし、これまた中年のものだらう。少なくとも西行は、最晩年にこのやうな感慨を漏らすところに身を置くことはなかつた。その点は後に詳しく見る。

このやうにして西行と親しかつた人たちは、鳥羽院が辛うじて生命を保つてゐる間、しばし生じた空白の時を過ごしたのだ。

*

西行は、それから一旦、京を留守にすることがあつたやうだが、戻つて来たのが保元元年（一一五六）七月二日の夜であつた。まさしくその日に、鳥羽院が安楽寿院に近い東殿で崩御、遺勅に従ひ、その日のうちに湯灌もせず入棺、翌日の葬儀に備へた。

西行が駆けつけた時、警護の武士たちの姿が目立ち、ものものしい緊張感に包まれてゐた。じつは一ヶ月前、死が避けられないと悟ると、鳥羽院自身が院宣を出して、源義朝、義康、平盛兼《もりかね》らに鳥羽離宮と高松殿の厳重な警護を命じ、身辺に侍る者を少数に限り、見舞ひを望んだ崇徳院、後白河院も近づけない指示を出してゐた。

このため崇徳院は、臨終に侍するのを拒まれたし、息を引き取つた後も迎へ入れられなかつた。そのため親子の縁を切る対応をされたと、憤激した。

しかし、鳥羽院にはそのやうな意図はなく、ひたすら自らの遺骸を損なふことなく、一刻も早く、墓所の三重塔中に納めることを厳命してゐたのだ。

歴代の帝は、日時をかけて葬儀を盛大に執り行ひ、荼毘に伏されてきた。殊に古代ではモガリと称して、遺骸がほとんど朽ちるまでの長い期間を措いてから、埋葬するのが習ひであつた。それに対して鳥羽院はまつたく異例で、厳重な警備の下、可能な限り生前の姿のまま素早く埋葬することを命じてゐたのだ。

じつは白河院も完全な遺体のままの埋葬を願つたが、死の半年前にその困難を知り、火葬に変更したといふ経緯がある。当時は貴人の葬儀に与かれば利生があるといふ俗信があり、実際に白河院の際、大勢の者たちが押し寄せ、混乱したらしいのである。その祖父がなし得なかつたことを成し遂げようと、鳥羽院は望んだのだ。

このやうなことを望むに至つたのは、先にも触れたが、空海の入定信仰に拠るところが大きいやうである。釈迦入滅から五十六億七千万年後に、弥勒菩薩がこの世に現はれ、釈迦の救済に与かることがなかつた衆生のことごとくを救済するとされ、空海は、その時を高野山奥の院で生身のまま待つてゐると考へられてゐた。その空海と同様、自分もまた生身に近い姿で、その救済の時を待ちたいと、鳥羽院は願つたのである。

そのやうなことは、いまのわれわれには荒唐無稽の妄想としか思はれないが、覚鑁に深く帰依することを通して、かういふ願ひを育て、最期には自らの権力をもつてすれば、可能と考へたのだ。西欧の中世の王たちが教会内部に埋葬され、復活の日を待つやう計らつたのと、考へ方は同じだらう。

そのため遺体の完全な保存がすべてに優先されたのだ。子の崇徳院との別れなど、遺体となつたわが身を損なふ危険を冒すことであつた。

ところがこの状況を利用しようと考へた者たちがゐた。なにしろ厳重な警戒態勢でもつて、ごく少数の側近以外は完全に排除して、ことを進めることが出来るのだ。

さうして排除された第一の存在が崇徳院であつた。院は父から義絶に等しい扱ひをされたと激怒したのは、却つて好都合であつた。

かうした思惑が渦巻く異例の葬儀の場に、西行は踏み込んだのである。

公卿が六人侍るだけであつた。そのなかに徳大寺実能がゐた。待賢門院の兄として美福門院と対立する立場であつたが、後白河天皇の伯父に当たり、妥協的態度を採つたから、内大臣になつてゐた。しかし、如何なる事態が進行しつつあるか、知らずにゐたのではないか。

その実能の顔を見て、西行は安楽寿院の成菩提院の下見に、二人だけ鳥羽院に従つた日のことを思ひ出した。すでに引用したが、

今宵こそ思ひ知らるれ浅からぬ君に契りのある身なりけり　（『山家集』七八二）

最高権力者と一介の出家者とでは、隔たりが大きい。が、ともに来世について考へたことがあつたし、根本大塔の再建のために働いた。そしていま、亡くなつた当日、偶然に来合はせ、

葬儀に列席できたのは、余人と違ふ契りで結ばれてゐたからだと、改めて思つたのだ。この場で鳥羽院の死を心から弔つたのは、その西行ただ一人だつたかもしれない。日も暮れて柩を乗せた網代《あじろ》車が動き出し、塔への道を進んだ。西行も従つた。

道かはる御幸悲しき今宵かなかぎりの旅と見るにつけても　（『山家集』七八三）

鳥羽院に付き従つて、いままた歩むのだが、今宵は打つて変はつて、悲しい。これが最後だと、一歩ごとに思ひ知るにつけても。

その道はひどく短かつた。網代車はすぐ着き、完成して間もない真新しい塔内の壇に柩が収められて終つた。人々は早々に去つた。実能も去つた。しかし、西行は残り、やがて読経が始まると、夜が明けるまで座しつづけた。

壇上には阿弥陀仏座像――先日、安楽寿院で写真を見た――が灯明の光を受けて輝き続けた。

とはばやと思ひよらでぞ嘆かまし昔ながらのわが身なりせば　（『山家集』七八四）

昔のまま在俗の身であつたら、弔問するなど思ひもせず、ただ嘆くばかりだつたでせう。いまは出家の身、側近くで心ゆくまで嘆くことができます。

　かうして別れを惜しんだのである。

＊

　三重塔中に遺骸が葬られてから二日後の五日、生前の鳥羽院の院宣を受け継いで、後白河天皇の名で京中の武士の取締りが命じられた。これまでは鳥羽離宮と高松殿に限られてゐたのを拡大、それとともに崇徳院と頼長が共謀して反乱を起こすといふ「風聞」があるのに対処するため、と付言された。

　繰り返し言つて来たが、「風聞」とか噂を持ち出すのが当時の謀略の常套《じやうたう》手段であり、これも明らかにさうであつた。

　すると、果たして翌六日には東山の法住寺付近を行く大和国の武士があり、捕縛した。忠実・頼長方の者たちであつたから、二人が軍兵を動かさうとしてゐる明らかな証拠とすると、即座に頼長の所有となつてゐた東三條殿へ義朝らを派遣、実力でもつて接収した。この邸は、摂関家の主たるものが保持すべきところとされ、忠実が頼長を氏長者とする際に譲渡してゐた。

　かうしてまづ忠通が、切望してゐたものを手に入れたのである。

この時、忠実は大和に、頼長は宇治に、崇徳院は鳥羽離宮の田中殿にゐた。共謀して反乱を起こすのに、ばらばらにゐるなどあり得ないだらう。実際にそのやうな意図がなく、無防備な状態であつたのを見澄ました上での、行動であつたと思はれる。

だから反乱者と名指しされた者たちの方は、事態が把握できず、ちぐはぐな対応に終始することになつた。

三日後の九日夜半になつて崇徳院が田中殿を出ると、僅かの武士を従へて白河へ赴き、白河北殿へ入つた。白河院以来、院政の要であつたから、そこにと考へたのであらう。およそ防備に不向きな施設であるから、戦闘など念頭になかつたと思はれる。

そして、翌十日夜になつて、頼長が白河へやつて来た。その頼長にしても、戦闘の態勢を整へてゐるわけではなかつた。

しかし、後白河天皇が内裏としてゐた高松殿には、先の院宣によつて源義朝、義康、平盛兼ら有力武士たちが詰めてゐたし、平清盛も加はつた。いづれも甲冑《かつちう》をつけた兵を従へてゐた。

さうして、鴨川を挟んで対峙するかたちとなると、十一日早暁、鶏鳴を聞くとともに、白河北殿へ夜襲をかけた。

夜襲を巡つては、崇徳院側では源為朝《ためとも》が提案したが、頼長が天皇と院の戦ひに相応しくないとして退けた。それに対して後白河天皇方では義朝が提案、信西が同調して一気に出撃、これによつて勝敗が決したと『保元物語』などでは語られる。しかし、崇徳院方には討つて出るどころか、攻撃を受けるとも考へてゐなかつた様子である。
この来襲に対して源為義《ためよし》、為朝らが応戦、朝廷、貴族、武士たちが二つに分かれて戦闘するかたちになつた。それとともに、武士の戦闘の論理が、朝廷を巻き込んで働くことになつたのである。

戦闘そのものはさほど激しくなかつたやうだが、白河北殿に火が放たれると、崇徳院、頼長、為義ら主だつた者たちは逃げ出した。後白河院方は崇徳院方を白河北殿から追ひ出せば足りるとしてゐたふうで、午前八時頃には、決着が着いた。『保元物語』の記述と実際は大きく違つてゐた。

ただし、崇徳院方はその混乱のなか、頼長が不運にも流れ矢に当たり、逃亡の末、大和で絶命した。

崇徳院は、以下『保元物語』に従つて記すと、蔵人信実に抱きかかへられて馬に乗り、白河北殿を脱出、源為義、左衛門大夫平家弘、その子光弘らに守られ、如意山に入つた。さうして鹿《しし》ヶ《が》谷《たに》の東で馬を降り、歩いたが、気を失なつて横になり、水を口にしたものの、起き上がれず、このままでは追撃されると危ないと、為義ら武士たちを去らせた。

そして、夜が明けると、柴などで身を隠して暮れるのを待ち、家弘父子の肩に縋つて山を下り、法勝寺の北を過ぎ、北白河の東光寺の辺で、家弘が知人から輿《こし》を借りて来ると、院はそれに乗り、女房阿波局の許へと二条通を西へ大宮まで行つた。

当時は二條通がメインストリートで、忠通が早々に接収した東三條院、徳大寺家の閑院が南側に軒を並べてをり、一筋南には、後白河天皇のゐる高松殿と信西邸があつた。そのやうなコースを大胆不敵にも、と言ひたくなるが、この時点でも、自らが置かれてゐる状況を承知しないまま、進んだのだ。

さうして目指した大宮——大内裏の東側を南北に走る大宮大路付近——にたどり着いて、女房阿波局の門を叩いたが、応答がなかつた。また、左京大夫藤原教長、少輔内侍の宅も訪ねたが、これまた人気がなく、行き場を失つた。いづれも事件に係はるのを恐れて、不在を装つたのである。

このまま夜が明けたら大変だと、家弘父子は大宮大路を北へ真直ぐ進み、船岡山麓の知足院へ向つた。近衛天皇の墓が営まれたところだが、もともとは忠実が愛妾のため建てた寺院である。この乱後、忠実自身が蟄居することになる。

その僧坊へ輿を担ぎ入れると、重湯を差し上げた。さうして崇徳院が生気を取り戻すと、家弘が勧めて剃刀を執り、院の髻《もとどり》を切つた。如何なる状況に追ひ込まれたか、やうやく承知したことだらう。

この後、再び輿にお乗せすると、仁和寺の五宮御所を目指した。鳥羽院の第五親王で、崇徳院と同母の弟宮になる覚性《かくしやう》法親王の紫金台寺《しこんだいじ》である。

船岡山から仁和寺までは少々距離がある。七月で夜明けも早かつたから、門前に到達した頃は、すつかり明るくなつてゐたらう。

崇徳院は、ここでも門を閉ざされては行き場を失ふと、無断で担ぎ込むよう命じた。家弘親子は命ぜられるまま、門内へ強引に輿を入れると、その場を去つた。さうして北山へ入り、修行の者に行き会ふと、髻を切つて貰つた。

仁和寺の覚性は鳥羽離宮に行つてゐて、留守であつた。寺側では法務を執る坊にお入れし、内裏に通報した。それを受けて、後白河天皇方の武士が駆けつけ、拘束した。

その当日か翌十四日の夕、西行が仁和寺に院を尋ねた。まことに機敏、大胆な行動であつた。事件の推移を注意深く追ひ続けてゐたから、早々と居所を突き止め、刃を向けられるのも覚悟の上、果断に出向いたのだ。

『山家集』の詞書にはかうある。


世の中に大事出できて、新院あらぬさまにならせおはしましまして、御髪《みぐし》おろして仁和寺の北院におはしましけるに参りて、兼賢阿闍梨《けんげんあざり》出で合ひたり、

覚性法親王の側近くに仕へる見知つた高僧が出て来て、対応したのである。詞書のつづき、

月明くて詠みける

折から十三夜か十四夜の月が照つてゐた。その歌。

かかる世に影も変はらず澄む月を見るわが身さへ恨めしきかな（『山家集』一二二七）

ぢかに対面することはかなはず、この歌を兼賢阿闍梨に託した。天皇の位を踏み、今は上皇の身でお在りであるのに、乱戦の敗者となつて囚はれの身となられた。天と地が覆つた世となつたのに、月ばかりは変はることなく澄み渡つて照つてゐます。その月を仰ぎ見てゐるこの身さへも恨めしくてなりません。上皇ご自身の思ひは如何ばかりでせう。

鳥羽院の死に当たつて、「契り」を感じ、世俗を離れて思ふまま悲しむことが出来るのを喜んだが、それも束の間、このやうな事態に直面することになつたのだ。院の身近かに仕へる人々を初め、亡き待賢門院の女房たちの悲しみもまた、身に迫つて感じられたはずである。しかし、出家の身だからこそ、鳥羽院の葬儀に列し、いままた、お尋ねすることが出来たのだ。その「わが身」が却つて恨めしい。

崇徳院自身にしてもこれが現実だとは思はれなかつたらう。事態の急変に心底から驚愕してゐた。『保元物語』は、一首の歌を記してゐる。

思キヤ身ハ浮雲ニ成《なり》ハテテ嵐ノ風ニ任《まか》スベシトハ
憂事《うきこと》ノマドロム程ハ忘ラレテ醒《さむ》レバ夢ノ心地コソスレ

＊

崇徳院が東山の山中をさ迷つてゐた十一日の午後には、忠通を氏長者とする宣下がすでに出されてゐた。

ついで清盛が播磨守に任じられるなど、次々と褒賞人事がおこなはれた。

それに対して敗者に対する処遇は、苛烈を極めた。

後白河天皇の下、政務を握つた信西の方針であつたが、信西自身、武士たちの力を改めて知り、怖れ、その力を殺ぐとともに、武力に訴へた争ひは今回限りとするために自分の力を見せつける必要を感じたのであらう。捕へた武士たちの首を次々と刎ねた。

なによりも驚かされたのは、崇徳方についた平忠正を清盛に、源為義を義朝にと、同族の者たちの手で斬首させたことである。いやが上にも苛烈さを印象づけた。

崇徳院の逃走を支へ、出家するのを助け、自らもすでに出家してゐた家弘、光弘父子も斬られた。

保元の乱が歴史的重要性を獲得するのは、政争に武士が加はつた最初の事件であつたためだが、この苛酷さが、実態以上に大きな事件に見せてゐる。戦闘はさほどでなかつたのにかかはらず、信西が苛酷に対処、それに合はせて『保元物語』も華々しく筆を走らせ、残虐さを強調したのだ。さうして慈円は『愚管抄』でこの乱をもつて武士の時代となつたと断じたが、この段階では、まだかう言ひ切れなかつたのではないか。

崇徳院はかうして讃岐への配流と決まると、二十三日には、もう鳥羽の湊から船に乗せられた。

一刻も早く院を京から遠ざける必要があつたのだ。もしも誰かから説明を求められたら、返答に窮したらう。全ては死の床に横たわる鳥羽院の傍らで、信西、忠通ら一部側近が決めたとほりに推し進められたのである。明らかにクーデターであつた。

＊

一歳下のこの悲劇の院を、西行は危ぶみながらも、親愛と敬愛の念を持つて接してゐた。なにしろ高い身分に相応しい教養と品位、そして、鋭敏すぎる感性と、事態を突き詰めて考へずにをれない気性、高貴な理念を抱いてゐた。

今回の事件は、そのすべてが裏目に働き、権謀術数を身上とする者たちが設《しつら》へた陥穽《かんせい》に、まんまと落ち込み、最悪の事態となつたのだ。

西行にとつても、その陥穽の実態はよく分からなかつただらうが、多少は察知し、無念の思ひを深めたらう。殊に歌について意欲的になつてゐたから、崇徳院に期待するところが大きく、失意も激しかつた。

大原の寂然の許へかう言ひやつた。


言の葉の情《なさけ》絶えにし折節にあり逢ふ身こそ悲しかりけれ　（『山家集』一二二八）

崇徳院の追放、武士の大々的な進出が、「言の葉の情」を途絶えさせることになるやもしれない、と恐れたのだ。いや、実際に、崇徳院が構築しつつあつた歌の世界は、間違ひなく一瞬にして崩壊したのだ。

寂然はかう返して来た。


敷島や絶えぬる道に泣く泣くも君とのみこそ跡をしのばめ　（『山家集』一二二九）

絶えてしまつた「敷島の道」の跡を、あなたと二人だけでもしのび、嘆くとともに、一層歌に精進しませう、と。

歌は、なにがあつても精進しなければならない営為となつたのである。

十　平治の乱と弔歌の数々

保元の乱によつて、藤原忠通は摂政関白で氏長者としての地位を確立したものの、頼長が掌握してゐた源氏との繋がりを失ひ、摂関家としては著しく力を弱めた。徳大寺実能にしても頼長の後を受けて左大臣へ進んだが、もはや無害な存在以外のなにものでもなくなつてゐた。

かうした状況の中、信西が実権を振るふやうになつた。正五位下、少納言で出家したのだが、妻紀伊二位が後白河天皇の乳母であつたことから、後白河即位とともに、頭角を現はしたのである。

学者として諸学に通じ、覇気と野心を十分に備へてゐたから、次々と野心的な政策を打ち出した。記録所を設け、荘園を整理、打ち捨てられてゐた大内裏の再建にも着手した。白河院、鳥羽院といづれも平安京域外に宮居を造営して来たが、それを今一度、中央に集め、平安朝の栄華を取り戻さうとする、壮大な企てであつた。

しかし、身分に恵まれず、その手は権謀術数に汚れてをり、平安朝の栄華を取り戻すのに、どれだけ実効性を持ち得ただらうか。

保元二年（一一五七）七月、実能は病を得て、左大臣を辞し、出家した。そして、九月には没した。六十二歳であつた。西行は四十歳、高野山に戻つてゐたが、人生の節々で世話になつてゐたから、感慨を覚えずにをれなかつた。

その喪も明けないうちに、実能の室も亡くなつた。

子息の公能に弔問の歌を送つた。

重ね着る藤の衣を頼りにて心の色を染めよとぞ思ふ　（『山家集』七八五）

父に次いで母の喪のため藤色の衣を重ねて着たのを機縁として、仏の道へ心を入れたらいかがでせう。さうされるのが悲しみを鎮める法でせう。

すると、かう返して来た。

藤衣かさぬる色は深けれど浅き心のしまぬはかなさ　（『山家集』七八六）

喪を重ね、悲しみは深いけれど、わたしの心は浅く、仏道に向はないのは、なんとも頼りないことです。

西行の勧めは、あつさり退けられたのである。公能は、当時、権大納言で、娘忻子《よしこ》を後白河天皇に、多子《まさるこ》を即位が約束されてゐる守仁《もりひと》親王（後の二條天皇）に入れようとしてゐた。そのやうに権勢を目指して着実に手を打ち、実現する方向へ動いてゐたこともあつて、当然過ぎる答であつた。それを承知の上で、言つてやつたのであらう。

同じ頃、蹴鞠の名手、大納言成通からはかういふ歌が送られて来た。

おどろかす君によりてぞ長き夜の久しき夢は覚むべかりける　（『山家集』七三〇）

この世の無常を説いて驚ろかせてくれた貴君のおかげで、無明長夜の夢も覚め、いよいよ出家できさうです。

かつて西行は西国から共感を求める歌を送つたが、以後なにかと行き来があり、いつしか出家への教導役を果たしたのだ。

おどろかぬ心なりせば世の中を夢ぞと語る甲斐なからまし　（『山家集』七三一）

無常に驚くことのないお心であつたなら、この世は夢だと語る甲斐もなかつたでせう。甲斐がありました。

成通は保元三年（一一五八）一月二十一日、職を辞した。西行としては、公能と対比せずにはをれなかつたらう。

＊

讃岐に流された崇徳院へ、西行はなにかと便りを出し、側近く仕へる女房兵衛佐《ひやうゑのすけ》を介して、歌をやり取りしてゐた。

院は、西行の勧めに従ひ、後世の菩提を念じてこころを鎮めようと、五部の大乗経典の書写に励んだやうである。『華厳経』を初め、『大集経』『大品般若経』『法華経』『涅槃経』と、膨大な分量である。恐ろしい勢ひで取り組んだと思はれる。

さうしてどれだけ進んだ上でのことか分からないが、かういふ歌が女房のもとから届けられた。勿論、崇徳院自身の詠である。

水茎《みづくき》の書き流すべき方ぞなき心の内は汲みて知らなん　（『山家集』一一三六）

筆でもつて便りを書き、思ふところを伝へることなど、どうして出来よう。この心のうちを察して下さい。

表面の意味はかうだが、「水茎の書き流す」には、写経の意も含んでゐるだらう。すなはち、この膨大な経典を写しても写しても、わたしの心は一向に晴れない、と訴へてゐるのだ。危惧の念を抱いた西行は早速、かう返した。

ほど遠み通ふ心のゆくばかりなほ書き流せ水茎の跡　（『山家集』一一三七）

遠く離れてをりますので、心を通はせることもままなりませんが、どうか思ふまま、筆を走らせて、お思ひになることをお知らせ下さい。

それとともに、写経になほも努め、来世に思ひを凝らすよう、暗に勧めたのである。

しかし、やがてかういふ歌がもたらされた。

いとどしく憂きにつけても頼むかな契りし道のしるべたがふな　（『山家集』一一三八）

「いとどしく憂き」思ひとは、如何なる思ひであらう。いまやそれに押し潰されさうになつて、わたしはお前を頼りにしてゐる。約束したとほり来世への導き役を、間違ひなく果たしてくれよ、さう言つてゐるのだ。堀河局ら女房たち、成通にも約束して来たが、崇徳院に対してはどうすればよいのか。もう一首、院から。

かかりける涙に沈む身の憂さを君ならでまた誰か浮かべん　（『山家集』一一三九）

このやうな涙に沈むこの身の苦悩を、お前以外の誰が救つてくれるだらう。お前しかをらぬ。

どうしてここまで追ひ詰められたお気持になられたのか。身の竦《すく》む思ひをしたらう。どうもこの頃、驚くべき集中力で大乗経典五部の書写を終へ、その上で、都の寺院なり然るべきところで写経の供養を執り行つてくれるよう、願つたと思はれる。ところが後白河院と信西によつて、手厳しく退けられたのだ。当時、写経には筆を執つた人の存念が籠つてゐると考へられてゐたから、忌避されたのである。

この対応によつて、崇徳院の、せめて来世でといふ望みは断たれた。

その絶望のなかから、今の歌を西行へ送つたと思はれる。ただし、西行はさうとは察知できぬまま、ただ崇徳院の内面において恐ろしいことが起こつたとばかり感じて、とりあへず二首を返した。

頼むらんしるべもいさやひとつ世の別れにだにも惑ふ心は　（『山家集』一一四〇）

来世への導き手としてわたしを頼りになさいますが、同じこの世に在りながら遠く離れて心を通はせることがままならず、わたしはひどく惑ふばかりです。どうか心をしつかりお持ち下さい。

すがりつかんばかりの崇徳院の態度に、困惑、混乱してゐる自分の在りやうを、そのまま伝へたのである。そして、

流れ出づる涙に今日は沈むとも浮かばん末をなほ思はなん　（『山家集』一一四一）

とめどなく流れ出る涙に、けふは沈まうとも、救済されるべき日の到来をなほも信じて、仏道修行に励みませう。

これまで幾度も書き送つた、仏道修行の奨めを、改めてこころを込めて書くよりほかなかつたのだ。

この後、院から便りがあつたかどうか。

それから間もなく崇徳院はかう心を決めたと、『保元物語』は記す。

「我ハ五部大乗経ノ大善根ヲ三悪道ニ抛《なげうち》テ、日本国ノ大悪魔ト成ラム」。

救済を求める思ひを逆転させ、可能な限り大いなる悪をなさう。日本国にとつての「大悪

魔」にならう、と。流竄《るざん》の誇り高い元帝として、かう決意するよりほか途がなかつたのである。さうして舌を食ひ切り、その血でもつて、写経の最後にこの誓を書き付け、自らは天狗の姿となつた、といふ。

*

さうするうちに保元三年は八月を迎へ、即位当時の約定どほり後白河天皇が位を下り、守仁親王が二條天皇となつた。十四歳だつた。それとともに後白河院が院政を執ることになつた。

権勢の中心には引き続き信西が座り、性急とも思はれる政策を次々と打ち出した。それとともに、自らの子の藤原俊憲《としのり》、成憲《しげのり》らを要職につけ、成憲と清盛の娘との婚約を成立させるなど、自らの体制の強化に努めた。

かうなると反発する者たちが、二條天皇の下からも後白河院側近からも出てきた。その急先鋒が、後白河院の寵を受けてゐた権中納言藤原信頼《のぶより》であつた。武蔵、陸奥両国を知行し、源義朝を従属させ、息子信親を清盛の娘と結婚させ、平氏との繋がりも持ち、武門の中心的な存在になつてゐると、自身は考へるやうになつてゐたから、その地位を信西が侵さうとしてゐる、と受け止めた。さうして信西に対する反発が広がるのを利用して、追ひ落とす機会を窺つた。

さうした折も折、平治元年（一一五九）十二月九日、清盛が熊野詣に出かけた。和泉から紀伊へ入り、その海岸線沿ひの深い山々を越えて行く道へ踏み入つたのを見届けると、信頼と義朝は、兵を率いて三条烏丸の院御所を急襲、後白河院と上西門院を大内裏の一本《いつぽんの》御書所《ごしよどころ》に移し、火を放つた。そして、逃げ惑ふ男女に向け無差別に矢を射かけた。信西とその一党の殺害が目的であつた。

信西は辛うじて脱出、伊賀との国境、宇治田原（諸説あり）まで逃げた。が、これ以上は無理と判断すると、従ふ者たちに穴を掘らせ、わが身を埋めさせた。『平治物語』によれば、さうして節を抜いた竹筒で息を通はせ、念仏を唱へたとある。これは明らかに即身成仏のための作法である。信西自身、出家し、諸学に通じてゐたから、その作法に則つて死なうとしたと解すべきだらう。当時は、鳥羽院も含めて、自らの死に方についてあれこれと考へ、取り決めてゐたやうだが、切羽詰まつた状況においても、そのことを忘れなかつたのだ。

ただし、追手に発見されて自決、首を斬られ、京に運ばれ獄門に晒された。

この時、西行は都にゐたかどうか。ゐたとすれば、これらの場に足を運んだと思はれるが、その気配はない。

信頼は実権を掌握すると、早々に除目《ぢもく》を行ひ、義朝を四位、その子頼朝を右兵衛権佐にするなどした。

しかし、信西の排除では一致してゐたものの、他の問題で有力公家たちと対立、信任を得ることが出来なかつた。多分、保元の乱の経緯を見て、武力に過大な期待を寄せ、安易に行動に出てしまつたのだ。

　そこへ清盛が熊野詣の途中から引き返して来て、一旦は信頼に従ふ旨を伝へたが、二十六日夜明け、二條天皇と中宮を六波羅に迎へ入れ、後白河院が仁和寺へ移つたのを受けて、大内裏に陣する信頼、義朝らを襲撃した。

　この合戦での義朝の働きはすさまじかつたらしい。天皇、院が離脱した以上、もはや自分の側に正統性がなく、生きる道は失はれたと思ひ定めて、激闘に身を投じたのだ。

　大内裏から討つて出ると、敵を蹴散らし蹴散らし街中を東へと突切り、清盛の本陣六波羅を目指した。そして、鴨川の六條河原で、清盛勢と正面から衝突した。源平の本格的な合戦の初めであつた。さうして清盛邸近くまで迫つた。

　保元の乱はもつぱら鴨川の東、洛外が戦場であつたが、今回は洛中であつたから、都人を驚かすのに十分であつた。

　義朝勢は、源頼政らの寝返りなどもあつて、手兵が僅かとなり、清盛勢の守りを破ることが出来なかつた。退くと、鴨川から加茂川を溯り、大原から北近江へと落ちて行つた。

　信頼は仁和寺に逃げ込んだが、翌二十七日に捕へられ、六條河原で斬首された。

　義朝も尾張の内海まで逃れたものの、頼つた同族の長田《おさだ》忠致《ただむね》が寝返り、殺され、子の朝長は美濃青墓で自害、頼朝は近江で捕へられ、斬首されるところを、忠盛の後妻池禅尼《いけのぜんに》の嘆願によつて、伊豆へ流された。

この戦乱は崇徳院の呪詛による、といふ噂が語られるやうになつた。信西や信頼の無惨な死は、その報ひだ、と……。

以上はほぼ通説だが、信頼は、じつは後白河の意向を受け、信西の殺害を謀つたので、信西自身、さうと察知したから、逃走途上、早々に死を選んだとの説（河内祥輔『保元の乱・平治の乱』）がある。後白河院には酷薄なところがあり、出身階級を越えて政治を大きく動かす信西への拒否感を覚えるまま、排除を命じたとも考へられる。それだけに、西行は、この死に対して同情の念を抱いたやうである。

＊

乱の後、早々に除目があり、清盛の子弟五人が国司に任じられ、平家の知行国は、播磨、安芸に尾張、伊予、遠江、越中、伊賀を加へた七ヶ国となり、経済的な豊かさは頭抜けたものとなつた。

さうして武家はほぼ平家一統に絞られ、関白には、前年に忠通から譲られた子の基実《もとざね》が留まり、一応の安定を見せ、翌永暦元年（一一六〇）六月、清盛が正三位の公卿となり、八月には参議に任じられ、朝議の席に連なるやうになつた。

名実ともに平家の時代が到来したのである。

ただし、在位三年目、十八歳になつた二條天皇が執政に意欲を示し、太政大臣藤原伊通《これみち》以下もそれに力を得て、院政を執る後白河院と対立するやうになつた。実の親と子であつたが、美福門院を養母として育つたこともあり、放恣な後白河院に対して批判的であつた。

かうして美福門院が影響力を強める状況となつた。なにしろ崇徳天皇を位から降ろした上、院政への希望も潰し、後白河天皇を早々と譲位させるのにも関与、故鳥羽院の意向を最もよく体現する存在と見なされたのである。

ところが直後に病み、美福門院は永暦元年十一月二十三日、あつけなく死去した。

遺骸は、先に記したやうに安楽寿院に建立された多宝塔のもう一基に収めるべく、鳥羽院が定めてゐたが、それに従はず、火葬にし、遺骨を高野山往生院谷の、自らが鳥羽院の菩提を弔ふため建立した菩提心院（大伝法院別院）に埋葬するよう遺言した。成仏と再生を約束する聖地として、高野山に強く拘つてゐたためらしい。

安楽寿院の三昧僧からは異議が出たが、遺骨を奉じた一行は早々に都を出て、逝去して十二日目の十二月四日、高野山に到着した。それを西行が出迎へた。

西行は美福門院に対し複雑な感情を抱いてゐた。なにしろ待賢門院を追ひ落とした女人である。が、鳥羽院が最後に愛を注いだ存在となれば、粗略に扱ふことはできない。それに友の俊成が新たに迎へた妻がこの門院に仕へる美福門院加賀であつた。

壇場伽藍から奥の院へ伸びる道を一キロ足らず行くと、右側に不動院がある。かつての菩提心院で、緩やかな坂を少し登ると、山門がある。その傍らで、西行は待ち受けたのであらう。

当日は、雪であつた。

この一行のなかに、出家した成通がゐた。思ひがけない再会であつた。また、美福門院加賀と先夫の為経（寂超）の間の子隆信（画業で知られる）もゐた。

門を潜り、直進すると、低い堤で囲はれた陵墓の横に出る。右手が正面で、そちらに鳥居があり、横に宮内庁の衛士のための小屋があつて、奥に小さな盛土がある。当初からこの形であつたとは考へられないが、その盛土の中に美福門院の遺骨が、いまも埋められてゐるのだ。

けふや君おほふ五つの雲晴れて心の月を磨き出づらむ　（『西行上人家集』九二）

仏教では、女人には五つの障害があるとされますが、けふはそのいづれもが消へ、菩提心が月のやうに輝き出すに違ひありません。

この時代の宗教的課題の一つが女人救済であつたし、この門院は室町時代になると物語のなかでは一代の妖女となる。インド、シナを経て、わが国へとやつて来た年経た九尾の狐が化けた玉藻前《たまものまへ》がさうで、鳥羽院を惑はし、取り殺さうとした、といふのである。ついで謡曲『殺《せっ》生石《しやうせき》』では、射殺されて那須の殺生石となりながら、なほさまざまな害をなすが、傑僧がやつて来て引導を渡した、と。その傑僧の役を、西行が先んじて果たした、と見立ててもよささうである。

＊

養母の美福門院の死を受けて、二條天皇は親政への体制を一段と整へるべく努めた。そして、翌応保元年（一一六一）九月、後白河院と清盛の妻の妹滋子《しげこ》の間に、憲仁《のりひと》皇子（後の高倉天皇）が誕生すると、危機感を覚え、平時忠らと院の近臣を解官するなど、強い態度に出た上で、後白河の院政を停止した。

その一方で、翌応保二年二月、実能の娘で忠通の養女となつてゐた十七歳の育子《むねこ》を中宮に迎へ、摂関家との関係を固めた上で、三月には、内裏において貝合《かひあはせ》の開催を決めた。朝廷の雅びを受け継ぐ正統性を誇示するためであつた。これにより奇しくも歌が晴れの文芸として改めて押し立てられる成り行きになつた。

貝合は、出席者が左右に分かれ、絵などで美しく装飾された貝に歌を添へて出し合ひ、優劣を競ふゲームだが、判定はもつぱら歌に拠つた。そのため有力歌人に依頼されたが、そのなかに西行もゐた。『山家集』の詞書には「人に代りて」とあるが、二條天皇の内裏での催しに相応しい歌人の一人として、公に数へられるやうになつたことを語る。

西行は、九首提出した。その冒頭、

この事態に、西行は深い危惧の念を抱いた。崇徳院は、数こそ多くないが、その歌はこの国の文華の高みに輝いてをり、かつ、帝ならではの歌に対する大きな思ひを抱いてをられたから、この国を呪詛するやうなことをするはずがないのだ。しかし、異変の噂は噂を呼び、大天狗になつたと言ひ囃された。『保元物語』の一節は先に引いた。さうして、実体のないものが、いつか実体を持ちを思へば、それも当然との思ひも生まれよう。さうして、実体のないものが、いつか実体を持ち始める……。

*

京都七條の国立京都博物館向ひに三十三間堂がある。

内陣の柱間が三十三あることからかう呼ばれるが、横幅六十四間五尺（約百二十メートル）の長大な御堂で、内には千手観音立像が千一体、ぎつしりと十段に並べられ、要所には二十八部のさまざまな像が据ゑられてゐる。いづれも名だたる名工の手になる。後白河院の法住寺御所の傍らに、清盛が建立した、蓮華王院の本堂である。

もつとも建長元年（一二四九）に焼失、現存するのは、その十七年後に再建されたものだが、あまり年月を置かず、彫像も同じ流派の湛慶《たんけい》らによるから、創建当時とあまり変はらないやうである。それにしてもかほどまで仏像が詰まつた長大な御堂とは、なんであらう。いまなほ訪れるごとに、圧倒される。

これにはすでに触れたやうに先例があり、白河の尊勝寺と得長寺院内に一棟づつあつたが、いづれも阿弥陀堂であつた。それを後白河院が観音に換へて倣はせ、長寛二年（一一六四）十二月十七日、落成供養を行つた。

その落成供養に、二條天皇は臨席しなかつた。後白河院が存在感を示すのを避けたい思ひがあつた上に、敷地が信西邸跡で、併設の御所の建物が信頼邸を移築したものであつたからであつた。この対応は良識的であつたともいへるが、院は憤激、一段と険悪な間柄になつた。

さうして年が改まつた二月十五日、二條天皇を支へてゐた太政大臣藤原伊通が亡くなつた。その彼に替はる人物が側近にゐなかつたから、天皇は進退窮まる思ひをした。その挙げ句、病に倒れ、急速に衰弱する状態となつた。

そこで六月五日、永万と改元、快癒を願ふとともに、二十五日には子の順仁《のぶひと》を皇太子とし、二日後に譲位、六條天皇とした。まだ二歳であつた。そして、七月二十八日、二條上皇は崩御した。二十三歳であつた。

西行はまたしても無念の思ひに襲はれた。殊に今回は、貝合以来、歌会も盛んに開かれ、新たな勅撰集の編纂が進み、奏覧直前にまでなつてゐたのである。

出京すると、五十日の忌明けの霊前での供養に参加した。

遺骨が安置されてゐたのは、香隆寺《かうりゆう》――現在の北区平野八丁柳町にあつた――の本堂であつた。近くの野で荼毘に付し、納められてゐた。
折から月が明るく照り、ものの影が黒々と地に落ちてゐた。

今宵君死出《しで》の山路の月を見て雲の上をや思ひ出づらん
（『山家集』七九二）

今宵、帝は死出の山路でこの月を見て、九重の雲の上の、宮中のことを懐かしく思ひ出してをられませう。わたしどもも在世当時のことを思ひ出してをります。
寂念の娘で二條院に仕へた三河内侍《みかはのないし》がゐた。直接、歌を送るのは憚られたので、彼女に親しい人の代りといふかたちで、歌を詠み贈つた。

隠れにし君が御影の恋しさに月にむかひて音をや泣くらむ
（『山家集』七九三）

親しくお仕へした帝のお姿が恋しくて、月に向つてひとり声を挙げて泣かずにをれないお気持でせう。
三河内侍から返歌があつた。

わが君の光かくれし夕より闇にぞ迷ふ月は澄めども
（『山家集』七九四）

この後、二條天皇の旧殿を境内に移して三昧堂とし、遺骨を納めた。

なほ、香隆寺はやがて歴史の闇に消へ、明治になつて、その跡地近くに新たに御陵が作られた。

＊

死は、絶えることなくこの世に打ち寄せる。

永万二年（一一六六）一月十日には、後白河院の乳母で、信西の後妻の紀伊局、従二位朝子が亡くなつた。彼女はもともと待賢門院に仕へてゐたから、西行もよく知つてをり、堀河局と同じく後世へと導く約束をしてゐたひとりであつた。そのため、女房仲間が集まり、追悼の歌を詠む席が設けられると、西行も出た。

さうして十首詠んだ。そのなかから、

流れ行く水に玉なすうたかたのあはれあだなるこの世なりけり（『山家集』八一七）
あらぬ世の別れはげにぞ憂かりける浅茅が原を見るにつけても（『山家集』八二一）
跡を問ふ道にや君は入りぬらん苦しき死出の山へかからで（『山家集』八二四）

やがて会が果て、人々が去る前に、紀伊局の息子の成範《しげのり》（成憲を改名）と脩範《ながのり》――平治の乱で流罪になつたが復帰してゐた――が挨拶、母に別れた上に、けふは皆さんにも別れなければならないと、涙を流した。その涙には、父信西へのものも含まれてゐると、一座する者たちは察したらう。すると、南面する桜で鶯が鳴いた。そこで、また西行が詠んだ。

桜花散り散りになる木のもとに名残を惜しむうぐひすの声　（『山家集』八二七）

それに脩範がかう返した。

散る花はまた来ん春も咲きぬべし別れはいつか巡りあふべき　（『山家集』八二八）

散つて行く花は、また来春、咲くに違ひありません。しかし、皆さんと再び巡り逢ふことができるでせうか。お逢ひしたいものです。

その日は、暮れるままに雨が降りだした。

あはれしる空も心のありければ涙に雨をそふるなりけり　（『山家集』八二九）

空もあはれを知る心を持つからでせう、わたしたちが流す涙に、雨を添へてくれるのです。

この歌に、信西に繋がる者たちは改めて涙をこぼし、やうやく心晴れる思ひをした。脩範の妻で後白河院の女房であつた少納言局が返し、翌朝には、西行がまた息子たちへ歌を送るなどのことがあつた。

こんなふうに重なる死の悲しみのなかから、歌はとめどなく紡ぎ出された。西行は、そこに歌僧としての自らの役割を見出してゐたのだ。歌としては類型的、月並みなものばかりだが、そのことを気にすることはない。肝要なのはその場その場の、縁あるひとびとの悲しみを鎮めることであつた。

十一　白峯と善通寺

人生五十年といふのが、ついこの間まで世の通念であつたが、平安末期はどうだつたのだらう。

清盛が五十歳を迎へた仁安二年（一一六七）二月、内大臣から太政大臣となると、三ヶ月後には辞任した。さうして既存の枠組みに制約されず、自由に振舞ふやうになつた。妻の妹滋子が後白河院との間に生んだ八歳の憲仁親王を、五歳の六條天皇に替へ、高倉天皇とし、院政を再開した後白河院と良好な関係を結んだ。さうして万事、円滑に事が運ぶかと思はれたのだが、翌年二月、健康を害し、出家した。

その清盛と同年の西行の方は、長い修行の旅に出ようとしてゐた。この歳になつてからの長い旅となると、帰還は期待できない。殊に今回は、各地の行場に入り、これまでに増して厳しい修行を重ねる予定であつた。

そのやうなことをどうして思ひ立つたのか。多分、出家者としての至らなさの痛切な自覚があつたのであらう。なによりも崇徳院とのことが、胸に突き刺さつてゐた。

院の没後、日がたつにつれ、院の絶望の深さを思ひ知り、なぜ、あのやうなところに陥るのを引き留め得なかつたのか、自問せずにをれなかつた。引き留める役割を負ふ者がゐたとすれば、他の誰でもなく、自分であつたらう。さうと承知しながら、出来なかつた。いや、しなかつたのではないか？

自分を責めつづけた末に、取り敢へず院の稜墓の前に跪《ひざまづ》き、それから厳しい修行に入らうと考へたと思はれるのだ。

さういふ旅であつただけに、準備が必要だつた。

その最大のものが、これまで詠んだ歌の数々をどうするかであつた。出家の身、処理すべきものは何もなかつたが、歌ばかりは増へ続け、すでにかなりの量に達してゐた。持てる限りの物は棄て、無一物となつて生きて来たはずだが、歌ばかりは増へた。出家者としての自らの歩みを支へ、導くのが歌であつたから、避けられないことであつた。殊に浮かれ定まることのない己が心を追つて、何処までもさまよひ続けようといふ思ひに駆られての、一歩一歩あつたから、言葉によつて定め、拠りどころとする必要があつたのだ。しかし、その結果、仮寓《かぐう》の片隅には、走り書きされた反故《ほご》紙が溜まりに溜まつてゐた。余人には芥《あくた》に過ぎないが、自分にとつては、過去を振り返り、自らの行く手を思ひやるのに、頼りになる。そして、この人の世や天地の在りやう、菩提心へと思ひを凝らすのにも、これまた確かな支へとなる……。

高野山での無言行において始めた作業がすでにあつたが、その作業はそれ、いまはこのまま生を終へるかもしれない旅へ出て行くのである。そこで思ひついたのが、これからの旅先で折に触れ目にして、自らのこれまでの在りやうを反芻し、かつ、歌を詠むのにも幾らか役立つかと思はれる自作を少々選んで、携へて行くことだつた。歌僧ともいはれる身として、何処にゐても最期の日まで、詠み続けるべきだらう。そのためには空手でゐるわけにもいかない、と。

さうして携行用の小さな自選歌集一巻を纏めようとしたと、筆者の勝手な想像だが、考へる。

勿論、その作業は容易に進まなかつた。思ふことばかり多く、容易に取捨できない。さうした折しも、仁安二年も春遅くだが、俊成が私撰歌集（「三五代集」）を編まうとしてゐると聞いたのだ。そこで改めて、歌は自分一人のものでなく、同時代にも過去にも将来にも繋がつて命を持つのであつて、然るべきところに差し出して置くことが肝要だと思ひ至つて、一気に纏め、その歌稿の包を俊成宛に送つた。

花ならぬ言の葉なれどおのづから色もやあると君拾はなん　（『山家集』一二三九）

人目をひくやうな歌ではありませんが、あなたなら、それなりに取り柄もあると、選んでくれるかもしれませんね。

俊成の歌集『長秋詠藻《ちやうしうえいさう》』にも、「西行法師高野に籠り居て侍りしが、撰集の様なる物すなりと聞きて、歌書き集めたる物送りて包み紙に書きたりし」とあつて、この歌が引かれてゐるから、間違ひなく高野山から歌稿の包みを送つたのである。『山家集』には「左京大夫俊成、歌集めらるゝと聞きて、歌つかはすとて」との詞書を添へて収められてゐる。俊成はこの年の正月、左京大夫を辞任、名もまだ顕広で、年末に俊成と改めたから、この点は正確でないが、仁安二年のことと考へてよかろう。

その時の俊成からの返し。

世を捨てて入りにし道の言の葉ぞあはれも深き色も見えける

世を捨てて仏の道に入つたあなたの詠んだ歌には、格別心に深く染む色あひがあります。随分好意的で、「色もやある」と言つたのに対して「深き色も見えける」と応じてくれたのである。

その包みの中身だが、現行の『山家心中集』の前半、雑上の終りまでの百六十首であつたと考へたい。それがまた、旅の携行用自選小歌集であつたと思はれるのだ。

花、月、恋それぞれ三十六首、それに雑の五十余首で構成されてをり、『山家集』のなかでも一目で分かる特徴がある。詞書がほとんど省かれ、あつてもごくごく簡略である。携帯の便のため、数葉の紙に詰めて書き込むためであらう。『山家心中集』の表題脇には俊成と思はれる筆で「花月集ともいふべし」と書きつけられてゐたとのことだが、これは全体でなく、いま言ふ部分のものであらう。実際に花と月を扱つた歌が多い。

その自選の百六十首だが、北面の武士時代から最近の作まで及ぶ。その一端を見ると、まず冒頭部。

何となく春になりぬと聞く日より心にかゝるみ吉野の山　（『山家集』一〇六二）
山寒み花咲くべくもなかりけりあまりかねても尋ね来にける　（『山家集』一四四）
吉野山人に心を付けがほに花より先にかゝる白雲　（『山家集』一四三）

扱はれてゐるのはやはり「心」であり、吉野の花への憧れであつて、初々しさと拙なさが認められるやうである。ただし、それを西行は隠さうとしない。そして、六首目。

白川の梢を見てぞなぐさむる吉野の山に通ふ心を　（『山家集』六九）

都で実際に目にするのは、すでに見たやうに白河の桜であつた。それが吉野の桜への思ひをかき立てた。このやうに西行は、自らの精神的な歩みを、素直に辿つてゐるのだ。その歩みの一端を、俊成も承知してゐたはずである。

十一首目、

願はくは花の下にて春死なんそのきさらぎの望月の頃　（『山家集』七七）

西行の死とともに人口に膾炙《くわいしや》することになるが、この時、すでに詠まれてゐたのだ。なほ、二月十五日は釈迦入滅の日だが、旅先で死ぬ覚悟を固めるとともに、出来ることなら釈迦に一歩でも近づいた上でとの思ひも込めて、書き入れたのであらう。

以下、月、恋についても見たいところだが、雑の最後の歌ばかりを引いておく。

もの丶ふのならすすさみはおもだ丶しあちそのしさり鴨の入れ首（『山家集』一〇一〇）

晴れがましいことであつた、「あちそのしさり」や「鴨の入れ首」の格闘技を磨かうと、武士として日々鍛錬に汗を流したのは。

前者は不祥、後者は相撲の決まり手で、相手の腋の下へ互ひに頭を差し入れ、押し合つて機をうかがひ反り返して倒すものらしい。北面の武士時代、西行が得意とした技かもしれない。さうして鍛練することが晴れがましかつた日々があつたからこそ、この身は厳しい修行にも耐へられる……。大峰入りに際しても、この旅に出るのに際しても、支へになるのは頑健な体力である。それとともに「おもだゝし」の語には、武士にとつての鍛錬が今や必ずしも晴れがましい業でなくなつてゐるといふ意も含んでゐるかもしれない。

かうした旅へ出る心身の用意、歌への執着と意欲も込めた、歌の一包みであつた。だから俊成は「深き色」を認めて、返歌を寄越したのだらう。

*

西行は、俊成からの返歌を受け取つた上で、九月末か十月初めには携帯用自選歌集を懐中に高野山を降りた。

京へ出ると、十月十日の夜、賀茂社を参拝した。僧の身では境内に立ち入れないので、入口の棚尾社で取次いで貰ひ、幣を奉つた。木々の間からは月が仰がれ、常よりも一際神さびて感じられた。


かしこまる四手《しで》に涙のかかる哉又いつかはと思ふあはれに　（『山家集』一〇九五）

また、いつの日にかここに参詣したいものだと思ふにつけ、幣に涙が零れます。

最後の旅になると覚悟しての出立ゆゑに、込み上げて来るものがあつたのだ。

まずは、気にかかつてゐる崇徳院の墓参を果たし、それから空海の誕生地と修行地を訪ね、その足跡を追はうとするのが、おほよその目論みであつた。

このところもつぱら高野山に身を置き、空海の存在を身近かに感じて来てゐたので、このあたりでより深く、その教へをこの身でもつて知りたい、と思ふやうになつてゐたのだ。身体はまだ頑健だから、修行するならいまのうちでなくてはならない。それに高野山では金剛峰寺派と大伝法院派の対立がいよいよ激しく、自由な勉学修行の地ではなくなつてゐたといふ事情もあつた。

京を出ると、鳥羽の先、美豆野に西住を訪ねた。同行を依頼するためである。しかし、親しい者が病なので、と断られた。これに西行はひどく心細い思ひをしたやうである。

山城の美豆《みづ》のみ草に繋がれて駒もの憂げに見ゆる旅かな　（『山家集』一一〇三）

巨椋池《をぐらいけ》から淀川の沿岸にかけ牧場が広がり、水辺にはマコモが繁茂してゐる。その草に繋がれて物憂げなのが馬であり、家族の縁に繋がれてゐる西住だが、そのためひとり旅行かねばならないのが西行であつた。

定めなし幾年君に馴れなれて別れを今日は思ふなるらん　（『山家集』一〇九二）

これまで随分一緒に旅をし、勉学と修行を重ねて来て、今日はこれが最後の旅立ちと思つてゐただけに、落胆ははなはだしかつた。

その西行の落胆振りに、西住は決心を翻したのだらう、いくらも行かないうちに、山本（現宝塚市）で待つてゐてほしいといふ使ひが追つて来た。

そこで数日、山本で滞在、西住が来るのを待つた。


何となく都の方と聞く空はむつましくてぞ眺められける　（『山家集』一一三五）

宿の者からあちらが京の方角と教へられたのだらう。西住に対しては、あどけないとも言ひたくなる態度をとる。

さうして二人揃つて歩き出したが、まづ立ち寄つたのは野中の清水（播磨国印南野《いなみの》・神戸市西区）であつた。かつて中国筋を旅したときも寄つたが、それから何年経つただらうか。少しも変はらぬ佇まひであつた。


昔見し野中の清水かはらねばわが影をもや思ひ出づらん　（『山家集』一〇九六）

清水は昔と変はらず澄んでゐる。さうして歳をとり変はつてしまつたわたしの姿を歴々と映し出すが、それとともに昔のわたしの姿を甦らせてもくれる。

それから書写山（姫路市）の円教寺に参つたが、針一本ばかり握つて生まれて来たといふ性空上人の人となりに触れる思ひがしただらう。恬淡《てんたん》としながら教化の情熱は人一倍激しく、比叡山出身の真言僧でありながら、西国で厳しい修行を重ねた末、すぐれた霊力を獲得、護法童子を使つたと伝へられる。そして、清少納言や和泉式部も教へを受けにやつて来た。

ここから夢前川《ゆめさきがわ》に沿つて下り、海岸線に出ると、牛窓などへて、児島へ渡つた。いまは地続きになつてゐるが、当時は島であつた。

その道中、漁師が栄螺《さざえ》を取つたり「糠蝦《あみ》」（小エビか）を取るため袋をつけた竿を操る様子を見た。

また、児島の八幡社では、かつて籠つた折、日夜目にしてゐた若松がすつかり古木となつてゐるのに驚かされた。

昔見し松は老木《おい》になりにけりわが年経たるほども知られて　（『山家集』一一四五）

なにかにつけて年齢を意識せずにをれなくなつてゐたのだ。

四国へ渡らうと、児島の南岸、日比・渋川へ行つたが、風待ちのためしばらく滞在しなければならなかつた。海岸では幼い者たちがしきりに何かを拾つてゐるのを見かけ、なにをと問ふと、「つみと申すもの」と答へた。累貝《つぶがい》の「つぶ」を「つみ」と言つたのか、誤つてさう聞いたのか分からないが、幼子たちが先を争つて拾ひ集めてゐるのが「つみ」だといふのに、言ひやうのない衝撃を受けた。

下り立ちて浦田に拾ふ海士《あま》の子はつみより罪を習ふなりけり　（『山家集』一三七三）

漁師たちは殺生戒を犯す罪深い存在とされてゐたが、この海岸では幼子がその戒律を破り、罪を作る習練をしてゐるよ。

ここへ来る途中に見かけた「あみ」漁でも「罪」を思つたが、いかに麗しい風光の海辺であらうと、そこで暮らす人々は、殺生戒を犯さずにはをれない。また、他国から入り込んだ魚介類を商ふ商人たちにしても、同じであり、この自分もまた、それと知らずに幼時から重ねて来てゐる……。

殺生戒律について改めて厳しく考へずにをれなくなつたのは、いよいよ崇徳院が眠る讃岐へ渡らうとしてゐたからであらう。院が敗者となつた保元の乱において、武者たちが政治の渦中へ踏み込んで来たが、その武士たちは、明らかに人を殺めるのを生業とする者であつた。その点で、北面の武士はさうではないはずだが、しかし、さう言ひ切れるか。少なくとも今は、さほど変はらぬ存在になつてゐる。崇徳院を輿に乗せて逃げ惑つた家弘と光弘にしても、剣を振るふことはしなかつたのにもかかはらず、武士といふ身分ゆゑ、斬首された。そして、家督を譲つた弟の仲清も、領地を守るため、いまや殺し殺される覚悟をもつて、日々務めてゐるはずなのだ。

＊

児島から最も近い対岸は、五色台の山地（香川県）が海へ迫り出した西の陰、松山の津であつた。

崇徳院は、児島に近い直島《なほしま》にしばらく収容され、それから松山へ上陸、綾川の河口近く、東岸に営まれた雲井御所に入つた。そこで約三年過ごしてから、綾川を溯つた国府庁舎の背後、鼓岡《つづみおか》に移され、さらに六年、幽囚の日々を送つた。

今日、児島からの船便はなく、岡山から列車で瀬戸大橋を渡る。崇徳院は鳥羽の川湊から固く閉ざされた舟で、幾日も幾日も波に揺られたが、いまや京都から二時間少々、海を越えるのに十分を要しない。

坂出駅から東へ予讃線で三つ目が讃岐府中駅であつた。無人の小駅である。畑の中の小道を歩いて国府跡を訪ね、それから鼓岡の短い石段を上がつた。木ノ丸殿が復元されてゐる。大きな農家ふうの建物である。狭い庭先に立つと、岡山へ向ふ列車が眼下を通過する。当時は海が深く入り込んでゐたから、漕ぎ出す舟がすぐそこに見えたのだ。

この国府には、菅原道真が国司として四年間赴任してゐて、崇徳院がここに身を置くやうになつた頃には、すさまじい怨霊神として人々に恐れられる存在となつてゐた。それに続いて院が、同じく望郷の念を掻き立てられた末に、同じ道を突き進んだのだ。

讃岐での院の足取りと逆になるが、岡の下から車に乗ると、右手の綾川沿ひを下り、雲井橋を東へ渡つた。

すると堤防近く雲井御所跡があつた。低い石垣の上に、天保六年（一八三五）、高松藩主が建立した大きな板碑が立ち、院の歌が刻まれてゐた。


ここもまたあらぬ雲井となりにけり空行月の影にまかせて

御所の柱に院自ら書き記したと「白峯寺縁起《しろみねじ》」にある。ここもまた、院たるものが身を置くべきでない住居となつたと、空をあてどなく渡つて行く月に寄せ、嘆いてゐるのだ。

その御所も、西行が訪ねた時、すでに跡形もなくなつてゐた。海の波浪か、綾川の濁流が押し流してしまつたのだ。

松山の波に流れて来し舟のやがて空しくなりにける哉　（『山家集』一三五三）

このあたりの風景を、西行は呆然と見回したらう。流されて来た院を舟に見立て、この地松山の松には待つ――都からの訪れをひたすら待つ意も添はせて、その年月を偲ぶ手立てさへすつかり失はれてしまつた嘆きを、吐露してゐるのだ。

さらに東へ行くと、路傍に「崇徳天皇御寄港地」と刻まれた碑があつた。この場所が松山の津と特定されたのは最近で、建立は平成二十三年である。

その先、右手に聳える山頂から裾近くまで剝き出しになつた断崖が見えて来た。幅広く切り立つてゐる。この上に崇徳院の御陵があり、白峯寺があるのだ。

断崖の裾近くへ入り込むと、青海《おうみ》神社があつた。いまでは短い石段の上に、鉄筋コンクリートの社殿があるが、もとは煙の宮と称した。白峯山頂へ院の遺体が運ばれ、茶毘に付されると、その煙が京の方角、北西へ靡き、落ちたのがこの地だといふ伝承による。

その他にもさまざまな伝承がある。息を引き取つたのは夏だつたので、冷水の湧き出る八十八池に浸け、都からの指示を待つた。さうして茶毘に付すため柩を運んだが、途中、血が滴つたので、その場には血の宮高家神社を営んだ……。そのやうにして辿つた道を、西行もまた歩んだのだ。青海神社の横から断崖へと向ふ道が整備され、「西行法師の道」と刻まれた石柱が高々と立つてゐる。

車はその道を外れ、断崖の右手へと大きく迂回して行くと、やがて展望が開けた。瀬戸内海から瀬戸大橋が見渡せた。

そして、断崖の直下に出た。巨大な力でもつて高い頂から断ち落とされ、得体のしれぬものが剥き出しになつてゐるかのやうだ。降雨があれば、糸を引くやうに細い滝が出現するが、それを稚児の滝と呼ぶと聞く。

脇を小道が恐るべき急傾斜で九十九折《つづらおり》に、攀じ登つて行く。今の西行の道はこの下で終はつてゐるが、勿論、これを登つたのだらう。

車は蛇行を重ねて進む。そして、やうやく白峯寺前に到着した。山門を潜り、護摩堂から左へと進むと、崇徳院を祀る頓証寺殿《とんしょうじでん》の楼門があつた。鎧姿の源為義が左、為朝は右に控へてゐる。保元の乱で奮戦した父子である。

中は広く、左に橘、右に桜が植ゑられ、その奥に紫宸殿を模しながらも唐破風の軒を持つ建物があつた。西行が訪れた後、建久二年（一一九一）に、後白河院が鼓岡の建物をここに移して法華三昧堂としたのが始まりで、現在の建物は、延宝八年（一六八〇）に高松藩主が造営、崇徳院の御影図を祀つた。ただし、慶応四年（一八六八）、戊辰戦争の直前に、御影図は朝廷の命によつて京へ移され、写しが白峯大権現と十一面観音を左右に配して、安置されてゐる。

この時点でかうしたことが行はれたのは、崇徳院の御影図とともにその霊が幕府側に帰するのを恐れたためと言はれてゐる。政権に係はる者は、いつも恐れてゐたのだ。

頓証寺殿の左横に、貧弱な石の西行座像があつた。色褪せた赤い毛糸の帽子を被せられ、石地蔵の趣である。

楼門前まで戻り、頓証寺殿の境内左横の赤松林の道を行くと、御陵横に出た。一般の御陵と同様、玉垣が巡らされ、砂利のなかに鳥居が立ち、奥は木立である。その向ふに空が透けて見えた。先程、崖下から仰ひだ空である。

これら廟といふべき設備はまだなにもなかつたが、西行は、座すと、手を合はせ、経を手向けた。

さうするうちにいつか自責の念は消えてゐた。さうして亡き院とぢかに向き合ふ思ひで、歌を詠んだ。

よしや君昔の玉の床とてもかゝらん後は何にかはせん　（『山家集』一三五五）

君は昔、金殿玉楼におられましたが、かうなつたからには、いかんとも仕方がありません。苛酷な運命と諦めて受け入れてください。

崇徳院自身の羇旅歌、「松が根の枕はなにかあだならん玉の床とてつねのことかは」（「久安百首」）を踏まへてゐるとの指摘（久保田淳『山家集』）があるが、さうであらう。院ご自身が、旅では松の根を枕にお休みになり、「玉の床」が常の臥所《ふしど》とは決まつてはゐないのだな、かうした体験も貴重だと詠まれたではありませんか。すでに覚悟しておられたのが今の身の上なのです、と説いたのだ。

親身に寄り添ひながら、真正面から厳しく反省を促したのである。院たる者は世を呪詛するやうなことをしてはなりませぬ、と真剣だつたのだ。

この場面は、謡曲『白峯』や『松山天狗』、上田秋成『白峯』、滝沢馬琴『椿説弓張月』などで扱はれてゐるが、いまや肝要なのは、院の霊を慰めるよりも、理を説いて鎮めることであり、怒りを買ひ、呪詛をこの身に受けても構はぬ、と覚悟した上でのことであつた。これ以上、世を乱してはならないのだ。

*

この後、西行はどのやうな道筋をとつたか分からないが、善通寺へ赴いた。弘法大師空海が生まれ育ち、修行した地である。

崇徳院への説得を成就するためにも、祈願した者として自らの験能を高めようといふ思ひもあつたらう。

坂出から岡山行の特急が一時間に二本ほどあるが、その間に挟まつて、琴平行の普通が出る。それに乗ると、およそ三十分である。

電車が丸亀を過ぎると、左手斜め前方に、丸い山の連なりが見えて来た。左端の香色山《かうしきさん》は低いが、次いで四つ、柔らかな曲線でもつて大きく波立つ。筆ノ山、我拝師山《がはいしさん》、中山、火上山《ひあげやま》である。五岳山《ごがくさん》と総称される。

善通寺駅の西口を出ると、山々は前方に、半ば縦に重なつて並んでゐた。最も低いはずの香色山が大きく見え、その背後から筆ノ山が左に肩を出し、異形ながら曲線の輪郭を際立たせてゐる。

その山容を正面にしながら広い道を進み、市役所前も過ぎて、なほも行くと、右手に五重塔が見えて来た。善通寺であつた。

南大門は、左右の太い柱が高々と唐破風の屋根を支へ、右に「弘法大師 屏風浦」、左に「御誕生所 善通寺」とあつて、頭上には五岳山とあつた。これが寺号である。

それを潜ると、疎らな松林の中、正面奥に金堂、右手に五重塔が位置してゐた。ここに白鳳時代、佐伯氏が建てた寺があつたらしい。その跡に、空海が発願して、父母の菩提のため建立、寺名は父の名の善通によつた。さうして多くの堂塔、僧坊が建ち並んだが、戦国時代にほとんどが焼失、元禄年間になつて金堂が再建され、五重塔は明治になつてからである。しかし、いまやいづれも古色を帯びてゐる。

金堂へ入つていくと、遍路姿の参拝者の列を大きな薬師座像が半眼をもつて見下ろしてゐた。

西側の中門を出て、塔頭寺院の間を抜けて行くと、誕生院であつた。その仁王門の先に、空海を祀る御影堂がある。広壮な建物で、奥に稚児大師立像に父の善通公、母玉寄《たまより》御前が祀られ、さらにその奥、厨子には、秘仏の本尊、瞬目《めひき》大師の図像が安置されてゐる。渡唐前にこの地の池を水鏡にして描いたとされるが、その大師の右上には釈迦像が描き込まれてゐる。少年空海が祈ると湧出した姿である。土御門天皇がご覧になつた時、この大師像が瞬きをした。すなはち、生身の証を示した、とされる。多分、高野山奥の院の廟に空海がいまなほ生きてゐるとされるのに対応した、伝承であらう。

御堂の左手脇には産湯井があつた。

しかし、西行が訪ねた頃、このやうな御堂は一切なく、西院の一帯はただ垣根を巡らし、標として松が生へてゐるだけだつたらしい。

哀れなり同じ野山に立てる木のかゝる標《しるし》の契りありける　　（『山家集』一三六九）

同じ野山の樹木であるのだが、ここが大師の生まれたところだと示して立つてゐるのは、前世からの契りがあつてのことだらうか。

空海への傾倒は、この松でさへ特別の選ばれたものと見ずにをれないのである。

傍らの僧坊に宿を取ると、境内を戻り、南大門を出た。

築地塀沿ひに東へ少し戻ると、口を開けてゐた路地へ入る。すると、右側に井戸があり、玉の泉と標示が出てゐた。空海が掘つたと伝へられる井戸は各地に数多くあるが、ここは西行も立ち寄つてゐるはずである。

その先に、玉泉院があつた。かつて大きな松があり、その根元に坐して、西行が修行したと伝へられる。塀が切れ、入つて行くと、松の大木は見あたらないが、右手に御堂があり、左手の庭の中には寄棟の小ぶりな御堂があつて、「西行堂」の額が上がつてゐた。

まだ新しい建物で、正面奥に黒ずんだ石像――西行像か――がぽつんと置かれ、長押の上には、西行の姿を描いた日本画が三点掲げられてゐた。

「どうぞお上がりください」

庭の掃除をしてゐた若い僧が言つてくれた。

その若い僧が住職で、お茶を出してくれた。すつかり寛いだ気持になつて、庭の向ふに見える香色山の均整のとれた姿を眺めた。ここでは背後から筆ノ山が肩を出すこともなく、香色山ばかりが穏やかに鎮まつてゐる。

西行は縦横に走る松の太い根に坐してだが、ここからこの山の姿を眺めたのだ……。

十二　我拝師山、そして友の死

善通寺の僧坊で夜を過ごすと、翌朝、車で香色山の北裾の道へ入つて行つた。

香色山の背後から、まづ筆ノ山が、次いで我拝師山《がはいしさん》が現はれた。五岳山の中で最も高いが、海抜四百八十一メートル、急峻ながら山肌はなだらかである。

まづ手前の曼荼羅寺《まんだらじ》に寄つた。四国霊場の七十二番札所だが、その中で最も古く、推古四年（五九六）に佐伯氏の氏寺として創建され、やがて唐から帰つて来た空海が、長安の青龍寺に倣つて整備、改築して、本尊を大日如来とし、金剛界と胎蔵界の曼陀羅を安置、寺名を現在のものにしたと伝へられる。

本堂へ近づいて行くと、左の桜の木の下に、西行の昼寝石と呼ばれる横長の石があつた。この寺の背後、水茎岡《みづくきのおか》に庵を結んだ西行が、時折、ふらりとやつて来て横になつてゐたといふ。

その水茎岡は、いまは蜜柑がびつしり植ゑられてゐて、艶のある葉叢を分けて小道を入つて行くと、意外に奥深く、竹藪に囲はれた一角に、庵が復元されてゐた。雨戸が閉切られてゐる。

薄暗く、藪蚊に襲はれさうなので、早々に戻りかけたが、海が遠望できるのに気づいて、立ち止まつた。冬の冴え返つた月夜なら、遥か彼方まで見渡せる。

曇りなき山にて海の月見れば島ぞ氷の絶え間なりける　（『山家集』一三五六）

曇りない月夜に山から見渡すと、海面は氷のやうに白銀に輝き、島ばかりが黒々と、氷の絶え間のやうだ。

単なる叙景歌でなく、「曇りなき山」とはこの岡であるとともに、背後すぐに位置する我拝師山を初めとする大師が修行した山々を言ふのであらう。すると、晴れ渡つた月下、白銀に輝く海を見渡すと、島々が黒く欠落して見える、と言ふだけではなく、自らの修行の足りなさ、抱へ持つ闇が歴々と見える、と言つてゐると解されさうである。

かうも詠んでゐる。

岩に堰く閼伽井《あかゐ》の水のわりなきに心澄めとも宿る月かな　（『山家集』一三六八）

岩にせき止められた閼伽井の水には、殊勝にも月が宿つて、心を澄ますよう努めよ、と勧めてゐる。

身辺にふと目にするものがかういふ働きをする場所を選んで、庵を結んでゐたのだ。

歩いて十分足らず、我拝師山の登口に位置する出釈迦寺《しゆつしやかじ》は、七十三番の札所だが、境内はあまり広くなく、御堂も小ぶりである。しかし、巡礼姿の人たちが多い。片隅に、低く四角い碑があり、南無阿弥陀仏と刻んだ脇には、西行の歌（後出）が添へられてゐた。安永八年（一七七九）、無名の僧によつて建てられたものであつた。

裏へ出ると、我拝師山が正面間近かであつた。山頂右肩あたり、屋根がわづかに覗いてゐる。かつての出釈迦寺、いまはここ出釈迦寺の奥の院である。

まだ七歳で、真魚《まお》といつた空海が、この山に登ると、釈迦如来にかう念じた。——仏門に入り、世の人々を救ひたい。この衆生済度の願ひが叶ふものならば、お姿を現はしてください。叶はぬのなら、この身を捧げ奉る。さう告げると、断崖絶壁から身を投じた。と、紫雲が湧き、釈迦如来が出現、天女が降りて来て少年空海を抱き留めた……と言ふ。

善通寺の瞬目大師像に釈迦が描き込まれてゐるのは、この伝説による。そして、わたしが立つここ——奥の院の遥拝所の傍らには、稚児大師立像が立つてゐる。

＊

遥拝所から先へ進むと、石灯籠が数十基並び、「捨身《しやしん》ヶ《が》嶽《だけ》禅定《ぜんぢやう》」と刻まれた大きな石の標識が立つてゐた。山頂の奥の院の傍らに断崖があり、それをもつて人々は捨身ヶ嶽とも呼んでゐるのだ。我拝師山の名は、言ふまでもなく空海が自らの師とする釈迦を拝したことによる。

そこから、登山道だつた。

ひどく急である。全路面が舗装されてゐる。雨の度に荒れるためであらう。

歩幅を小さくして、ゆつくりゆつくり登る。もう老年のわたしに出来ることは、根気でもつて体力を補ふことである。

脇に石灯籠、赤地に白く「南無大師遍照金剛《なむだいしへんぜうこんがう》」と染め抜かれた幡、与謝野晶子や鉄幹らの歌碑が続く。

やがて西行法師腰掛石があつた。標示の脇には「寺伝に有り」と添へられてゐる。確かな根拠があるといふことなのであらう。

腰を降ろして休んでゐると、自転車を抱へた白人の青年が上がつて来た。上から走り下るつもりらしい。高校生らしい集団が走りながら降りて来た。声を掛けると、鞍部を越えた向ふ側から来たと言ふ。かういふスポーツの場にもなつてゐるのだ。

四十分程で、その我拝師山と中山の鞍部に出た。

瓦葺の山門があり、「我拝師山」と扁額を掲げ、横に「捨身ノ丘」と刻んだ石柱が立つ。山頂が迫つてゐるが、右手に剝き出しになつた断崖が見えた。少年空海が身を投じたといふ断崖である。

山門からはさらに坂道が続くが、白い滑らかな石で覆はれてゐる。聖なる領域だからであらうが、雨が降れば滑るのではないか。

用心しながら上がつて行くと、峰も小高いところに鐘楼があり、奥が出釈迦寺奥の院の御堂であつた。ここも地表は白い石で覆はれてゐる。

西行がやつて来た時、どうであつたらう。御堂は蔀戸《しとみど》で閉ざされ、内部は分からないが、中央に空海が刻んだと伝へられる本尊の釈迦、脇に空海が招来した不動明王と、空海が修行に入るのに際して百万回唱へた真言の主の虚空蔵菩薩が安置されてゐるはずだ。

その御堂の右端、華頭窓の下の横木に「御行場入口」の標示が出てゐて、通路が口を開けてゐた。『山家集』下雑（一三七〇）の詞書に「曼陀羅寺の行道所」とあるのは、これだらう。

床下を潜り抜けると、先は険しい岩場だつた。巨岩の累積が陽を浴びてまぶしい。


行道所へ登るは、世の大事にて、手を立てたるやうなり

詞書の続きである。まことに嶮しい。詞書が長いので、大幅に省略して引用すると、

大師の、御経書きて埋ませをはしましたる山の峯なり。（中略）登るほどの危ふさ、ことに大事なり。構へて這ひまはり着きて

そして、麓の碑に記されてゐた歌。

めぐり逢はんことの契りぞ頼もしき厳しき山の誓ひ見るにも　（『山家集』一三七〇）

弘法大師が年少の折、釈迦如来に逢はうと誓願をお立てになつて、実現した、その頼もしさが、この険しい山容に接するにつれ、生々しく感じられて、自分が今、その時の大師にお逢ひしてゐるかのやうな思ひを覚える……。

西行の讃岐行の眼目が、ここにあつたのだ。少年空海が発願し、釈迦にまみえた、と感じたその場に立つのである。

わたしも岩場にとり付く。ここ十年以上、かうしたことをしたことがないのだが、覚悟を決め、這ひまはり、まはり着くやうにして、登る。

鎖場もどうにか過ぎる。

が、わたしの腰も膝もへんに突つ張つて、よく曲がらないのに気づいた。元北面の武士として鍛えた身体なら、五十一歳であつてもそのやうなことはあるまいが、それを大幅に上回る年月を運動と無縁に過ごして来たこの身では、さうはいかない。それに二ヶ月ほど前に痛めた左膝が完治してゐないのを、思ひ知らされた。

この機会を逃せば、空海と西行が立つた頂に立てないと思ひ、ゐざるやうに進むが、腕にも力が入らない。

次の歌の詞書にはかうある、

やがてそれが上は、大師の御師（釈迦如来）に逢ひまゐらせさせをりましたる峯なり。

上から三角笠を被つた男が降りて来て、もうすぐですよ、展望が素晴らしいですよ、と告げると身軽に下りて行つた。瀬戸内海の島々、そして本州まで見渡せるのだ。

詞書は続く、

……登りて、峯にまゐりたれば、師にあはせおはしましたる所のしるしに、塔を建てておはしましたりけり。塔の礎《いしずゑ》計りなく大きなり、高野の大塔などばかりなりける塔の跡と見ゆ。苔は深く埋みたれども、石大きにして、あらはに見ゆ。

高野山の根本大塔ほどの大きな塔が、かつては建つてゐて、その礎石ばかりが苔に埋もれて残つてゐた、と言ふのだが、今はどうだらうか。それだけでも確認したい、と思ふ。

が、腰と膝が十分に曲がらず、無理に曲げて進まうとすると、逆に突つ張り、縋り付くべき岩場から跳ね上がらうとする。

もう一息、と思つて、何度も躙《にじ》り進まうとしたが、その度にさうなる。引き返すことにした。ここまで来ただけでもよしとしなくてはなるまい。向き直ると、思ひの外、登つてゐて、御堂の屋根が遥か下であつた。そして、空海が身を投げたとされる断崖が傍らである。

これには困惑した。しばらく動くのをやめて、捨身行の意味について改めて考へた。

*

同行の西住が都へ帰ることになつた。

いつ都へ戻るかと、別れ際に問ふので、

柴の庵《いほ》のしばし都へ帰らじと思はんだにもあはれなるべし　（『山家集』一〇九八）

柴の庵の「しば」を呼び出しの語として、しばらくはこの庵に留まつて、なほ修行するよと決心を伝へたのだが、さういふ自分を「あはれ」――われながら健気だね、といつてゐるのである。

『山家集』のこの後に置かれてゐる「旅の歌詠みけるに」四首が、この時のものか不明だが、その思ひと繋がつてゐさうである。

草枕旅なる袖に置く露を都の人や夢に見ゆらん　（『山家集』一〇九九）

ここで言ふ「都の人」は西住だらう。わたしが寂しがつて涙を落としてゐるのを、帰京した彼は夢に見てくれるだらうか、見てくれるはずだ、と言つてゐるのだ。

わたの原遥かに波を隔て来て都に出でし月を見るかな　（『山家集』一一〇一）

海波を越え遠くまでやつて来て、かつて都の空に見た月を見てゐるよ。この月もまた、都から海波を越えてやつて来たのだな。

珍しいことだが、西行はひどく感傷的になつてゐる。さうして、独りになると、西住とともに暮らして来た庵とその前に生えてゐる松を改めて見やり、自分までがここを去つたらどうだらうと想像する。

こゝをまたわれ住み憂くて浮かれなば松は独りにならんとすらん　（『山家集』一三五九）

現在の一人取り残された孤独感を、松に投影して、さらに深く感じ取つてゐるのだ。西行の想像力は、かういふふうにも働くのだ。さうして、

今よりはいとはじ命あればこそかかる住まひのあはれをも知れ（『山家集』一三五七）

自他いづれともつかず「あはれをも知れ」と呼びかけることによつて、「今よりはいとはじ命あればこそ」、今よりは命を厭ふやうなことはすまい、といふ決意に立ち至つたのだ。その道筋がいささか分かりにくいが、孤独の極まるところ、西住や自分、二人で過ごして来た庵、その傍らの松なども含めたもろもろの存在の根底を貫く「あはれ」に触れたとの思ひを覚えたのであらう。それぞれが個として個別に在りながら、時に出会ひ、共に過ごし、また別れて行く、そこにこそ「命」が端的に働いてゐる。さうと改めて承知して、仏教では「厭離穢土《えんりゑど》欣求《ごんぐ》浄土《じやうど》」を盛んに言ふが、さういふ考へ方をきつぱりと退けるに至つたのだ。幼い空海が誓願をたて、断崖の上から身を投じたのも、死の淵へ飛び込むためではなかつた。命の「あはれ」を、まつたきかたちで人々の内に甦らせ、知らせるためであつた、と思ひ至つたのだ。

浄土教の厭世観、虚無感をふつきれずに、密教に近づいたが、ここではつきり脱却したと思はれる。

さうして携へてゐた自選歌集を採り出し、翻しもしたらう。「あはれ」を知るのには歌にしくものはないのだ。

かうした折でもあらうか、仁安三年（一一六八）正月に高野山でいはゆる裳切《もきり》騒動が起こつたのを聞いた。善通寺と高野山は結び付きが深く、情報が入つて来たのだが、大伝法院派の僧たちが、荒れた大伝法堂を改めてきらきらしく荘厳して、麗しい絹の法衣を着して修正会《しゆしやうゑ》を催したところ、金剛峰寺派の僧たちが墨染めの衣で乱入、法衣を切り裂き、御堂内を破壊した挙句、大伝法院派の寺院僧坊二百余棟を打ち壊し、焼いたといふのである。このため大伝法院派は再び根来へ下りた。

両派の対立は、やはり火を噴いたのだ。かういふ対立・抗争を繰り返してゐて、どうして空海の教へを伝へる聖地として在りつづけることができるのか。

高野山がさういふ有様なら、わが身ひとつでも、空海の足跡を追はねばなるまいと、西行は考へ、四国の山地深くへ踏み入つたと思はれる。石鎚《いしづち》山によぢ登り、室戸岬では荒波の飛沫を浴びもしたらう。その岬で空海は呪法「虚空蔵求聞持法」を修し、明星が飛来して口へ入る体験をしたと伝へられてゐる。

その求法の四国の旅は、山や野に伏して二、三年に及んだやうである。そして、幾度となく死の淵に臨んだと思はれるが、その度に決然と身を翻した。が、その様子は語られることも詠まれることもなく、知ることができない……。

＊

西行の消息がやうやく判明するのは、水茎岡を出てから四年目の承安元年（一一七一）六月になつてからである。

前年、出家して法皇となつた後白河院が、この年六月一日、熊野詣からの帰り道、住吉大社に立ち寄つたが、それに際して住之江の浜の釣殿が新しくされた。その様子を翌日、参拝した西行が目にしてかう詠んだ。

絶えたりし君が御幸を待ちつけて神いかばかりうれしかるらん（『山家集』一二一八）

院の親拝は後三條院以来、百年ほど絶えてゐたが、今回、復活したことを、西行は神になり代つて喜んでゐるのである。住吉の神は和歌の神であるからで、これまで後白河院は今様に狂ひ、歌にひどく冷淡であつたが、やうやく心を寄せるやうになられたかと、期待を寄せたのだ。西行自身、厳しい修行から歌への強い思ひを持ち帰つてゐたのである。

その留守の間だが、清盛はもつぱら福原（現在の神戸）に居住、宋との交易を盛んにすべく努めてをり、後白河院が福原を仁安四年（一一六九）三月に訪ねるなど、両者の間は良好に推移してゐた。

さうしてその年の四月に改元、嘉応元年とすると、高倉天皇の母滋子が女院の宣下を受けて建春門院となり、清盛の娘徳子が承安元年十二月に入内、翌年には中宮となつた。

その承安二年（一一七二）の十月十五日、西行は、福原で清盛が催した千僧持経者の供養に加はつた。


六波羅太政入道、持経者千人集めて、津の国和田と申す所にて供養侍りけり。やがてそのついでに万灯会《まんどうゑ》しけり。夜更くるままに、灯火の消えけるを、各々《おのおのとも》点しつぎけるを見て

消えぬべき法《のり》の光の灯火をかかぐる和田の泊《とまり》なりけり　（『山家集』八六二）

末法の世、消えようとする仏法の光を和田の岬に掲げ、あかあかと灯し継ぎ続けるのは、なんとも心強いことだ。

資力を傾けて新しい都、福原を築くに当たり、仏法を重んじる姿勢を示した清盛に、西行は大きな期待を寄せたのである。

この頃、伝奏といふ正式な形式を踏んで、高倉天皇に西行が何事かを申し上げることがあつた。その際に、かういふ歌二首を添へた。

跡とめて古きをしたふ世ならなん今もありへば昔なるべし　（『新勅撰和歌集』一一五三）
たのもしな君きみにます折にあひて心のいろを筆にそめつる　（『新勅撰和歌集』一一五四）

先人の事跡を大事にして古きを慕ふ世になつてほしいものです。今日も過ぎれば昔になるのです。

頼もしいことです、君が君として政を執つてをられる時に生まれ合はせ、心に思ふところを筆にいたしました。

具体的にどのやうなことを奏上したか分からないが、「跡とめて古きをしたふ」とは、勅撰集の編纂と考へて間違ひなささうである。

それにしても西行は、ながらく京を留守にしてゐたが、戻ると早々に、かうした機会を得たのである。中宮権大夫平時忠――時子の同母弟、建春門院滋子の異母兄――の計らひであったらしい。清盛との繋がりを一段と強めてゐたのである。

この後、実際に勅撰集への動きがみられるやうになり、俊成ら有力歌人が撰集の準備を始めた。

＊

高野山に戻ると、裳切騒動の跡があちこちに残つてゐた。大法会堂は荒らされたまま放置されてをり、谷々のあちこちにも、破壊されたり焼かれたりした僧坊が打ち捨てられてゐた。

僧同士の争ひは比叡山でもどこでも起こつてゐたが、どうしてここまで激しく繰り返すのか。


かういふ高野山であつたものの、崇徳院の第二皇子で出家した元性法印（宮法印）が、仁和寺から移つて来てゐた。師で叔父の覚性法親王が、嘉応元年（一一六九）十二月に亡くなり、自由に動けるやうになつたためらしい。西行は仁和寺の紫金台寺で開かれた歌会で面識があつたから、さつそく訪ねた。

さうして讃岐白峯の様子を報告もすれば、崇徳院の手になる血の後書きがある五部経についても話題にしただらう。当時、元性法印の手元にあるとの噂（山田雄司『崇徳院怨霊の研究』によれば事実無根）がしきりであつた。

天候が荒れ、ひどく寒くなつた夕、再び訪ねると、法印から小袖を賜つた。


今宵こそあはれみ厚き心地して嵐の音をよそに聞きつれ　（『山家集』九一六）

今宵は嵐が吹きますが、気づかつてくださる暖かいお気持が有難く、おかげで嵐の音を他所に聞いてをります。

翌日にお礼を申し上げるため贈つた歌だが、嵐の音は、実際に吹く嵐のものであるとともに、崇徳院の激しい怒り、また、それをめぐる噂、現実に次々と起こる事件とも解されよう。しかし、いまはご子息が仏道に入り、修行に励んでをられるお陰で、それを遠く聞くことができます、といふ意も含んでゐるだらう。

大原から寂然が遥々と訪ねて来た。寂然も宮法印と旧知であつたから、一緒に訪ね、歌を詠んだりした。

その席でと思はれる西行の歌。

馴れ来にし都もうとくなり果てて悲しさ添ふる秋の暮かな　（『山家集』一〇四五）
さまざまの錦ありける深山かな花見し峰を時雨染めつつ　（『山家集』四七七）

この思ひは、ここに連なつた三人のものであつたらう。

宮法印は、すでに千日の精進をおほよそ終へてゐて、やがて果てると、大峰に入るべく出立したが、その際に西行は歌を賜はつた。それに応へて、

山の端に月すむまじと知られにき心の空になると見しより　（『山家集』一〇八五）

高野山にこのまま住み着かれることはないだらうと拝察してをりましたが、やはり仏道をさらに深めるべく修行されるのだと、改めて承知いたしました。
事実に基づかない噂、さうしてますます暗黒の淵へ墜ちて行くかと思はれる亡父院のために、厳しい修行へと踏み込んで行く法印を見送つたのだ。

＊

それから間もなく、西行はひどく辛い事態に襲はれた。『山家集』中雑、無常をめぐる歌が多く集められてゐるなか、詞書にかうある。

同行に侍りける上人、例ならぬこと大事に侍りけるに、月の明かくてあはれなりければ、詠みける

「同行に侍りける上人」と言へば、西行にとつて西住以外の誰でもない。『千載集』巻第九哀傷歌（六〇三）の詞書には「同行上人西住秋ごろわづらふ事ありて、限りに見え侍りければよめる」とある。その歌。

もろともに眺め眺めて秋の月ひとりにならんことぞ悲しき　（『山家集』七七八）

一緒に出家し修行し旅をし、さまざまな月を眺め、さうして菩提心をともに窺ひ得たと思はれるやうになつた。が、この秋、わたしひとり残されやうとしてゐる。なんとも悲しいことだ。

高野山から京の近郊、西住の枕元へ駆けつけた。さうして幾日、世話をしただらうか。静かに息を引き取るのを見取つた。

その際の西住の様子を、詳しく書いて伝へたのであらう、寂然が歌を寄越した。

同行に侍りける上人、終りよく思ふさまなりと聞きて、申し送りける

乱れずと終り聞くこそうれしけれさても別れは慰まねども　（『山家集』八〇五）

西住は、いささかも乱れることなく、一心に成仏を念じ、臨終正念をもつて死を迎へたと聞いてうれしい。だからと言つて慰められることはありませんが、あなたが付き添ひ、面倒を見た甲斐が有りましたね。さう言つて慰めて来たのだ。それへの返し。

この世にてまた逢ふまじき悲しさに勧《すす》めし人ぞ心乱れし　（『山家集』八〇六）

臨終正念を勧めたのはわたしですが、この世でまた逢ふことのかなわぬ悲しさに、わたしの方が心乱れたことです。

この問答歌も、後に『千載和歌集』巻第九哀傷歌に収められた。ふたりを知る選者俊成は、悲しみを共にしたのだ。

西行は、西住を荼毘に伏し、骨を拾ふと、高野山も奥深くに埋葬した。多分、西住が高野山を訪れた折、約束した場所であらう。

そのことを聞いた寂然が言つて来た。

入るさには拾ふ形見も残りけり帰る山路の友は涙か　（『山家集』八〇七）

山へ入る途では、拾つた骨といふ形見がまだ手許にあつたでせうが、帰る山路ではそれもなく、自らの涙ばかりを友となさつたことでせう。

いかにとも思ひ分かずぞ過ぎにける夢に山路を行く心地して　（『山家集』八〇八）

なんとも分別がつかないまま過ごしてしまひました。夢の中で山路を行くやうな心地でした。

西住を失つた悲しみは、容易に去らなかつた。

＊

そこで企てたのは、先に選んで俊成に送つた自選集を選びなほすことだつたと思はれる。旅に携行した百六十首はそのまま、それに西住との讃岐への旅とその死、それから他の人々の死にかかはる歌などを加へ、さらに俊成とやりとりした歌も添へて、半ば西住を弔ふ性格を持たせた。それがほぼ現行の『山家心中集』であらう。

その選歌作業が、自分の歌を改めて厳しく振り返ることになつた。跋《ばつ》といふべき文章がついてゐて、それによると、ある人を訪ねたところ、その人の許に「山里の集」といふものがあり、見ると自分の歌集であつた。しかし、「誰が仕業とも」記憶していないことが書き付けられてゐて、「みぐるしく顔あがむ心ち」がした。しかし、そのなかの「三百うた六十こそ、さるべきことはおぼゆれ」。そして、そればかりを抜き出しなさいと言はれたので、この集となつた、と。現行『山家心中集』から贈答相手の歌を除くと、ほぼこの数になる。

多分、架空の「ある人」と「山里の集」を持ち出し、韜晦《たうくわい》してみせてゐるのだが、『山家心中集』の成立事情と、この頃の西行の思ひを語つてゐると見てよからう。

さうして改めて俊成らに送つたと思はれる。

その俊成の傍らには、寂蓮（定長）がゐた。俊成の兄の子で、定家が誕生、成長するまで養子であつたから、西行の詠歌の営為を詳しく見もすれば、親しく語り合ふこともあり、この頃、出家を遂げて、深く傾倒するやうになつてゐたのである。

その寂蓮が、西行に百首歌を求めて来た。当時、歌人として広く認められるのには、百首歌を詠むのが肝要とされてゐたこともあつて、西行に是非、と思つたのであらう。

しかし、西行はそつけなく断り、熊野詣へと発つた。

西住の死の打撃から立ち直るためにも、熊野に籠つて修行しなければと思ひ立つたのだ。

その道中、夢を見た。熊野詣の道中なり本宮の証誠殿《しようじやうでん》に籠つて見る夢は、特別な意味を持つとされてゐた。西行は、夢に囚はれることの少ないひとだが、讃岐で西住と別れた際に夢を持ち出してをり、いままた、夢の中で会へるかもしれないと、密かに期待してゐたやうである。さうしてどの宿であつたか、夢を見た。

ただし、姿を現はしたのは、熊野別当の湛快《たんかい》であつた。弁慶の父とも伝へられる、頑強な体軀に恵まれながら、藤原氏の血を引く、歌に堪能な十九歳上の人物である。鳥羽院の熊野詣に従つた際か、大峰入りの時に知つたのであらう。没したのはまさしく承安四年（一一七四）のこの頃であつた。

その湛快が俊成に向つて、何事も衰へてゆくこの世だが、歌の道は変はることがない、さう心得て歌を詠むべきである、と真剣に説いてゐたのだ。

この夢が西行に衝撃を与へた。これまでも自分は歌を大事にし、詠歌への精進と仏道修行は別物でないと考へてゐるつもりであつたが、心底からさう信じ、身を処して来たわけではなかつた、と思ひ知らされたのだ。その証拠に、友を失つた悲しみに囚はれ、歌を詠むことができなくなり、改めて修行をと考へた。が、さう考へるべきではなかつたのだ。より徹底して一体化させなくてはならない。さうしてこそ、己が内から真如の月を昇らせることが出来る……。

さう思ひ至つて、その場で百首を詠んだ。

どれだけの日時を費やしてか、分からないが、恐ろしい集中ぶりであつたらう。さうして清書し終へると、末尾に、これこれの夢を見て思ひ直した旨を記し、さらに一首を添へて寂蓮宛に送つた。その歌。

末の世もこのなさけのみ変らずと見し夢なくばよそに聞かまし

熊野の神の託宣とも思はれるこの夢を見なかつたなら、あなたが熱心に言つてくれたことも、わたしの耳には入らなかつたでせう。末世の今も、人の心を動かす歌の働きには、変りがないと、承知しました。

『新古今和歌集』巻第十八雑歌下（一八四四）に収められてゐるが、この後、俊成の『千載集』を選んだ際の感慨を詠んだ歌が続いて、あの「願はくは花の下にて……」が置かれてゐる。そのため、筆者なども思はずページを繰る手を止めずにをれないが、この勅撰集の選者たちも、西行が熊野の神から託宣を受けた証、と受け取つたのではないか。ただし、その百首はそのまま伝はつてゐない。

かうして歌人西行の、本格的な歩みが始まつたのだ。五十七歳になつてゐた。

この年、西行は熊野の本宮近くに留まり、新春を迎へたが、寂連にかう詠み送つた。

霞敷く熊野川原を見渡せば波の音さへゆるくなりぬる　（『寂蓮法師集』）

西行のなかの、なほも固く塊まつてゐたものが、綻び、自由になつたやうである。

十三　高野山壇場から神路山へ

「山里の集」なる自歌集が既にあつて、そのなかから精選したのが『山家心中集』である旨を先に見たが、「山里の集」すなはち『山家集』は、絶えず膨らみ、成長しつづけてゐた。そのある段階——現在のわれわれが手にするよりも幾つか前の、かなり整備された『山家集』が成立すると、手にし、読んだひとがゐた。院の少納言局である。平治の乱で死んだ信西の後妻二位局の娘で、建春門院慈子の女房を勤めてゐた。

返却に際して歌が添へられてゐた。

巻毎《まきごと》に玉の声せし玉章《たまづさ》のたぐひはまたも有けるものを　（『山家集』一三五一）

巻ごとに玉と玉が触れ響き合ふやうな歌々です。このやうな歌集がいまもあるのかと、改めて感嘆いたしました。

二位局が亡くなつた際、遺児たちと西行は歌を交はしたが、そのなかに彼女もゐて、よく知つてゐた。その彼女に見せたのは、彼女を介して建春門院にこの歌集の存在が伝はり、さらに後白河院と高倉天皇にも伝はることを考へたからであらう。先に勅撰集について高倉天皇に伝奏したらしいと述べたが、そのための準備を西行が現に進めてゐることを知らせるのが目的であつた。

その歌への返し、

よしさらば光なくとも玉といひて言葉の塵は君磨《みが》かなん　（『山家集』一三五二）

まつたく取り柄のない歌々ですのに玉と言つてくださる。言葉の塵といふべきこれらを、「君」が磨いて玉にしてくださるに違ひありません。

この「君」は、相手の女房であるよりも後白河院なり高倉天皇と考へてよからう。すなはち、勅撰集が編纂され、そこに収められてこそ、初めて玉となる、と言つてゐるのである。勅撰集に収められるとはどういふことか、その一端はすでに述べた。

このやり取りがあつたのは承安五年（一一七五）、それも改元されて安元元年となつた秋であらう。五十八歳になつてゐた。ただし、勅撰集の撰進の院宣が俊成に下るのは、さらに八年先、寿永二年（一一八三）二月であり、いましばらく事態は動かない。

この自作歌集の編纂だが、西行の場合、庵から庵、旅から旅へと過ごすことが多かつたから、どのやうに行はれたのだらうか。

＊

普通の身の上なら、歌稿が保存されてゐる場所があり、その場なり書斎で作業にかかる。そして、手伝ふひともゐただらう。西行の場合、さういふ場所を絶えず棄て、立ち去る姿を、後世のわれわれは思ひ描いてしまふが、実際は、やはり歌稿を保存する場所があり、それを管理するひともゐたはずである。これまで触れなかつたが、この時代、単身の旅であつても、雑用を果たす供人が必ずをり、歌集を編む場合も、同様であつたと思はれる。

そして、「花月集」に収められた百六十首を除くと、多くは比較的長い詞書を持つ。それも興味深い内容が多く、この拙文自体、それに拠るところが少なくないが、西行はどうも詞書を書くのが好きだつたやうである。

だから、堆く積まれた歌稿の山のなかに座り込んで、あれこれと抜き出しては、詠んだ折のことを思ひ出し、筆を走らせる西行の姿が浮かんで来る。それも事実関係の細かなところはさほど気にせず、筆の勢ひに任せて……。この歌集の跋とも思はれる断片に、「この歌ども、山里なる人の語るにしたがひて、書きたるなり。されば僻事どもや、むかしいまの事とり集めれば、時折節たがひたることども」とある。

その編纂の基本方針だが、詠んだ時点の前後などあまり考へず、主題中心にまとめることが多かつたと考へられるが、一貫してはゐない。それに何もかも放り込む傾向があり、機会ある度に増補し続けたのであらう。だから、贈答歌などは相手の歌も一緒にどんどん入れた。多分、西行本人に限らず、管理を依頼されてゐた人の仕事でもあつたらう。そのお陰で人間関係が比較的よく分かつて有難いのだが、一歌集として編集されたといふものとはまるで違ふ。ひどく雑然としてゐるのだ。

このため困惑させられることも度々だが、収録歌数千五百五十二首に及んでゐる。詠み送られて来た他人の歌も入れての数である。この『山家集』の他に、『聞書集』『聞書残集』『西行法師家集』などに、その異本類、自家歌合集二巻、また、勅撰集、慈円などの歌集などにも見られ、その総数は、ほぼ二千首になるやうである。

これらの歌の中から、これまで詠まれた時と場が明らかな歌をもつぱら採り上げて来た。拙文が西行の生涯の足取りを中心としてゐる以上、当然だが、これでは偏りが免れまい。そこで時と場が不明だが、関心を惹かれる歌を少々——十首に限り、このあたりで採り上げて置きたい。

『西行法師家集』では「無常の心を」と題された中の一首、『新古今集』では「冬歌」と一括されてゐる中にある。

津の国の難波の春は夢なれや芦の枯れ葉に風わたるなり　（『新古今集』六二五）

能因の「こころあらむ人に見せばや津の国の難波わたりの春の景色を」を本歌としてゐるが、もう一首、浮かんで来るのは、『古今集』序に引かれた、王仁《わに》の歌、「難波津に咲くやこの花冬ごもり今は春べと咲くやこの花」。仁徳天皇の代の始めを祝ひ、梅の咲き誇る様子を扱つた、のびやかな歌で、序を草した貫之が「歌の父とも」と書いてゐるとほり、わが国の歌の歴史において、大事な歌である。それに対して西行は、徹底して枯れ枯れとした風景を詠んでをり、鋭い対比に驚かされる。俊成は『御裳濯河歌合《みもすそかはうたあはせ》』の判で「幽玄の体也」と言つてゐるが、それでは済むまい。仁徳天皇の世に対して今日の政の様子、そして、昨今の歌の在り方を見据ゑ、その荒涼ぶりを対比させてゐる、と受け取られるのだ。

実際に西行には、そのやうな認識があつたらう。崇徳院が志し、二條天皇も引き継がうとした歌の在り様が、繰り返し突き崩され、寒々しい状況が続いてゐる、と見ずにをれなかつたはずである。

さうして絶望的思ひに陥つたが、それが却つて西行を、当時の歌の実情から自由にしたのではないか。自分の歌などは芦の枯れ葉をわたる風でよい、と……。心の浮かれて行くまま桜を扱ひつづけて来たのも、この認識と覚悟があつたからかもしれない。

そして、時にはその根底に横たはるところへと降りて行く。

うらうらと死なんずるなと思ひ解けば心のやがてさぞと答ゆる　（『山家集』一五二〇）

うらうらと心のどかに死ねばよいのだなと思ひ定めると、わが心は即座にさうだよと答へる……、かうした自問自答を不断に繰り返し、手放さないのだ。

その一方、かうも詠んだ。

月をこそながめば心うかれ出《いで》め闇なる空にただよふやなぞ　（『山家集』一五五〇）

闇に直接言及した珍しい歌である。月を扱つた歌の背後には、この闇があると考へるべきなのだ。だからこそ、花を愛でるやうに、果てしなく月を愛で、果てしなく誘はれて行くことになる。

くまもなき月の光にさそはれて幾雲井までゆく心ぞも　（『山家集』三二七）

さうするうちに、月は菩提心の象徴ともなつた。さうなると、わたしの心は、さらに誘はれ、どこまでも追つて行く。それが西行の決意にほかならなかつたのである。

聞き送る心を具してほととぎす高間の山の峰越えぬなり　（『山家集』一九〇）

高野山で無言行を行つてゐる最中の詠を初め、時鳥《ほととぎす》を扱つた歌が幾首もあり、これまでも採り上げて来たが、「心を具して」といふ捉へ方が斬新である。心なるものを、いろんなかたちで捉へ、彼方への運動体としてゐて、ここでは鳴き声と一体化させてゐる。

この心に焦点を絞る態度が、恋を扱ふと、かういふふうになる。

心から心に物を思はせて身を苦しむるわが身なりけり　（『山家集』一三二七）

いたづらに独り苦しむ状態へと落ち込んで行く恋の一類型を、ひどく観念的抽象的領域へ素手を突つ込むやうにして、簡潔に表現して、それが「わが身」だと集約するのである。

さうかと思ふと、

鶯の古巣より立つ時鳥《ほととぎす》藍よりも濃き声の色かな　（『聞書集』七八）

時鳥の特異な生態――鶯の巣に卵を産み付けて育てさせる――を詠み込むとともに、声を鮮やかな色として捉へて見せる。
また、声や風といつた目に見えないものを、こんなふうに捉へる。

秋風に穂末《ほずゑ》波よる刈萱《かるかや》の下葉に虫の声乱るなり　（『山家集』四四六）

刈萱の動きでもつて、視覚化してみせるのである。
こんなふうに歌の領域を大きく広げ、それに応じて技法も凝らす。さうかと思ふと、かうも詠む。

牡鹿鳴く小倉の山の裾近みただひとり住む我心かな　（『山家集』四三六）

この素直な詠みぶりには、なんとも言へない魅力がある。また、

跡たえて浅茅《あさぢ》しげれる庭の面に誰分け入りてすみれ摘みてん　（『山家集』一五九）

荒廃した庭に、ひとが踏み入つた跡があり、そこに可憐に咲く菫を見つけたのだ。自分のその喜びと何人か知れない者の喜びが、思ひがけず共鳴するところを率直に表現してゐる。

かういふ自在さをわがものとしてゐるのだ。
そして、庵の前の松に語りかけるやうなところへも行くが、それがやがて謡曲『西行桜』や『遊行柳』を生み出したのも当然だらう。もはや西行といふ一歌人の域を越えて、老桜の霊が舞台に登場、「花見にと群れつつ人の来るのみぞあたら桜の咎には有ける」（『山家集』八七）、老柳の霊が「道のべに清水流るる柳陰しばしとてこそ立ちとまりつれ」（『新古今集』夏）と、その歌を口ずさむ。

これらに多く共通するのは、恐ろしく率直、なだらかな詠ひぶりである。が、一方では、闇自体と向き合ひもすれば、屈折する心の動きを厳しく追及する。かうしたところが後々まで多くの人の心を捉へて来た主因であらうか。

＊

待賢門院、美福門院と、鳥羽院が深く愛した女性なりその女房たちと、西行は係りを持つたが、もうひとり、鳥羽院に女房として仕へて寵を得た春日局《かすがのつぼね》がゐた。彼女は、実能の養女になつた関係からであらう、西行をひどく頼りにした。

その春日局が鳥羽院との間に儲けた頌子《のぶこ》内親王も、また西行を頼りにした。高倉天皇の下、承安元年（一一七二）六月に斎院に卜定されたが、病によつて八月には退下、五辻《いつつじ》斎院頌子と呼ばれた。そして、安元元年（一一七五）、願主となつて高野山の東別所、宝幢院《ほうどうゐん》谷に、父鳥羽院の菩提のため蓮華《れんげ》乗院《じようゐん》を建立した。鳥羽院のためすでに美福門院が菩提心院を建て、六角経蔵を寄進してゐたが、娘として重ねて行つたのである。そして、その経営の費用として、五辻斎院領の紀伊国南部荘の田十町を施入《せにふ》したが、手続きの一切を西行に委ねた。

当の宝幢院谷は、高野山の中心の壇場から奥の院へ、菩提心院の前も過ぎ、一・二キロほど行つたところ、東別所の南側の短い谷を少し上がつたところである。

ただし、当時の高野山は、幾度も触れて来たとほり、金剛峰寺方と大伝法院方が衝突を繰り返し、その跡が生々しく残つてゐた。

そのため、蓮華乗院の建立自体、必ずしも歓迎されなかつた。やはり鳥羽院となると、覚鑁の絶対的支援者といふ記憶が強烈であつたし、場所が東別所の谷となると、これまた大伝法院方となる。これでは折角の五辻斎院頌子の思ひが逆に作用する恐れがある。そこで西行が、対立を越えた事業にするべく、動いた。

ただし、双方ともに抵抗があつた。春日局が配下に出した安元三年（一一七七）六月十五日付の消息が残つてゐて、そこにはかういふ文が見える。「大本房の聖の御坊、よくよくはからひおほせられをかせ給べし」「大本房の聖の仰せられをきたらん定めに違《たが》はず、末の世まであるべきなり……」。大本房の聖とは西行のことで、彼の指示に全面的に従ふやう強く求めてゐるのだ。

さうして西行が行つたのは、蓮華乗院を一山の中心で共通の場の壇場へ移築、長日《ちやうじつ》不断《ふだん》の談義所とすることであつた。

長日不断の談義所とは、教学研鑽のため空海が設置したもので、早々に失はれたため、以後、何人もの座主が復興を訴へ、覚鑁によつてやうやく実現、現在の金剛峰寺の東半分の地に建て、大伝法院堂と称したが、金剛峰寺方により破壊されたままとなつてゐた。

実現にはさまざまな障害があつた。大伝法院方の反対は春日局が抑へてくれたが、金剛峰寺方となると、西行が苦労しなくてはならなかつた。

さうして宝憧院谷から壇場へと、移築作業が行はれたのだが、距離は約一キロ、歩いてみれば分かるが、高低差はほとんどなく、あるとすれば壇場に入る手前の蛇腹路ぐらゐで、それもしごくなだらかである。

ただし、いつどこから邪魔が入るかわからず、最後まで緊張しつづけたらう。改元により安元三年は治承元年となつたが、その五月の十二日に柱建《はしらだて》、六月十日に上棟、少し遅れて十一月九日に完成した。

じつはこの頃、西行は高野山金剛峰寺の中枢部から依頼され、高野山領の荘園に課せられた紀伊一宮日前宮《ひのくまみや》の造営役の免除を、清盛に依頼してゐた。そして、治承三年（一一七九）三月十五日付の、円位と署名された書簡が現存してゐるが、願ひが聞き届けられた旨、金剛峰寺検校宛に報告、そのお礼に清盛のため尊勝《そんしよう》陀羅尼《だらに》を一山で誦することを求めるとともに、壇場に運ばれた建物の柱絵を仕上げること、長日談義を心を入れて行ふことを求めてゐる。

この時点で柱絵などはまだ出来てゐなかつたが、三間四面、檜皮葺の建物の中には、丈六の阿弥陀像、白檀の釈迦如来像が安置され、長日談義は曲がりなりにも始まつてゐた。

このやうにして西行は、歴代の座主が果たせず、覚鑁も途上で終はつた事業を、成し遂げたのだ。

さらに西行は、春日局と五辻斎院から委託を受けて、五辻斎院の没後に南部荘のすべてを長日談義のため寄進する取り決めをし、後々までも催されるやう図つた。

そうした努力があつて、根本大塔の東側、愛染堂を隔てた位置に、今日も大会堂と呼ばれて存続してゐる。じつはその後、宝治二年（一二四八）、弘安七年（一二八四）と確執が火を吹いたし、雷火を受けて焼失もしたが、その度に再建され、規模こそ小さくなつたが、弘化五年（一八四八）再建の建物が今も建つてゐる。

敵対するさまざまな人々を承服させるだけの説得力と政治的行動力、空海の遺志を実現しようとする強い思ひが可能にしたのだ。現大会堂の東隣に、西行が修造したと伝へられるこぢんまりした三昧堂が在り、前に西行桜がある。

＊

こんなふうに高野山において西行が事業を推進する上で、大きな支へとなつたのが清盛であつたが、安元二年（一一七六）七月、建春門院が死去したのを切掛けに、後白河法皇との間がぎくしやくし始めた。

そして、六條院の崩御を初め皇族になにかと不幸が続き、翌三年春には、各地を暴風雨が襲ひ、四月二十八日には、太郎焼亡と呼ばれる大火が、京の大半を舐《な》め尽くし、内裏に及んだ。九條兼実は日記『玉葉《ぎよくえふ》』に「我朝ノ衰滅、其ノ期已ニ至ルカ」と記した。

崇徳院の怨霊による、といふ噂が一層盛んにもなつた。保元の乱後すでに二十年、醍醐天皇の治下に起こつた菅原道真の怨霊事件の再来と受け止められたのだ。

さうしたなか、後白河法皇が平家打倒へ動き出し、六月に鹿ケ谷《ししがたに》事件が起こると、清盛は関係した者たちを厳罰に処する一方、七月二十九日には、それまで讃岐院と称してゐたのを崇徳院と改め、法勝寺では法華八講を執り行ひ、鎮魂につとめた。そして、八月四日には改元して治承とした。

その翌治承二年（一一七八）四月、都ではまたもや大火が起こつた。太郎焼亡に劣らない規模であつたから、次郎焼亡と呼ばれた。しかし、十一月には清盛の娘で高倉天皇の中宮徳子が皇子を産むと、翌月には早々に皇太子とした。これにより清盛は天皇の外祖父といふ地位へあと一歩と迫つたのである。

高野山の造営役免除の西行の願ひを受け入れたのは、この頃のことであつた。ところが治承三年（一一七九）七月二十九日、長子の重盛が病没すると、十月九日の除目で、後白河法皇は重盛が知行してゐた越前国を近臣藤原季能《すえよし》に移すなど、清盛の面目を失はせる処置に出た。怒つた清盛が、十一月十四日、兵数千を率ゐて福原から京へ入ると、摂政関白基房を罷免して備前に流し、法皇の近臣と目される三十九人をことごとく解任、院政を停止、鳥羽殿に幽閉した。

このことに西行は、少なからぬ衝撃を受けた。なにしろ清盛と結び付くことによつて、高野山において少々反対があつても、ことを推し進めることが出来たのだが、かうなるとどうか。また、田仲荘では、仲清が平家と結びつき、領地の保全の画策に努めてゐたが、そのため高野山側と対立する立場へ押しやられてゐた。

翌治承四年（一一八〇）二月二十一日、清盛は、数へで三歳だが満では一歳と三ヶ月の皇太子を位につけ、安徳天皇とした。そして帝の外祖父といふ、長らく望んでいた地位を得たのである。

しかし、四月には法皇の皇子以仁王《もちひとおう》が、平家追討の令旨《りやうじ》を諸国の源氏に下した。その令旨に応じた源頼政が、五月、平家軍と宇治川を挟んで戦闘に及んだ。「橋合戦」（「平家物語」）と呼ばれる戦で、以仁王は流れ矢を受けて亡くなり、頼政は自決したが、令旨に応へ挙兵する動きが各地に広がつた。

さうした最中、上西門院統子親王の御所で連歌の会が催され、兵衛局（堀河局の妹）が「軍《いくさ》を照らす弓張の月」と詠んだが、次の句を付ける者がをらず、そのまま終つたといふ話が伝はつて来た。そこで西行が言ひ送つた。

　　心切る手なる氷の影のみか　　　　　　　　　　　（『聞書集』二二八）

　戦場の上にかかる三日月を、武者たちが手にする白刃と見立てるとともに、修羅の心を断ち切る刀として振るつてほしいものだ、としたのである。

　この付けを受け取つた時、兵衛局は病床にあり、時を置かず亡くなつたが、所持してゐた仏舎利が遺品として送られて来た。

　　なき跡の重き形見に分かち置きしなごりの末を又伝へけり　　（『聞書集』二三〇）

　先へ逝つた者が残つた者へ形見に渡すとのかねての約束を、戦乱の中、守つたのに、西行は言ひしれぬ感銘を覚えたのだ。

＊

この兵衛局の遺品を西行が受け取つたのは、高野山ではなかつた。以仁王が兵を挙げたと知り、兵衛局の句の付けを送るとほぼ同時に、西行は高野山を降りたのだ。後に引く歌の詞書に「高野山を住みうかれて」と書いてゐるが、実際は高野山にゐたら、危険が身に及ぶと感じてのことであつたらう。なにしろ清盛の威光を傘に、金剛峰寺派に命令するやうなことをしてゐたのだ。強く反撥する者たちが少なからずゐた。覚鑁なり大伝法院方を再三にわたつて実力で追放した連中である。何時、何を仕掛けて来るか、分からない。それに西行自身、すでに六十三歳、山上の寒冷さが身に応へるやうになつてゐたので、よい機会とも考へたらう。

さうして六月二日、清盛が天皇、院に摂政以下、廷臣たちを引き連れ、福原へ遷都したのを知つた。

福原へ宮こうつりありと聞えし比、伊勢にて月の歌よみ侍しに

雲の上やふるき都になりにけり澄むらん月の影はかはらで　（『西行法師家集』一〇三）

京の都が「古都」となるといふ、とんでもない激変の時代となつた。しかし、月影はかつてと少しも変はらず照り輝き、わたしが求める真の心の在りやうも、基本的には変はることがない。

文字通り、驚天動地の事態を前に、変はることのないものを提示したのである。ここには、伊勢といふ新たな地に身を置くうへでの覚悟も込めてゐよう。この頃、西行の関心は、空海に導かれてだが、大日如来を軸とする密教信仰の、わが国における実際に即した展開へと向けられてゐた。

内宮のかたはらなる山陰に、庵むすびて侍りける比

ここも又都のたつみ鹿ぞすむ山こそかはれ名は宇治の里　（『西行上人集』李花亭文庫本 六〇五）

確かに伊勢は、京の南東＝巽《たつみ》の方角に位置する。そして、地名も宇治といつた。そこで自らを喜撰法師に準へて、かう詠んだのである。

その伊勢の住まひだが、詞書にあるとほり「内宮のかたはらなる山陰」、内宮前から伊勢志摩スカイラインに入つてすぐの下、通称西行谷の口のあたり、境内北端に在る社務所から歩いて十数分、現県営競技場の裏も南隅である。後に俳諧師宗長《そうちやう》や芭蕉が訪ねて来たのもそこである。

ただし、門前の賑ひが近かつたので、五十鈴川を下つた、二見浦《ふたみがうら》に近いところへ、間もなく移つた。

五十鈴川は、当時、夫婦岩の東側で海へ注ぎ入つてゐたが、その手前、二見浦の浜を控へた

丘ともいふべき安養山が細長く横たはる内陸側を、今日と同様に流れてゐて、その丘の西端麓に庵はあつたらしい。

いま五十鈴川は、この小山の手前で分流して、川幅もこちらの方が広く海へ向つてをり、小山の内陸側一帯は開発が進んで、瀟洒な住宅団地になつてゐる。

この開発を前に平成四年、発掘調査が行はれ、西行が去つた後に建つたらしい安養寺跡が確認されてゐる。二見浦駅からだと、西へ一キロ半ほど戻り、南へ折れ、安養山の西端近くの低い鞍部を越えた、左側である。

先に「高野山を住みうかれてのち」の詞書の一節を引いたが、その続きに「伊勢国二見浦の山寺に侍りけるに」とあるのが、ここだらう。安養寺の前身の山寺の傍ら、小山の陰なので、海からの風も直接当たらず、目の前の五十鈴川を小舟で行けば、内宮へも二見浦へも気軽に行くことが出来る。

ここに落ち着いて、しばらくしてからの詠と思はれるのが、いま詞書を引いた歌だが、まづはその詞書のつづき。


太神宮の御山をば神路山と申す、大日の垂迹《すいじやく》を思ひて詠み侍りける

『千載集』に撰入の際、書き加へられたのだが、そこにはつきり「大日の垂迹」なる言葉が出

てゐる。そして歌。

深く入りて神路の奥を尋ぬれば又上もなき峯の松かぜ　　　　（『御裳濯河歌合』七一）

出家者は、本殿に近づくことが許されず、途中から小さな流れの島路川に架かる橋を渡り、わづか小高くなつたところにある風日祈宮《かざひのみのみや》から、遥拝しなければならなかつた。しかし、ここでは峯を吹き過ぎる風の音がはつきりと聞えたのだ。

そして、「奥を尋ぬれば」の言には、中国や四国の行場から大峰、熊野、そして高野山と修行を重ねて、この伊勢までやつて来た道程を踏まへてゐると見てよからう。かうして神域深くへ進み入ると、奥の峯には、この上もない霊気に満ちた松風が吹いてゐる、と感じ取つた……。

早く神宮を参拝した折のものとして、『山家集』にはかういふ歌が収められてゐる。

榊葉に心を懸けん木綿四手《ゆふしで》て思へば神も仏なりけり　　　　（『山家集』一二二三）

榊《さかき》の葉に木綿四手を掛け心を込めて祈らうとして、よくよく考へてみると、神も仏であるよ。

さういふところから、伊勢大神の天照大神を大日如来のわが国における垂迹だと信ずるところへ進み出たやうである。わが国では仏が衆生救済のため、神の姿をとつて現はれるのであり、天照大神もさうである、と……。

ただし、仏が元で神が末といふことでもない。この国土で一個の肉体を与へられ、生を重ねて来てゐる者たちにとつて、かうした神こそ、神であり仏であつて、それがそのまま、宇宙的普遍につながる。

そして、唯一神のやうな絶対性、この宇宙の創造神のやうな超越性をもつて、われわれに臨むわけではない。また、われわれ自身にしてもさういふ存在を求めるわけでないし、この世界から抜きん出させ彼方の高みへと押し上げるわけでもない。神が仏であり、仏が神である世界が、われわれを包み込んで彼方の高みへと自づと広がつてゐる、と承知するだけなのである。祈りは、多分、そのやうなところに身を置いてゐることを確認することなのだ。

それとともにわれわれ自身は、無心、清浄であれば足りる、とする。すなはち六根（眼・耳・鼻・舌・身・意の識を生ずる感官）清浄に努めればよく、山に入り修行するのは、このためであつた。さうすれば自づと生本来の在りやうが顕はれ出る。それがこの国土においての遠い時代からの確信であつたのだ。

＊

伊勢で歌の弟子となつた者の一人に内宮の権禰宜《ごんねぎ》荒木田満良がゐた。後に出家して蓮阿《れんあ》と称するが、『西行上人談抄』で、その庵の様子をかう書いてゐる。

「浜荻を折敷たる様にて哀なるすまひ、みるもいと心すむさま、大精進菩薩の草を座とし給へりけるもかくやとおぼえき」。まことに粗末、簡素な庵で、精進一途に厳しく勤めてをられた、と言ふのである。

「硯は石の、わざとにはあらず、もとより水入る所くぼみたるを被置たり。和哥の文台は、ある時は花がたみ、扇やうの物を用ゐき」。硯は造られたものでなく、窪みのある自然石を、小机は花籠、あるいは扇などを用ひた。

さうして歌を談じても、合間合間には「一生幾つならず、来世近にあり」、わが生命はあと幾ばくもなく、来世が近いと、口ずさむやうに言はれた、と。

この庵の縁に座せば、南正面は五十鈴川で、その向ふには朝熊山《あさまやま》がこんもりと盛り上がつてゐる。海抜五百五十五メートルである。この山頂近くに金剛證寺がある。そして、右手へと山稜が伸びた西端裾からは内宮を囲む神路山が頂を覗かせてゐる。

室町時代に成立した「伊勢参詣曼陀羅」によれば、中央に大きく内外宮、左上に金剛證寺が描かれてゐて、江戸時代には内宮の奥の院とされ、双方に参らなくては「片参り」と言はれるほどの密接な繋がりを持つたが、なるほどと思はれる。

その金剛證寺の創建は古く、空海が真言密教道場として再興した歴史がある。現在は臨済宗に属するが、本尊は変はることなく虚空蔵菩薩である。近くには、平安末の経塚が多く発見されてゐる。

西行は日々この山を見上げて暮らしたのだ。そして、時には杖を執り、登つたのに違ひない。その一歩一歩が、天照大神を大日如来の垂迹とする信仰を反芻することになつたらう。

さうして、自分の出家者としての出発が、虚空蔵菩薩を祀つた嵯峨の法輪寺であつことを思ひ出し、これまで求めるまま自由に歩んで来たが、いまや輪を結ぼうとしてゐる、と思つたのではないか。

十四　伊勢大神への法楽

福原への遷都騒ぎは、六ヶ月で終はつた。

遷都から二ヶ月と十五日後、源頼朝が伊豆で、木曾義仲が信濃で兵を挙げ、源平の騒乱が一気に拡大、十一月三日には富士川で平家方が敗北すると、その月の二十六日、天皇、法皇、上皇が京へ戻つて来た。

平家一党は近江、伊賀、大和などを掌握すべく努めた。

南都奈良制圧の指揮を執つたのは重衡《しげひら》だが、十二月二十六日、民家に火を掛けると、折からの強風に一気に燃え広がり、東大寺、興福寺の堂塔が炎上した。この事態が、遷都以上に人々を震撼させた。

なにしろ東大寺はわが国の総国分寺で、わが国が仏土である証であつた。それが焼け落ち、大仏像の首が落ちた。末世が到来したと言はれ続けて来てゐたが、それがいよいよ現実となつた、との思ひを人々は抱いたのだ。

その頃、病んでゐた高倉院の容体が悪化、年を越したものの、治承五年（一一八一）一月十四日、崩御した。

院政の座が空白となつたため、清盛は、後白河法皇に院政再開を要請しなくてはならなかつた。

かうして後白河法皇が復帰したが、直後、当の清盛が病床に伏した。その知らせが二月下旬、京を駆け抜けたと思ふと、閏二月四日には絶命した。激しい頭痛と高熱に苦しんだ末の、六十四歳の死であつた。

八日には葬礼が執り行はれたが、後白河法皇のゐた最勝光院からは今様を歌ひ、乱舞する声が聞えたといふ。

院政を再開した後白河法皇は、清盛の跡を継いだ宗盛の主張に従ひ、源頼朝らの追討を命じるなどしたが、積極的に取り組んだのは、東大寺の再建であつた。六月には造東大寺長官と造修理大仏長官を任命した。

ただし、戦乱に加へ、春早々から日照りが続き、飢饉となり餓死者が巷に溢れる事態となつた。そこで七月には改元、養和元年としたが、深刻の度は深まるばかりであつた。その惨状を鴨長明が『方丈記』でつぶさに描いてゐる。

院は、再建の資金・資材は勧進によるとし、八月、勧進上人に俊乗坊重源《しゆんじようぼうちようげん》を当てた。

そして十一月には、俊成を初めて御所に召した。これまで歌にほとんど関心を示してこなかつたが、再び院政の座に就くことによつて、為すべきことと思ひ至つたらしい。清輔は四年前に死去、俊成を措《お》いて余人はゐなかつた。

飢饉は収まらず、翌年もつづき、五月にまた改元して寿永とした。秋になると飢饉が収まる兆候が見えて来たが、さうなると戦乱が再び激化して来た。

それとともに歌壇も活発化、あちこちで歌会が催され、歌集の編纂なども企てられるやうになつた。公家たちの間では、自らが拠つて立つところは、文雅の営みよりほかないといふ意識が強まつたのであらう。これより前、頼朝が兵を挙げて間もなく、若い定家が「世上乱逆追討耳ニ満ツト雖《いへど》モ之ヲ注セズ。紅旗征戎《こうきせいじゅう》吾事ニ非ズ」と『明月記』に記してゐた。

かうして思ひがけず、勅撰集編纂への機運が高まり、寿永二年（一一八三）二月、撰進の院宣が俊成に下つた。戦乱が逆に働くこともあるのだ。

その報を耳にした西行は、早速、俊成に浜木綿を添へて歌を贈つた。

浜木綿《はまゆふ》に君が千歳《ちとせ》の重なれば世に絶ゆまじき和歌の浦波　（『聞書集』一〇三）

浜木綿は、夏、南紀の浜で咲くが、六弁の白い花が十数、傘状に集まつたかたちで、「百重なす」と詠まれて来てゐた。それを受けて、ちやうど七十歳になつた俊成の長寿を祝ふとともに、勅撰集撰進の院宣により、歌の道も絶えることなく、盛んになる喜びが重なりますね、と伝へたのである。崇徳院、つづけて二條、高倉の下、ともに抱いた期待がやうやく実現される運びになつたのだ。

俊成からの返し。

浜木綿に重なる年ぞあはれなる和歌の浦波世に絶えずとも　（『聞書集』一〇四）

和歌の道は絶えることがなく、目出度いのですが、この歳になると、なにかと思ふにまかせないことも多くなります。果たして無事、任を果たすことが出来ますかどうか。

この後、四月末、京から公卿勅使として、宰相中将源通親がやつて来た。平家の要望に応へ、源氏追討を伊勢神宮に祈願するためであつた。その一行を西行は五十鈴川畔で迎へ、歌（『聞書集』二五七〜八）を詠んだが、勅撰集の院宣が出された状況を詳しく聞くことが出来ただらう。

＊

かうするうちに木曾義仲は、倶利伽羅《くりから》峠で平家軍を破つた勢ひで、都に迫つた。平家一門は堪らず、七月下旬、安徳天皇を奉じて、都を落ちて行つた。平忠度《ただのり》が俊成の門を叩き、百余首を書き付けた巻物を託して行つたのは、この時である。

入れ替りに義仲が京へ入り、八月には、法皇が指示、神器の揃はぬまま後鳥羽天皇を即位させた。

次いで寿永三年（一一八四）一月十日、義仲を征夷大将軍に任じたが、その十日後、源義経が宇治川で義仲勢を破り、入京して来た。追はれた義仲は近江の粟津浜で死んだ。

それを知つて、

木曾人は海のいかりをしづめかねて死出の山にも入りにけるかな（『聞書集』二二七）

海の「いかり」とは、怒りであり碇であつて、山国育ちの武将義仲が操船の技を駆使できず、西海へ退いた平家を追撃出来なかつたこと、乱世を制するだけの知恵と運も持ち合せてゐなかつたことを、いささか皮肉も込めて指弾したのだ。

『聞書集』にはこの「死出の山」なる語を使つて、武士のおびただしい死を扱つた二首が、この前に置かれてゐる。いづれも長い詞書を持つ。西行自身、戦乱から目を逸らすことが出来ず、見守り、ほとんど時を措かず、詠み、書いたのであらう。


世のなかに武者起りて、西東北南、軍ならぬところなし、うち続き人の死ぬる数聞く夥し、まこととも覚えぬほどなり、こは何事の争ひぞや、あはれなることの様かなと覚えて

死出の山こゆる絶え間はあらじかしなくなる人の数続きつつ　（『聞書集』二二五）

この「死出の山」といふ語は、地蔵信仰が盛んになるとともに、しきりに使はれるやうになつたらしい。西行はそれにも敏感に反応したのである。

武者の限り群れて死出の山越ゆらん、山だちと申す恐れはあらじかしと、この世ならば頼もしくもや。宇治のいくさかとよ。馬筏とかやにて渡りたりけりと聞えしこと、思ひ出でられて

沈むなる死出の山川みなぎりて馬筏《いかだ》もやかなはざるらん　（『聞書集』二二六）

「山だち」とは山賊のこと、歴きとした武士は山賊と違ひ、乱世では頼りになる存在だが、以仁王と頼政の軍勢に対して、平家が宇治川の流れに馬を並べ筏とし、一気に渡る作戦によつて勝利を摑んだ、それ以来、源平が衝突を繰り返し、両軍とも次々と死んでいく。いまや死出の山の川もその武者たちによつて漲《みなぎ》り溢れ、馬筏を組んでも渡れないだらう……。

なんとも凄まじい様子だが、詞書と歌の両方でもつて、その惨状を言つてゐるのだ。

『聞書集』ではこれより三首前まで、すでに触れた「地獄ゑを見て」（一九八〜二二四）の連作が並んでゐる。そのため同時期に詠まれたと考へる人が多いが、絵を見ての詠と現実の戦乱を

目前にしてとは、根本的に違ふ。時期も隔たつてゐるはずである。

＊

寿永三年（一一八四）四月、またしても改元が行はれ、元暦となつた。平家を追つて進撃した源範頼軍が周防《すはう》・長門で足踏みしてゐたが、義経が加はると一変、翌二年二月には屋島で平家軍を破り、三月二十四日には、壇ノ浦で滅亡させた。

捕へられた平宗盛とその子清宗は、鎌倉へ送られたが、京に戻される途、近江の篠原（野洲市）でともに斬られ、首は獄門にさらされた。

八嶋内府（宗盛）、鎌倉にむかへられて、京へ又送られ給ひける。武者の、母のことはさることにて、右衛門督（清宗）のことを思ふにぞとて、泣き給ひけると聞きて

夜の鶴の都のうちを出でてあれなこの思ひには惑はざらまし　（『西行法師家集』一〇二）

武士の身として、母時子が壇ノ浦で入水したのは覚悟してゐたが、跡継ぎの清宗を失ふのは耐へ難い、と言つて宗盛が泣いたと聞いて、その心中を思ひやり、白居易の詩「夜ノ鶴子ヲ憶ヒテ籠中ニ鳴ク」を踏まへ、親子の死別を殊に激しく悲しむといふ夜の鶴が都を留守にしてゐ

てほしかつた、さうであつたなら、悲しみもいささか軽くなつただらうに、と詠んだのである。

また、重衡は東大寺を焼いた罪を問はれ、「仏敵法敵の逆臣」(『平家物語』)として木津川畔で斬られ、般若寺の門前に首を晒された。

＊

社会の成立ちを根本から変へる変動が出来してゐたのだが、東大寺再建事業は変はらず進められた。難航してゐた大仏像の修復も、宋人の陳和卿《ちんなけい》が加はつて、やうやく肩の上に頭部が載り、姿形を取り戻した。

さうした折も折、元暦二年(一一八五)七月九日、京一帯を地震が襲ひ、余震が続いた。家々を初め堂塔が軒並み倒壊したが、法勝寺の八角九重塔ばかりは軒の瓦と九輪を落としただけで持ち堪へた。案じられた東大寺の大仏も無事であつた。

胸を撫で下ろしたものの、急遽、開眼供養を行ふこととし、八月十四日に改元して文治元年とすると、二十八日、後白河法皇が臨席して挙行された。

かうして修復は一段落したものの、鍍金《ときん》は顔だけに留まつた。金の不足のためであつた。また、大仏殿は手付かずであつた。

総勧進役の重源は途方に暮れたやうである。

さうするうちにも頼朝と義経の対立が明らかなり、後白河法皇は、十月、義経に頼朝追討の院宣を出したが、翌月にはその義経一行が京を脱出、行方をくらました。源氏の骨肉の争ひがどうなるか、予断を許さない状況となつた。

さうした最中、内裏では二十四歳の定家が少将源雅行に嘲られて激高、脂燭《しそく》で打ち、除籍される騒ぎになつた。父の俊成は、勅撰集の編纂で忙しくしてゐたが、この件に苦慮、復帰のため奔走した。

年末近くなつて、九條兼実《かねざね》が内覧となつた。頼朝の要請によるものであつたが、九條家に出入りしてゐた定家にとつて幸運であつた。間もなく復帰がかなつた。

さうして文治二年（一一八六）二月も中旬、重源が伊勢へやつて来た。そして大神宮の瑞垣《みづがき》近くに籠り、東大寺再建事業の成就を祈念した。

その夜の重源の夢に、伊勢大神が現はれ、かう告げたといふ。わが身は疲れ、力衰へ、大事は成し難い。願ひを成就したくば、この身を「肥《こ》やす」よう供養をせよ、と。

この夢告にしたがひ重源は、早速、「大般若経」を書写して内外宮に収め、神前で六十人の僧侶が転読すべく決め、富裕な八條院や藤原邦綱の娘らの協力を仰ひだ。そして、二ヶ月足らずで写経を完成させると、四月末の四日間、内外宮なり関連の寺院で経供養と論議を盛大に執り行なつた。

近隣から大勢の男女が参集、二見浦にゐた西行もこの騒ぎに巻き込まれた。いま、巻き込まれたと記したが、じつは西行は、この一連の催しに当初から深く関与してゐたと思はれる。そもそも重源がやつて来る二ヶ月ほど前に、このやうな歌を詠んでゐたのだ。

箱根山梢もまだや冬ならむ二見は松の雪のむら消え　（『聞書集』四八）

その時点で、箱根を越え、平泉まで出掛ける決心を固めてゐたと考へられる。言ふまでもなく砂金の提供を、秀衡に依頼するためである。その意向を重源に伝へたからこそ、重源は伊勢へやつて来たのかもしれない。西行は重源と面識があり、伊勢神宮の禰宜荒木田成長と親しくしてゐたから、かういふ企てを提案出来る立場にゐた。高野山でなにかと力を尽くして来たが、今度は国家的事業の勧進に一役、買はうと考へるに至つてゐたのだ。

東大寺再建の事業は、創建当時の営為を想起させ、天平の勧進を勤めた行基の存在が浮かびあがつてゐたから、仏だけでなく、わが国の神々も積極的に係はるべきだし、また、その時だとの思ひが高まり、いはゆる神仏混淆《こんかう》思想が力強く展開される状況になつてゐた。さういふ時代思潮に、高野山から伊勢へと移つて来た西行が鋭敏に反応、余命幾ばくとなつた身として積極的に関与しようとしたのだ。

＊

この時、西行が企てたのは、平泉行だけでなかつた。歌を詠み続けて来た者として、伊勢大神のため歌による法楽を大掛かりに展開することであつた。重源が「大般若経」に拠るのに対して、和歌に拠るのだ。

その一つが『二見浦百首歌』の勧進であつた。当代の有力歌人たちに呼びかけて百首歌を詠んでもらひ、それを伊勢神宮に奉納するのである。

その百首歌は完全なかたちで伝はつてをらず、全体像が分からないが、定家の歌集『拾遺愚草《しふゐぐさう》』に定家自身の分が収められてゐて、おほよそ察することができる。春二十首、夏十首、秋二十首、冬十首、恋十首、述懐五首、無常五首、雑二十首の構成である。その中に若い定家の傑作があり、文学史的に忘れられない成果となつたが、他に俊成、家隆、慈円、公衡《きんひら》、隆信、寂蓮、荒木田寂延らに依頼した。

西行自身は、それと別に自歌合を編むことにした。これまで自分が詠んで来た歌のなかから、これはと思ふ歌を選ぶとともに、新たに幾首かを加へ、二首づつ組み合はせて三十六番の歌合の形にするのである。それを二組、内宮向けに『御裳濯河歌合《みもすそかはうたあはせ》』、外宮向けに『宮河歌合』を制作し、判は前者を俊成、後者は才能ある若い歌人の代表定家に依頼して、それぞれに奉納するのである。

歌に霊験があると西行はあまり考へてゐなかつたやうだが、紀伊吹上の浜の社に歌を献じたところ、にはかに雨が上がり、自他ともに驚いた経験があつたことには触れた。それに詠歌と仏道修行をともに押し進めることによつて、歌を「真言《しんごん》」（真理を現はす秘密の言葉、呪）に近づけることが出来るのではないか、との思ひが生まれてゐた。まだ少年であつた明恵に対して最晩年の西行が語つたといふ言葉が、『栂尾《とがのを》明恵《みやうゑ》上人《しやうにん》伝記』に出てゐる。

歌即ち是如来《にょらい》の真の形躰《けいたい》也。されば一首読み出でては一躰の仏像を造る思ひをなし、一句を思ひ続けては秘密の真言を唱ふるに同じ。我此の歌によりて法を得る事あり。

事実かどうかはともかく、明恵が生涯をとほして、かく聞いたと信じ、弟子たちにかう語つたのである。その意味するところを解きほぐすのは難しいが、いま引用した一節にも「我此の歌によりて法を得る事あり」とあるやうに、歌を詠むことが、詠み手自身に「法」を目覚めさせることがあり、神もまた歌によつてさうなることがあるので、それゆゑに歌が神を「肥やす」ことになる、と考へたのであらう。その時こそ、わが歌が「真言」となる……。

いづれにしろ神の霊力を増すために、これまで自分が歌僧としてやつて来たすべてを傾けて、この二巻の自歌合の編纂に掛つたのだ。

このことは、言ひ換へれば伊勢の神を自らの歌の享受者として想定することである。かくも大いなる霊的存在を前にしての詠歌となれば、当然、歌自体も変はるだらう。少なくともこれまでのやうに自分一個なり一握りの人たちのために詠むところに留まつてゐることは出来ない。

この編纂作業に取り組んだのは、平泉から帰つてからとする説が有力だが、西行はすでに六十九歳、二度目の平泉行である。無事に帰還するとは考へなかつたらう。伊勢に来てから蓮阿に対して自分の死が近いことを繰り返し語つてゐたし、いまや義経が奥州へ向つてをり、戦闘に巻き込まれる恐れも十分あるのだ。

旅立ちは秋が訪れる前の閏七月の内にと決め、それ迄に仕上げるべく努めた、と考へられる。『二見浦百首歌』は、依頼だけすませて置けば、後は信頼できる人が纏めてくれればよいが、自歌合となると、さうはいかない。

しかし、手を付けると思ひのほかの大仕事になつたはずだ。既に出来てゐた『山家集』を繰り返し見返し、時には補充、改訂の作業も併せて行なふ羽目になつたらう。さうして『御裳濯河歌合』は仕上げ、俊成への判の依頼も済ませたと思はれる。『宮河歌合』にしても、基本的には仕上げ、依頼すべき判者を誰にするかも言ひ置いて、自分が帰らずとも奉納を果たす手筈を整へ、そのうへでこの二巻の写しを笈《おひ》に入れ、予定通り出立した……。

筆者の勝手な夢想といはれさうだが、自らの歌人としての総括と、砂金の勧進と伊勢大神への法楽を真剣に企てたなら、かうするのが当然だらう。『古今著聞集』巻第五にはかういふ話が出てゐる。西行は自身の歌を抄出して三十六番の歌合を作り、『御裳濯河歌合』と名付け、慈円に清書して貰つた上で、俊成に判を依頼、もう一巻を『宮河歌合』と名付け、判を定家にさせて、諸国修行に出たが、その二巻を笈に入れ、身から離すことがなかつた、と。

もつとも定家の判が実際に出来てくるのは、三年も先、西行の死間近かである。その点は合はないが、西行自身の段取りとしてはかうであつたと思はれる。空海の捨身行に学びながら、歌僧としてやつて来た身として、なにを措いてもやり遂げなければならないことで、帰つてからやればよい、といふやうなものではなかつたはずだし、繰り返すが無事に帰つて来るとは思はない旅立ちだつたのである。

しかし、望外のこととして無事に戻り、旅の間に浮かんだ気になるところも改めることが出来た。このため実質的に完成は戻つてから、となつたといふのが実際であらう。

＊

その『御裳濯河歌合』を見ると、巻頭はかうである。

左　　　　山家客人

岩戸あけし天つみことのそのかみに桜をたれか植ゑはじめけむ

右　　　　　　　　　　　　　　　　　野径亭主

神路山月さやかなる誓ひありて天の下をばてらすなりけり

山家客人と野径亭主は、言ふまでもなく西行が仮構した人物名で、山に籠り、野の道を歩むのを常とする者の謂ひである。『山家集』の歌人として相応しい。

そして左は、岩戸を押し開けて天照大神がこの世に現はれた天地の始まりに、誰が桜を植ゑたのだらう、と問ひかけ、神の中の神、天照大神がお植ゑになつたのに違ひない。だから桜の花は神々しくも麗しく、いまも咲き誇つてゐる——と、大神によるわが国の天地の始まりを称へる。桜花を追ひ求めて来た者として、これまた相応しい巻頭歌である。

右は、伊勢神宮内宮の南の神路山に出る月は、仏が立てた衆生救済の誓願にもとづいて、この世を照らしてゐる、とする。この月は菩提心の全き象徴であるとともに、大日如来が垂迹した天照大神の象徴である。

西行は、垂迹思想を受け入れることによつて、僧形の身として天照大神の前にぬかづき、称揚し、この世を鎮めるべく霊力を発揮して頂かうと、念じてゐるのだ。この姿勢は明らかに重源と呼応する。

かうして始まつたこの自歌合は、十番まで桜と月の組み合せである。桜は神、月は仏を現はしてゐると見ることができる。

山田昭全が、桜と言ひ月と言ひ、春と秋と言つても、現実の季節感をほとんど持たないことを指摘した上で、「現実の季節を超越したところの霊的世界の春と秋」であり、「西行の内面に存在」する、その「本地垂迹の信仰にすつかり染めわけられ」た「現実から遊離した観念的自然」である、と指摘してゐるが、そのとほりであらう。

このため今日では、これらを優れた歌と受け止めるのが難しいやうだが、西行の歌の本質はむしろこちらに凝縮されてゐる、と山田昭全はさらに言ふ。さうした態度でなくては表現できぬ領域へと踏み込んでゐたのである。

そのなかの七番、左は、すでに見た「願はくは花のもとにて春死なむその二月の望月のころ」だが、右はかうである。

来む世には心のうちにあらはさむ飽かでやみぬる月の光を

現世では追ひ求めて得ることのできなかつた月の光（菩提心）であつたが、来世では心のうちから自づと現はれ出るやうにしよう。

浮かれ出た心を追つて、僧として歩み始めたが、さうして生を終へる時、自づと己が内から本来の心——人に備はる仏性が菩提心となつて出現、即身成仏を遂げるやうにしよう。これはそのまま、空海の密教思想の核心を身に体することにほかなるまい。

かうなつてこそ、釈迦が入滅したと同じ、花の下の望月の日の己が死となるのだ。以下、ざつと見るとして、この後、霞と苔下水、鶯と梅、時鳥と雲路、そして水の流れ、露、風など移ろふ自然を扱ふ。なかばは過去の自作の組み合せである。次いで恋歌となり、懐旧に至ると、二十九番は左に、これまたすでに引用した「津の国の難波の春は夢なれや芦の枯れ葉に風わたるなり」が置かれる。先に指摘したとほり、西行の当代の歌に対する根底的な批判を踏まへてゐるのだが、この厳しい冬枯れは、『古今集』の序の王仁《わに》の歌「難波津に咲くやこの花冬ごもり今は春べと咲くやこの花」に通じ、確実に春を用意してゐるのを見逃してはなるまい。

それから仏教的色彩を濃くして、鐘の音、釈迦を巡る説話に出てくる風物を扱ひ、祝ひ歌となつて、最後の三十六番。

左

深く入て神路の奥を尋ぬれば又上もなき峰の松風

右

流絶えぬ波にや世をば治むらん神風すずし御裳濯《みもすそ》の岸

内宮の神路山と御裳濯川（五十鈴川）を採り上げ、その神徳のこの上なく清々しく変はることのないさまを言祝ぐ。芦の枯れ葉に吹く風も、神路山と五十鈴川の風となつて、めでたく歌ひ納められるのである。

＊

それにしても、なぜ自歌合といふ形式を採つたのであらう。

歌合とは、二人一組として題を定めてそれぞれが詠み、その出来を競ひあひ、優劣を判者が定める、雅びな遊宴である。ただし、保元の乱以降、治安が乱れ、一座して催すのが難しくなつたため、書面でもつて歌を集め、組み合はせ、判者に判定を依頼することが行はれ、やがて一人による自歌合が行はれるやうになつたらしい。ただし、纏まつたかたちで現存するのは、この西行の二巻が最古、言ひ換へれば最初のものとのことである。ただし、西行の独創と言へるかどうか。

もともと歌合は、社会に対してオープンで、かつ、批評が行はれる場である。人選とその組み合はせ自体、主催者側の意図と批評眼を示すことになるし、判者による勝敗が示され、判辞が書かれなくてはならない。そして、その判辞も批評に晒される。このやうな場を自ら設定して、自ら代表作と考へる歌の数々を二首一組とし、現に勅撰集の撰歌に忙しい俊成に、敢えて判を求めたのである。

そこには、勅撰集の編纂の準備には、歌合が必要だとの考へがあつたかもしれない。『古今集』を初めとして編纂前に歌合が催され、優れた歌が多く生まれたし、撰歌のための批評意識も活発化した。そこでせめてこの自歌合をと依頼し、俊成もそのところを察して、引き受けたのではなからうか。単に昔からの仲間といふだけでの理由ではあるまい。定家に対しては、未来の撰者として育つて貰ふためである。

もう一点、この形式が歌の表現領域を多角化し、拡大してゐることに注意する必要があるだらう。二首一組とすることによつて、響き合ひ、交錯し、時には対立もすれば一体化もして、表現世界を飛躍的に拡げる。七番右「願はくは花の下にて……」が、本当に深い宗教的意味を示すのは、右と組み合はされることに拠る。やがて登場する『新古今集』の歌人たちと異なるかたちであるが、その点でも彼らに負けぬ前衛的企てと言つてよいのではないか。その上で、伊勢大神を最終の享受者（読者）とし、詠歌を真言に至るなり仏像を造る営為ともすべく志し、自らの歌の総決算としようとしたのだらう。

全体で三十六番といふ数だが、俊成が判詞で言ふやうに、藤原公任《きんたう》の先例に拠るやうだが、曼陀羅に依拠してゐるとも考へられる。数多くある曼陀羅のなかでも空海が伝へたとされる「金剛曼陀羅」の中央に位置するのが「即身会」だが、そこには大日如来を中心にして、如来と菩薩が三十六並ぶ。それと自らの歌の世界を重ねて、展開しようと望んだのかもしれない。

＊

かうしてとにかく二巻の自歌合を仕上げ、後事を託して旅立つたのであらう。伊勢からであつたなら前回と同じく鳥羽から海峡を越え、渥美半島先端へ渡つたはずである。ただし、四十四年前とかなり様相が変つてゐた。なにしろ自身の足の運びが違つてゐたし、風物を見る目もかつてと同じではなかつた。

さうして小夜《さや》の中山（現静岡県掛川市佐夜鹿）にかかつた。当時は箱根と並び称された東海道の難所である。道中記などには「其の道両山に挟まれて、左右の谷間甚だ狭し」とある。

ここばかりわたしも自分の足で歩いてみようと思ひ立ち、新幹線掛川駅を下車すると、車で旧東海道の日坂《につさか》宿へ向つた。さうして古い町並みを残した日坂宿を外れると、坂道が始まつた。迫り出した山の鼻を斜めに上がつて行くのだが、思ひのほか険しい。山陰で濡れたアスファルト舗装が滑りさうである。そして、すぐに息が切れた。

取付きの日乃神社まで、やつとの思ひでたどり着き、鳥居前の歌碑を見る。詠み人知らずの歌であつた。それから先は、両側から山が迫る。

それだけを確認して、早々に下り、車に戻つて、旧国道一号線をしばらく走ると、左手から迂回して、尾根を辿る旧東海道へあがる。

そこは思ひのほかなだらかで、左右に展望が開けた。

ほどなく中山公園だつた。入口の傍らに高さ四、五メートルほどもある円筒形の建造物があり、側面に一枚一枚、文字を刻んだ陶板が五行に分けて嵌め込まれてゐる。

　年たけて　また越ゆべしと　思ひきや　いのちなりけり　小夜の中山

太陽の光の下、大書されたこの歌を読むのは違和感があつたが、木々の梢々を騒がせて吹きすぎる風の中に立つてゐると、これもまた、よし、との思ひになる。詞書はかうである。

　東の方へ、相知りたりける人のもとへ罷けるに、佐夜《さや》の中山見し事の昔になりたりけるに、思ひ出られて
　（『西行法師家集』一一三）

「相知りたりける人」とは、前回の平泉行きで知つた秀衡あたりであらう。遠い祖先の縁に繋がるひとに逢ふべく、こんな歳になりながら、難所の小夜の中山を再び越えて行く己がいのちの不思議さを言つてゐるのだが、出家して浮かれ出る心を追ふようにして歩き続けて来たこれまでの道の、さまざまな表情も浮かんで来たらう。そして、親友の西住がこの世を去り、孤独のうちに感じ取つた生なるものの感触が、改めて迫つて来る……。
金谷《かなや》へ降り、東海道線の普通電車に乗つた。まず、大井川の長い鉄橋を渡る。そして島田駅

までの間、『伊勢物語』で知られる蔦《つた》の細道がこのあたりにあるはずだと、山側を眺める。安倍川を越えると、静岡市街で、興津《おきつ》から先は、由比の海岸線沿ひである。蒲原《かんばら》の先で富士川の鉄橋にかかると、富士山が大きく姿を現はした。

いまは製紙工場の煙突が蒸気を吐き出してゐるが、かつてこの裾野は漠々として果てしがなかつた。そこを横断しながら、詠んだのであらう。

風になびく富士のけぶりの空に消えて行方も知らぬわが思ひ哉（『西行法師家集』八五）

「第一の自賛歌」と西行自身、称したといふ。

箱根を越えた大磯に、鴫立庵《しぎたつあん》がある。このあたりで「心なき身にも哀は知られけり鴫《しぎ》立つ沢の秋の夕暮」と詠んだと伝へられるが、この時の詠ではない。『山家集』にも『御裳濯河歌合』にも収められてゐる。

さうして八月十五日に鎌倉に入つた。義経の探索は一層厳しく、愛人静が男の子を生むと、由比の浜に捨てさせてまだ間がない頃である。

この日、頼朝が鶴岡八幡宮の参拝に出掛けると、鳥居の周辺を一人の老僧が行き来してゐた。見とがめて梶原景季に問はせたところ、西行と名乗つたので、急いで戻り、御所で引見した。西行の動向を記述した数少ない文章なので、『吾妻鏡』（貴志正造訳）から引用しておく。

……かの人を召さんがために早速に還御す。すなはち営中に招引し、御芳談に及ぶ。この間、歌道ならびに弓馬の事に就きて、条々尋ね仰せらるる事あり。

頼朝がいかに西行から話を聞きたがつたか、そのところがよく分かる。続き、

西行申して云はく、弓馬の事は、在俗の当初、なまじひに家風を伝ふといへども、保延三年八月遁世の時（異説は前出）、秀郷朝臣より以来九代の嫡家相承の兵法は焼失す。罪業の因たるによつて、その事かつて心底に残し留めず、皆忘却してをはんぬ。

秀郷から伝はる兵法は、罪業の因となるので、出家の際に焼いたと言ふのだが、家を継いだ仲清には伝へたらう。しかし、「心底に残し留めず」と、反問を許さぬ厳しさである。

詠歌は、花月に対して動感するの折節、わづかに三十一字を作るばかりなり。全く奥旨を知らず。しかればこれかれ報へ申さんと欲するところなし。

まことに愛想のない言ひ分だが、生涯を通じて体得したエッセンスを、簡略に言ひ切つてゐ

る。ただし、弓馬に関しては、詳しく語り、夜を徹して、筆録するに任せたといふ。伏見へと疾駆した若き義清の姿が浮かぶ。

その翌日、引き留められたが、西行は出立した。この時点で奥州へ入るためにも、勧進して得た砂金を奥州から大和へ運ぶためにも、頼朝の承認が必要と考へた上での、的確な行動であつた。

さうして平泉に至り、秀衡に会ひ、用向きを果たすことができた。『吾妻鏡』にこの年の十月一日、貢金四百五十両が秀衡から鎌倉に到着、三日には「秀衡が進ずるところの貢金等、京進せらるるところなり」と記されてゐる。

義経が平泉に入つたのはその後であつた。このため引き続いての金の輸送は断たれた。ただし、東大寺の復興は、結局、頼朝によつて完成する。

ところで平泉からの帰りだが、ほぼ同じ道を採り、再び小夜の中山を越えたらう。その際の歌は既に言及したが、実際は戻る際のものではなかつたかといふ思ひがしてならない。なにしろ自らの歌業の総決算と、それによる伊勢大神の法楽を企て、一応仕上げて発つたものの、旅の間中、頭を離れず、気になるところも出て来たらう。さうして再び小夜の中山にかかつたのだ。ここまで来たなら、無事に戻つて、心残りの点もただし、法楽もわが手でしおほせることが出来さうだ、と思つたらう。さうして、よくぞわが命がここまで無事であつたものよ、と。さういふところから、零れ出た歌のやうに思はれるのだ。筆者の勝手な感想として書き留めておきたい。

十五　花の下にて

砂金勧進の役割を果たして、西行が無事に帰り着いたのは、何時だつたらう。文治二年（一一八六）の十月か十一月の初めでもあつたらうか。

さうして『御裳濯河歌合』の決定稿を俊成に送ると、『千載和歌集』の選歌の最中であつたが、早々に判がもたらされた。

第一番の判は、勝負なしの「持」であつた。神祇歌であるから、当然である。さうして全体の序文といふべき長い判詞が綴られてゐた。

「豊葦原の国のならひとして、難波津の歌は人の心をやるなかだちと成りにければ」と書き出され、歌を選ぶこと、歌合の判なるものについて述べた上で、このところ老齢ゆゑ判を辞してゐるが、壮年の「二世の契」を結んだ仲であるし、この歌合自体が特別の意義あるものなので引き受けた旨を記してゐた。

慎重、篤実な俊成の人柄がよく現はれた、行き届いた文章であつた。さうして判も、大方は妥当と、思はれた。ただし、西行の長所を的確に捉へてゐたかといふと、必ずしもさうではなかつた。言葉の選択に無造作なところ、歌語として馴染まないものであれ使ふ、さういふところを俊成は評価しなかつた。また、題材についても同じことが言へた。が、精神的な領域になると共感の度合が強く、深い敬意を抱いてゐるのが伝はつて来る。

さうしたところに立ち入つて見ておきたいが、省略して、まづは判の終りに俊成が添へた歌を見よう。

契おきし契のうへに添へおかん和歌の浦路の海人の藻塩木
此道の悟りがたきを思ふにも蓮《はちす》ひらけばまづ尋ね見よ

約束してゐたとほり、あなたが長年詠み継いで来た数々の歌に、同じく歌に思ひを傾けて来た者として、判詞を添へませう、藻塩を煮詰めるため燃やす薪に薪を添へるやうに。悟りへの道はこの上なく険しいと思ふにつけて、お願ひする、悟つたならまづわたしに知らせ、導いてください。

これに対して西行は、早速かう返した。

和歌の浦に塩木かさぬる契をばかける玉藻の跡にてぞ見る
悟りえて心の花し開けなば尋ねぬさきに色ぞ染むべき

わたしの歌に判詞を加へる約束が果たされるのを、いま、筆の跡に歴々と見ることができて、まことに嬉しい。

悟りを得て菩提心を得たならば、お訪ね頂くまでもなく、わたしの歌がその色に染まり、それと分かるのですが、そこにはまだ至つてをりません。

このやりとりは、ともに歌と悟りを求めて、長く歩んで来た同士の、心底からの交歓だつたといつてよからう。ただし、ぴたりと重なつたわけではなかつたから、一抹の寂しさを覚えたかもしれない。が、それはそれ、互ひに改めて敬意を深めたのは疑ひない。

＊

もう一巻の『宮河歌合』だが、判を依頼した定家からは、辞退する旨を言つて来たので、折り返し再依頼したが、容易に承諾しなかつた。しかし、その恐るべき才能に期待するところが大きく、かつ、子の年齢に当たる定家へ自分がこれまで得たものを伝へて置きたいといふ思ひが強く、俊成、寂蓮、慈円らを通して、さらに説得してもらつたやうである。

定家としては大先達の判は重荷だつたし、もう一つ、歌人としての在り方が基本的に違つてゐた。なにしろ西行は山野を住まひとする強靭なひと、それに対して自身は非力な一廷臣に過ぎない。そして除籍処分を解除されると、ひどく忙しくなつてゐた。家人として従ふ兼実が内覧の宣旨を受け、次いで翌文治二年三月には摂政で氏長者となり、頼朝と連携、政務に当たるやうになつたからである。しかし、西行は粘り強く、強引だつた。

こちらは外宮奉納のためで、一番はやはり神祇歌である。

左　　　　　　　　　　　　玉津島海人

万代《よろづよ》を山田の原のあや杉に風しきたてて声よばふ也

外宮の位置する山田原の群れ立つ麗しい杉々は、いつの代でも常に風が吹くと声を上げて聖なる存在を呼ぶのです。

作者名の玉津島は、和歌浦の和歌の神を祀つてゐるところだから、和歌の神に奉仕する老翁といふ意になり、「声」はそのまま歌と解することができよう。

右　　　　　　　　　　　　三輪山老翁

流れ出でてみ跡垂《た》れます瑞垣《みづがき》は宮河よりや度会《わたらひ》のしめ

「み跡垂れ」は、わが国において仏が神として垂跡、大日如来が天照大神として現はれてゐることを言ふが、その神が来臨する度会の地に宮河が流れ、瑞垣が結ばれ、標となつてゐる、と言ふのである。瑞垣の「みづ」は神の流出・出現と宮河の流れを重ねて繋ぐ役割も果たしてゐる。

そして、作者名の三輪山だが、大和で古く神祀りが行はれた地で、当時、すでに大神《おほがみ》神宮寺が成立してゐたし、北麓の隣が天照大神を内裏外で初めて祀つた笠縫邑《かさぬひのむら》の檜原《ひばら》であるから、最も由緒ある神々に奉仕する老翁といふことになり、「標」の意義を強調してゐる。

いま言つたやうな意味は、一読してただちに了解できるわけでなく、その点で思想的意味を過大に担はせてゐると言はねばなるまい。

二首ともこの時点での詠と思はれるから、最晩年には歌の枠から大幅に逸脱、思想表現に大きく傾いてゐると見ることが出来よう。前章で引用した山田昭全の指摘を思ひ出す必要がある。

そして、二番

左

来る春は峰に霞を先立てて谷の懸樋《かけひ》をつたふなりけり

右

わきてけふ相坂山の霞めるは立おくれたる春や越ゆらん

左は峰の霞と懸樋を伝ひ流れ下つて来る水に春の訪れを言ひ、右は相坂山（逢坂山）を閉ざす春霞に去らうとして暫し留まつてゐる春のさまを言ひ、一双の屛風ふうに仕立ててゐる。このやうに春の訪れと出立《しゆつたつ》を併せ詠むことによつて、自然を運営する大神の誤ることのない、加へて、美的情景と情感も豊かに込める在りやうを称へてゐるのだ。

五番の左は花の盛りを予告する、霞む吉野山の様子を言ひ、右はかうである。

深く入ると花の咲きなむ折こそあれ共に尋ねん山人もがな

満開を控へた吉野山へ深く踏み入るとともに、かうした折こそ行を共にする人がゐてほしいものだとの思ひを吐露して、一双の屛風の片方に半ば人物を点じるかたちになつてゐる。大神もまた、かういふ人の存在を喜ぶのだ。

こんなふうに花をめぐるさまざまな情景を繰り広げる。そして、十番右。

風もよし花をもさそへいかがせん思出づればあらまうき世ぞ

花が激しく散るのもよし、誘へ、と強く言ひながら、続けて、いかがせん、と自問を投げかけるｃ うき世の現実を正面から受け入れながら、同時に疑問を呈さずにはをれぬ屈折ぶりと、そのところを語調を弱めることなく言ひ切る、これは定家の判のとほり、「詞心巧みに、人及びがたきさま」であらう。

次いで月になるが、なかでも旅の月が注意を惹く。十四番右、

わたの原波にも月は隠れけり都の山を何いとひけん

厳島へ、讃岐へと、月を望みながら旅した西行の道行きが浮かんで来よう。それでゐて、ここでも「何いとひけん」と強く屈折する。

さうして虫、千鳥、女郎花《をみなへし》と秋の事象へと移行、さらに懐旧、述懐、厭世観、追悼となる。三十二番は、左に鳥羽院の葬送に加はつた際の歌、右は故崇徳院の跡を讃岐に訪ねた折の歌である。いづれもすでに引用したが、西行が時代の節目に立ち会つたことを端的に示す。自らの生涯を振り返ると、やはりそのポイントでもあつたのだ。

この後、再び懐旧から恋の歌になり、最後の三十六番、

左

逢ふと見しその夜の夢のさめであれなながき睡《ねぶり》は憂かるべけれど

右

哀れ哀れ此世はよしやさもあらばあれ来む世もかくや苦しかるべき

恋しいひとに逢ふ夢を見た、その夢は覚めないでほしい、迷妄の長夜の夢は厭《いと》はしいが。この世に迷ふのは、何とも哀れなことよ、と思ふものの、それはそれ、来世もこのやうに苦しいに違ひない。

ともに『山家心中集』に収められた、中年期までの作で、屈折する思ひの在りやうを打ち出してゐる。『御裳濯河』が結びの番も神祇歌であつたのに対して、こちらは世情に深く係はる。現世のはかなさを言ひながらも、否定し退けるのではなく、苦しみ悩むことのうちになほも踏み入り続ける姿勢を示す。

判者を若い定家としたことにもよるのだらうが、求道的姿勢をひたすら貫くのではなく、現世の生のただ中にあつて、苦悩しつつ、詠ひ続ける態度をよしとしてゐるのである。その点で、若き定家への餞《はなむけ》となつてゐるのだ。

*

この『宮河歌合』は、判が進まぬまま、しばらく定家の机上に置かれてゐた。その間にも父の俊成は、『千載集』の序文を書き、文治四年（一一八八）四月二十二日には、奏覧を果たした。ただし俊成自身の歌が少ないと教書が下され、追加することがあつて、五月末に定まつた。

それによると最多が源俊頼の五十二首、次いで俊成三十五首（三十六首とも）、崇徳院二十三首、俊恵二十二首、清輔二十首、和泉式部十九首、それから西行（円位）十八首であつた。現存者に限れば、俊成が一位、西行が二位で、歌人としての大きさが、公に認知されたかたちとなつた。

もつとも採られたのが優れた歌ばかりかといふと、議論がある。例へば塚本邦雄は、「わざとのやうに最秀作を避け通し」「次善選びといふ落穂拾ひ」をしてゐる（『西行百首』）と手厳しい。これは少々極論だが、俊成と西行では歌に対する考へ方が違ふし、歌境が似た作の場合、俊成としては自歌を優先させることになつた。これをもつて俊成を責めるわけにはいかないだらう。

しかし、『今物語』にこんな挿話が出てゐる。『千載集』が選ばれたと聞いて、西行が陸奥国から京へと出て来たが、その途、知人に出会ひ、「心なき身にも哀は知られけり……」が入らなかつたと聞くと、「さては上りて何にかはせん」と言ひ捨て、戻つて行つた、と。この歌を『御裳濯河歌合』では十八番右で「心幽玄に、姿及びがたし」と言ひながら負とし、『千載集』では外したのだ。ところが『新古今集』では採られ、三夕の歌とされ、称揚されることになる。俊成としては、多分、この頃から盛んに使はれるやうになつた「心なき身」といふ言葉に拘つたのであらう。もともと「心なき」状態を認めることが出来なかつたのだ。

それに対して西行は、迷ひ出たわが心を追つてやつて来た末、「心なき身」こそ、到達点と志向するやうになり、この歌でその言葉を的確に用ひたと自認するに至つたのではないか。

晩秋の河原に佇む折しも、鴫の群れが一斉に飛び立ち、去つた後の寂寥感、欠落感は、情趣を感じ取る心を棄てたこの身にも、いや、この身にこそよく感じとられる、と言つてゐて、鴫の群が不意にもたらした欠落感と、わが身における心の欠落が、狂ひなく照応してゐる……。さういふふうに思ふやうになつてゐたのであらう。

＊

この頃——平泉から戻つた翌々年の文治四年三月、西行は高雄山の桜が咲くのを見て神護寺を訪れた。

京都の北、いまでは紅葉の名所になつてゐるが、仁和寺の西、高雄口から周山《しうざん》街道を上り詰め、清滝川に出たところの、対岸に位置する。

平安朝以前から山岳信仰の拠点の一つで、和気《わけ》氏が寺を建立、最澄を招聘《せうへい》、つづいて空海が入り、密教伝授の場となり、やがて真言宗の格式ある寺となつた。しかし、先にも述べたやうに久安五年（一一四九）に金堂などが焼失、荒廃の一途をたどつたが、仁安三年（一一六八）に文覚が再興を発願、堂塔の整備を進め、文治二年（一一八六）三月には法華八講を復活、その中日にはかつてのやうにやすらひ花を催した。

『井蛙抄《せいあせう》』にこんな話が出てゐる。西行は出家しながら仏道一筋に励まず、歌を嘯《うそぶ》き歩く不埒な法師だ、出会つたら頭を叩き割つてやる、と文覚が日頃から広言してゐた。ところが花の咲く――やすらひ花の当日かどうかは分からない――山内を西行が歩き廻つた末、文覚のゐる庵室へやつて来て、「西行と申すものにて候」と名乗り、「今日は日くれ候。一夜此の庵室に候はんと参りて候」と、宿を求めた。弟子たちがはらはらしてゐると、西行を一目見た文覚は、丁重に招き入れ、訪ねてくれたのを喜び、懇ろに饗応、翌朝送り出した。弟子たちが日頃おつしやつてゐたのと違ふではありませんかと言ふと、「あれは文覚にうたれんずる物の面やうか、文覚をこそうたんずる者なれ」と答へた。

乱暴法師として知らた文覚に、かう言はせるほど、西行は老いてもなほ（文治四年とすれば七十一歳）、不断に行に励む出家者として、余人のおよばぬ気迫を湛へてゐたのだ。ただし、この日の西行は、少年の日の催しを懐かしみ、かつて自分が詠んだ歌なり、その時に集つた仲間たちを思ひ出してゐたらう。

この頃、高雄山には少年の明恵がゐた。九歳で高雄山に登り、十三歳になると、毎日一度は金堂に入り、文殊菩薩の五字真言を千回誦して、仏道成就を祈願、文治四年十六歳になると、東大寺戒壇院《かいだんゐん》で具足戒《ぐそくかい》を受けるべく準備をしてゐた。さうした折も折、西行がやつて来て、文覚と顔を突き合はせたのだ。

西行はこの頃は嵯峨野の庵を結んでをり、高雄山はさほど遠くなかつたから、しばしばふらりとやつて来てゐたのかもしれない。当山にゐた上覚《じやうかく》が歌道に詳しく、歌もよく詠んでゐたから、格好の話し相手であつた。その傍らに甥で弟子の明恵がゐたのである。『栂尾明恵上人伝記』には「西行法師常に来りて」とある。「常に」といふほどではなかつただらうが、よく訪れて話すのを、傍らに控へてゐて、その一言一句を記憶に刻んだのだ。

＊

その翌文治五年（一一八九）、夏の終りのある日、西行は、比叡山の無動寺《むどうじ》に、慈円を訪ねた。

慈円は兼実の弟だが、百日入堂の修法を行ずるなど本格的に取り組み、三十五歳のその頃には、摂関家出の僧として数多くの顕職を兼ねる一方、歌では桁外れの速詠ぶりで人々を驚かせてゐた。西行は早くから知り、定家と同様に、大きな期待を寄せ、なにかと用件を依頼するなどしてゐたらしい。

比叡山頂の坂本へ下るケーブル駅の南側、弁財天の扁額が挙がる鳥居がある。脇に無動寺参道と刻まれた石柱が立つ。それを潜ると、太い老杉が林立、鬱蒼とした薄暗い谷へ降りて行く道が始まる。

無動寺は世に知られる千日回《くわい》峰行《ほうぎやう》の拠点である。そのためか、この急な坂道は掃かれたやうに清潔である。鳥居を幾つとなく過ぎると、木の柵に囲まれた閼伽井があつた。千日回峰行の際、明王堂の不動明王に供へる水がここで汲まれるのだ。

さらに降りて行くと、弁天社があり、その先に明王堂があつた。さほど大きくない、唐破風の軒を持つ古びた御堂である。無動寺の中心で、千日回峰行はここから始まり、ここで満行となる。

その御堂の前から、木々の枝越しに湖面と大津市街の広がりが見えた。観光船が小さく動いてゐる。

脇の坂を下り、さらに階段を採る。ひどく急で、数へると七十段ほどである。

その少し左に大乗院があつた。無動寺の検校として慈円はここにゐたのだ。

いまはなんの曲もない古びた二階建の建物で、閉め切られた雨戸の全面にはキツツキの開けた穴が無数に開いてゐる。無人だが、いまも時には使ふことがあるらしい。西行は大津側から上がつて来たはずだ。

伊勢神宮の法楽として、慈円に清書を依頼した「二見浦百首」はすでに奉納もすましてゐたと思はれるが、自歌合二巻のうち、『御裳濯河歌合』の清書は出来てゐたものの、『宮河歌合』

の方は、いま再び定家に判の督促をしなくてはならなかつた。それに西行は内宮と外宮の摂社に奉る「諸社十二番歌合」（今日に伝はつてゐない）を編み、その清書も頼んでゐたやうである。法楽の企ては、内外宮にとどまらず、数多い摂社にも及んでゐたのである。

かうした用事を済ませ、一夜を明かすと、朝早く、西行は大乗院の放《はな》ち出《いで》（張り出し）に出た。

山の斜面に建つてゐるので、裏へ回ると、樹木の間を通して、かなり高い位置に見上げることになる。そのため板裏ばかりを見ることになつたが、西行と慈円はそこに立ち、琵琶湖を見渡したのだ。

折から晴れ渡り、湖面はぴたりと凪いでゐた。

さうして詠んだ西行とそれに和した慈円の歌が、慈円の歌集『拾玉集《しふぎよくしふ》』収められてゐる。まづ西行の方の詞書。


円位上人、無動寺へ登りて、大乗院の放ち出に湖をみやりて

その歌を挙げる前に、慈円の歌の詞書も引いて置かう。

帰りなんとて、朝の事にてほどもありしに、今は歌と申すことは思絶えたれど、結句をばこ

れにてこそつかうまつるべかりけれとてよみたりしかば……

帰らうとして朝の勤行もすまし、放ち出に出て少しゆつくりとしてゐると、今は歌を詠むことを絶つてゐるが、歌人として生きて来た最後の結びの歌は、いまここで詠むのがよからうと言つて、お詠みになつた……、と。

この時点で西行は、いまも述べた「二見浦百首」と二巻の自歌合など伊勢大神への法楽をやり遂げるため、歌絶ち——新たに詠むのを絶つて完成祈願とする——をしてゐたが、いよいよ仕上がる目安も付いたので、いまこそ生涯の「結句」をといつて詠んだ、といふのである。七十二歳になつてゐた。

その歌。

にほてるやなぎたる朝に見渡せば漕ぎ行く跡の浪だにもなし

沙弥満誓《さみまんぜい》の「世の中を何にたとへむ朝ぼらけ漕ぎ行く舟の跡の白浪」（万葉集でなく拾遺集による）を本歌としてをり、晴れわたつた朝の空の下、満々と広がる凪いだ琵琶湖を見渡して、目に見えるままを詠んだのである。が、それがそのまま自らの人生全体を見渡し、最後に訪れた脱俗の平穏さを、大きなスケールをもつて、かつ、無類の的確さでもつて表現したかたちになつてゐると言つてよからう。

間違ひなく西行が自らの人生に対して示した「結句」なのである。先に引いた明恵上人が記憶に刻んだ老西行の言葉――先には引用しなかつた部分が、自づと思ひ浮かんで来て、響きあふ。引用したのは「我歌を読むは、遥かに尋常に異なり……言句は、皆是真言に非ずや」であつたが、つづいてかう言つてゐた。

「華を読（詠）めども実に華と思ふことなく、月を詠ずれども実に月と思はず。只此の如くして縁に随ひ興に随ひ読（詠）み置く処なり」。

花を詠み、月を詠んで来たが、ただその時その時の縁に従つて詠んで来た、と言つて、さらに、

「白日かがやけば虚空明かなるに似たり。然れども虚空は本、明かなる物にも非ず、又色どれる物にも非ず。我又此の虚空の如くなる心の上において、種々の風情を色どると云へども、更に蹤跡《しようせき》なし。此の歌即ち是如来の真の形躰也」。

昼間、太陽が輝けば、空全体が明るく色を帯びるやうなもので、空自体は、元々明るいわけ

でも色を持つわけでもない。わたしといふ存在にしてもこの虚空のやうな心をもつて、時に応じ、さまざまな彩りをもつて詠んで来たが、さうして何らかの確かな痕跡が残ることはない。このやうな在りやうの歌が、如来の真の形態である。

その「本」たる「虚空」が、いま、琵琶湖となつて現前してゐる、と見、そのところを表現したのがこの歌なのだが、その詠み手の西行自身にしても「更に蹤跡なし」となる。そうして初めて「如来の真の形躰」となるし、真言ともなる……。

念のため、すでに引用してゐるが、つづけてかう語つてゐた、「されば一首読み出でては一躰の仏像を造る思ひをなし、一句を思ひ続けては秘密の真言を唱ふるに同じ。我此の歌によりて法を得る事あり」。

明恵が聞いたと記憶するところと、この歌とは見事に響き合ひ、一つになるやうに思はれるのだ。

これを受けて慈円は、「ただに過ぎがたくて」かう和した。

ほのぼのと近江の海を漕ぐ舟の跡なき方に行く心かな

慈円もまた、西行といふ存在を考へるのには、「心」がキーワードであると、心得てゐたのだ。ただし、西行は、いまや「心」といふ必要もないところに至つてゐた。

すでに触れた、富士の煙の歌、鴫立つ沢の歌と響き合ふのはいふまでもあるまい。さうしてわが国の精神の在りやうについて、決定的な考へを据ゑたと思はれる。すなはち、一般に言はれると異なつた「虚」であり「空」であつて、清浄の気が満ち、そこには花が咲き、月がまどかに照り、伊勢大神が「肥や」される……。

*

かうして歌人としての生涯の幕を、西行は自ら引いたのだ。

ただし、やらなければならないことが残つてゐた。定家に依頼した『宮河歌合』の判の完成を待ち、伊勢大神宮へ奉納することである。

それまでにも督促の手紙を書いてゐた。御物「円位仮名消息」がさうで、「人々まちいりて候、大神宮定てまちおはすらん」と、掻き口説くやうにつづる。

この宿題を残したまま、この年十月、西行は河内の弘川寺《ひろかわ》へ赴いた。死の五ヶ月前である。弘川寺は葛城山の西麓、南河内側に位置し、創建は天智天皇四年（六六五）と古く、役小角《えんのおづぬ》に拠るといふ。葛城山は役小角が活動した舞台だから、その代表的な寺の一つであつたのだらう。また、東大寺再建で想起された行基もここで修行したと伝へられるし、空海が弘仁三年（八一二）にやつて来て、寺容を一新したとも言はれる。現在も真言宗醍醐派に属し、薬師如来を本尊とする。

いづれにしろ西行が京と紀伊国田仲荘や高野山、吉野、熊野などの間を行き来する道筋に当たつてゐたから、これまでにもしばしば立ち寄つてゐたはずで、南北朝時代には、吉野方の手に落ちた光厳院《くわうごんゐん》以下三院が、熊野の賀名生《あなふ》へ送られる途、しばらく収容されたから、かなりの規模と格式を持つてゐたのは確かである。ただし、十五世紀、応仁の乱の原因ともなつた河内国守護畠山氏の内紛により、兵火にかかり、いまやその面影はない。

大阪の阿倍野橋駅から近鉄南大阪線に乗り、富田林駅からはバスであつた。ただし、一日朝夕の二往復だけである。

このあたりの葛城山は、裾野を長く引くことがないため、山塊の本体そのものへぢかに近づくやうな趣がある。無動寺で「結」としたはずだが、その様子を西行は詠んでゐる。


ふもとまでからくれなゐに見ゆるかな盛《さか》りしぐるる葛城の峰

このとほりだつたらう。慈円の歌集断簡に見え、「円位上人、十月許広川の山寺へまかりて、かれよりつかはしける」の詞書があるので、この時のものと分かる。いまや歌と意識することなく、詠んでゐる気配である。もう一首。

尋ねつる宿は木の葉に埋もれてけぶりを立つる弘川の里

バスの終点河内には、いまも小さな集落がある。

その集落の中ほど、道脇の小橋を渡ると、狭い道が口を開いてゐた。多分、ここに大門があつたのだ。すぐに石段となり、先へ長々と続く。

やがて左手に高く石垣が聳え、その上にめぐらされた白漆喰塀が仰がれる。

その白漆喰塀のなかに、幾棟も建物が並んでゐた。いまは西行記念館がある。石段はその門前を過ぎ、広壮な建物の瓦屋根よりも高い位置の、簡素な門へと導びかれる。

潜り入ると、左手が本堂であつた。昭和になつて京都から宮家の建物を移築したとのことで、元は檜皮葺であつた銅版葺屋根の寝殿造、風格はあるが寺らしくはない建物である。

それでも密教寺院として法具を並べた壇が据ゑられ、奥には等身より小ぶりな薬師座像が安置されてゐる。鎌倉時代のものらしい端正さで、老西行が仰ぎ見た像とは違ふが、この場で祈つたのは確かだ。

本堂の右手、裏山へ登る小道があり、そこに生ひ繁る楠の陰に茅葺の小さな建物があつた。西行堂である。江戸時代の歌僧似雲《じうん》が延享元年（一七四四）に再建した。

西行は間もなくここで伏すやうになつたらしい。

そのことを告げる者があつて、間もなく定家から判の草稿が届けられた。

番ごとの勝ち負けはまだ付けられてゐなかつたが、西行はひどく喜び、三度見返し、傍にゐた人たちに三度も読み聞かせた。それでも足りず、伏しても頭をもたげ、休み休み読み、二日に及ぶ有様であつた。その上で返事を書いた。「まことにおもしろく覚え、めづらしき判の御こと葉どものいひやるべくも候はぬ」「かくおほせたびて候うれしさ、伊勢の御神御らんじ候らん」などと。ただし、勝負の判が付けられてゐない不備を言ひ、早くせよと急がせた。

それからあまり時を置かず判が付けられて送られて来た。その最後にはかういふ歌が添へられてゐた。

君はまづ憂き世の夢のさめぬとも思ひあはせむ後の春秋

あなたがうき世の夢から覚めて悟りを得ても、わたしは後々までも、あなたが春秋折々にお詠みになつた歌、なかでもわたしが判をした歌の数々を思ひ出し、詠歌の資とさせて頂きます。

早速返歌をした。

春秋を君思ひ出でば我はまた花と月とにながめおこせん

あなたがわたしの歌を思ひ出し、詠歌の資としてくれるなら、わたしはあの世でも、花と月を見る思ひをするに違ひありません。どうかさうしてください。

さうして、『御裳濯河歌合』と揃へて伊勢神宮の神前に供へるよう、人を遣はした。

これでもつて西行は、やるべきことをやり終へたのである。

*

このすぐ後、十一月十三日、定家は左近少将に任じられた。『宮河歌合』の跋文には、官位の低さを嘆いて「宮川のきよきながれに契をむすばば、位山のとどこほる道までも、その御しるべやはべると」と書き付けたが、その効験が即座に現はれたかたちとなつた。宮廷歌人として歩むのには、相応の官職、官位を得ることが肝要であつたから、まことに目出度いことであつた。

俊成の許には、西行から歌合の判が完成した喜びと、体調も少しよくなつたので、年末には京に上る旨、言つて来た。

引き続いて年が明けた文治六年（一一九〇）正月五日、定家は従四位下となつた。

しかし、西行は年末に京へ出ず、春になつても床を離れることがなかつた。

さうして桜が咲き始めて二月十六日、静かに息を引き取つた。この年は満月が一日遅れのこの日で、涅槃会もさうであつた。

その報を受け取つた人々は、異様な感銘に襲はれた。「願はくは花の下にて春死なんそのきさらぎの望月の頃」と自ら歌ひ、願つたとほりを、見事に成就させたと知つたのだ。

ここから西行の伝説化が始まつた。

庵の横の小道を少し上がると、かなり広い平地に出る。その先に、いまや雑木に覆はれたわたしの背丈を少し越すほどの土盛がある。それが西行の墳墓であつた。手前両脇に灯籠が据ゑられ、頂には「円位上人之墓」と刻まれた、四十センチほどの自然石が置かれてゐる。これも似雲が、長らく不明になつてゐたのを見つけ、整備したのだ。五百五十余年隔てての営為であつた。

『新古今集』が、亡くなつて十五年後の元久二年（一二〇五）三月成立したが、そこには西行の歌が最多の九十四首入集してゐた。後鳥羽院を初め、定家、家隆ら選者がこぞつて推奨した結果であつた。

引用・主要参考文献

（刊行年は主に奥付による）

久保田淳 吉野朋美校注『西行全歌集』岩波文庫、二〇一三年
久保田淳編『西行全集』日本古典文学会、昭和五七年
後藤重郎校注『山家集』新潮日本古典集成、昭和五七年
近藤潤一校注『山家心中集』（『中世和歌集　鎌倉篇』）新日本古典文学大系　岩波書店、一九九一年
与謝野寛他校訂『長秋詠藻 山家集』日本古典全集刊行会、昭和二年
工藤重矩校注『詞花和歌集』新日本古典文学大系　岩波書店、一九八九年
片野達郎 松野陽一校注『千載和歌集』新日本古典文学大系　岩波書店、一九九三年
田中裕 赤瀬信吾校注『新古今和歌集』新日本古典文学大系　岩波書店、一九九二年
佐々木信綱校訂『藤原定家歌集』岩波文庫、昭和六年
『新編国歌大観』角川書店
久保田淳 山口明穂校注『明恵上人集』岩波文庫、一九八一年
栃木孝惟他校注『保元物語・平治物語』新日本古典文学大系　岩波書店、一九九二年
簗瀬一雄訳注『発心集』角川文庫、昭和五〇年

桑原博史全訳注『西行物語』講談社学術文庫、昭和五六年
西尾光一 小林保治校注『古今著聞集』新潮日本古典集成、新潮社、昭和五八年
三木紀人全訳注『今物語』講談社学術文庫、一九九八年
浅見和彦他校注『新注古事談』笠間書院、二〇一〇年
佐々木信綱編『日本歌学大系』第五巻 文明社、昭和一八年
『高野山春秋編年輯録』大日本仏教全書、明治四五年
貴志正造訳注『全訳吾妻鏡』一 新人物往来社、昭和五一年
『粉河寺縁起』日本の絵巻5 中央公論社、昭和六二年
『西行物語絵巻』日本の絵巻19 中央公論社、昭和六三年

川田 順『西行の伝と歌』創元社、昭和一九年
窪田章一郎『西行の研究』東京堂出版、昭和三六年
目崎徳衛『西行』人物叢書 吉川弘文館、昭和五五年
目崎徳衛『西行の思想史的研究』吉川弘文館、昭和五三年
久保田淳『新古今歌人の研究』東京大学出版会、一九七三年
久保田淳『山家集』古典を読む6 岩波書店、一九八三年
山田昭全著作集第四巻『西行の和歌と仏教』おうふう、平成二四年

引用・主要参考文献

山田昭全著作集第五巻『文覚・上覚・明恵』おうふう、平成二六年

山田昭全「西行晩年の思想と信仰」「西行学」第二号　笠間書院、二〇一一年

五味文彦『西行と清盛――時代を拓いた二人』新潮選書、二〇一一年

有吉保『西行』王朝の歌人8　集英社、一九八五年

西澤美仁編『西行　魂の旅路』角川ソフィア文庫、平成二二年

松村雄二『西行歌私註』青簡舎、二〇一二年

武田元治『西行自歌合全釈』風間書房、一九九九年

白洲正子『西行』新潮文庫、平成八年

吉本隆明『西行論』講談社文芸文庫、一九九〇年

塚本邦雄『西行百首』講談社文芸文庫、二〇一一年

高橋英夫『西行』岩波新書、一九九三年

五味文彦『院政期社会の研究』山川出版社、一九八四年

美川　圭『院政――もうひとつの天皇制』中公新書、二〇〇六年

速水侑編『院政期の仏教』吉川弘文館、平成一〇年

上田さち子『修験と念仏――中世信仰世界の実像』平凡社、二〇〇五年

白井優子『院政期高野山と空海入定伝説』同成社、二〇〇二年

立川武蔵・頼富本宏編『日本密教』密教4　春秋社、二〇〇〇年
正木　晃『空海と密教美術』角川書店、平成二四年
宮家　準『修験道』教育社、一九七八年
松長有慶他『高野山——その歴史と文化』法蔵選書、昭和五七年
五味文彦『大仏再建——中世民衆の熱狂』講談社選書メチエ、一九九五年
上山春平編『シンポジウム伊勢神宮』人文書院、一九九三年
角田文衛『椒庭秘抄——待賢門院璋子の生涯』朝日新聞社、昭和五〇年
谷山茂著作集第二巻『藤原俊成——人と作品』角川書店、昭和五七年
松野陽一『千載集——勅撰和歌集はどう編まれたか』平凡社、一九九四年
河内祥輔『保元の乱・平治の乱』吉川弘文館、平成一四年
山田雄司『崇徳院怨霊の研究』思文閣出版、二〇〇一年
山田昭全『文覚』人物叢書 吉川弘文館、平成二二年
多賀宗隼『慈円』人物叢書 吉川弘文館、昭和三四年
多賀宗隼『慈円の研究』吉川弘文館、昭和五五年
半田公平『寂蓮——人と文学』勉誠出版、二〇〇三年
杉山信二『よみがえった平安京——埋蔵文化財を資料に加えて』人文書院、一九九三年

あとがき

西行は古くから広く親しまれて来てゐて、採り上げた著作もまた多い。ところがそれらを手にしても、その生涯なり人物像が、今ひとつ、浮かび上がつて来ない恨みをわたしは持ち続けて来た。歌のほとんどには懇切な注釈が付けられ、平安末のこの頃の人物としては異例の詳しさで、その足跡も分かつて来てゐる。最近では西行にまつはる伝説、伝承までが収集、整理されるまでになつてゐる。しかし、今一つ、納得しきれない、との思ひを抱き続けて来た。

これはわたしの不敏さ、接し方に問題があるのではないかと考へ、とにかく西行が歩いたと伝へられる道を歩き、訪ねた土地を踏み、出来る限り西行に身を添はせてみようと思ひ立ち、「西行随歩」と題して、若年からの足取りを追ふかたちで書いた。「季刊文科」五十七号（平成二十四年八月）から七十一号（二十九年五月）まで足掛け六年、連載十五回に及んだ。その間、西行を身近かに感じつづけることが出来て、楽しかつたが、その稿に大幅に手を入れたのが本書である。

この営為を通して気づいたのは、当然と言へば当然だが、多くの方々は西行を平安朝末期、七十三歳の生涯を全うした大歌人と捉へるところから始めてゐる。それに対してわたしが心掛けたのは、自分の行き先にも自分の内にも未知なるものを大きく抱へ持ち、明日も知れない日々を積み重ねるやうにして生きた人、そして、親しい仲間も少なくなかつた、と見ていくことであつた。加へて出家後となると、修行も荒行を重んじ、文字通り命を賭けて取り組んだ。吉野から熊野へ、山陽道から四国へ、奥州へと幾度となく旅をしたが、いづれも修行が主で、旅立つに際しては、死を覚悟したと思はれるのだ。だから西行本人は、七十三歳まで生きるなど思ひもせず、旅立つ毎に、自分の人生を区切り、区切りして、歩み出した——さう捉へるべく努めた。

　さうすることによつて西行の存在感が多少は出たし、その生涯も少しは生きて感じられるやうになつたのではないかと、わたし自身は思つてゐるが、どうであらうか。

　それにしても西行の歌を読んでゐると、院政期から動乱期にかけての種々相とともに、そこに生きた人々の内面が、鮮やかに照らし出される思ひがする。時代は遠くなるとともに闇へと沈んで行くが、時間を超えて歌は「灯」となる、と思つた。そして、今のわれわれの内にもおのづと通つて来る。書名に「わが」を入れたのも、このことからである。

　ただし、その結果、先学の見解と異なるところが幾つも出た。専門の研究者でない身で西行に取り組むのに頼りにしたのが、じつは山田昭全氏の著書・論考で、その単行本『西行の和歌と仏教』を見てゐる旨、「季刊文科」を一緒に編集してゐる勝又浩氏に話したところ、山田氏から著作集をお送り頂いた。そのご厚意がなによりの励ましになつたが、「地獄ゑを見て」「たはぶれ歌」「宮川歌合」などの成立時期に関しては食ひ違つた。これらの点、直接お会ひしてお尋ねしたいと思つてゐたのだが、亡くなられ、果たすことが出来ず、残念である。その他、川田順以降の尊敬すべき幾人もの歌人、研究者に対しても同様の結果になつた。

歌の表記は、もつぱら久保田淳・吉野朋美校注『西行全歌集』（岩波文庫）に拠つたが、着手した時点では久保田淳編『西行全集』（日本古典文学会刊）と後藤重郎校注『山家集』（新潮社刊）に依拠した事情もあり、敢へて統一しなかつた。

取材旅行は単独の場合が多かつたが、高野山には勝又氏が同行してくれ、高野山大学図書館長であつた下西忠氏の案内を受け、江戸期の巨大な地図などを見せてもらふ幸運に与かつた。また、故野美山薫氏（昔の勤務先の先輩）には、鳥羽から大原、さらには根来寺、粉河寺、丹生都比売神社へも付き合つて貰つた。その旅先ではそれぞれ多くの方々のご厚意に与つた。また、「季刊文科」六十二号（平成二十五年四月）では特集「いま西行を読む」を組み、歌人の永田和弘氏と対談する機会を持つことが出来た。

刊行に際しては「季刊文科」刊行元の鳥影社の百瀬精一氏のお世話になつた。校正は先の『風雅の帝 光厳』に続いて、矢島由理氏の行き届いた作業に与つた。感謝する。

表紙は、石踊達也氏の『しだれ桜』である。最期の涅槃会の満月を数日後に控へた夕べ、西行が見た風景がかうであつたではないかなどと想像してゐる。

松本　徹

奇しくも生誕九百年の春に

〈著者紹介〉

松本　徹（まつもと　とほる）

作家・評論家。
昭和８年北海道生。
前三島由紀夫文学館館長。
著書『三島由紀夫の最期』『三島由紀夫エロスの劇』
『三島由紀夫の時代 ── 芸術家11人との交錯』
『師直の恋』『小栗往還記』『風雅の帝 光厳』
『天神への道 菅原道真』など。

西行　わが心の行方

平成三十年六月　九日初版第一刷印刷
平成三十年六月十四日初版第一刷発行
定価（本体一六〇〇円+税）

著　者　松本　徹
発行者　百瀬精一
発行所　鳥影社(choeisha.com)
東京都新宿区西新宿三―五―一二―7F
電話　〇三―五九四八―六四七〇
ＦＡＸ　〇三―五九四八―六四七一
長野県諏訪市四賀二二九―一（編集室）
電話　〇二六六―五三―二九〇三
ＦＡＸ　〇二六六―五八―六七七一
印刷・製本　モリモト印刷・高地製本

乱丁・落丁はお取り替えいたします

ISBN978-4-86265-654-4 C0095